看世界本来的样子

大地记忆丛书

李松璋　黄恩鹏 主编

云端上的日子

YUNDUAN SHANG DE RIZI

宋长玥 ———— 著

GUANGXI NORMAL UNIVERSITY PRESS

广西师范大学出版社

·桂林·

图书在版编目（CIP）数据

云端上的日子 / 宋长玥著. —桂林：广西师范大学
出版社，2019.11
（大地记忆丛书 / 李松璋，黄恩鹏主编）
ISBN 978-7-5598-2275-8

Ⅰ.①云… Ⅱ.①宋… Ⅲ.①纪实文学－中国－当代
Ⅳ.①I25

中国版本图书馆 CIP 数据核字（2019）第 225165 号

广西师范大学出版社出版发行

（广西桂林市五里店路 9 号　邮政编码：541004）

　网址：http://www.bbtpress.com

出版人：张艺兵

全国新华书店经销

广西民族印刷包装集团有限公司印刷

（南宁市高新区高新三路 1 号　邮政编码：530007）

开本：787 mm × 1 092 mm　1/32

印张：10.375　　　字数：195 千字

2019 年 11 月第 1 版　　2019 年 11 月第 1 次印刷

定价：52.00 元

如发现印装质量问题，影响阅读，请与出版社发行部门联系调换。

非虚构写作：叙述世界的可能性

2015年的诺贝尔文学奖，颁给了白俄罗斯女作家斯维特拉娜·阿列克谢耶维奇。这个荣耀，是瑞典文学院对非虚构作家的高度肯定，也给"民间写作"以最大的鼓励。阿列克谢耶维奇站在民间立场，写在"国家利益"驱动下的诸多个人命运。她采录的是受历史大事件影响的底层"小人物"的声音，倾听他们的"说法"，体验底层社会难以平复的生命苦难。由此，在中国兴起不久的"非虚构写作"，被重新认知。

何谓"非虚构写作"？广义上说，以现实元素为背景、真实反映现实的写作，即非虚构写作。它首先被西方文学界重视，且完全是独立的、忠实内心的、不服膺外来因素的写作，是不受干预和遮蔽的民间写作。

非虚构写作，不是写实散文，也不是游记，而是民间叙事文本，是反映现实的"见证文学"；不是集体的写作行为，而是作家个体的写作行为；不是冷眼旁观，而是参与其中。体验和验证，是社会的实证主义（个体的经验主义）驱动下的一种写作，也可以是对社会大环境下底层的人文生态、农业生态和自然生态的田野调查。本质上说，非虚构写作是拓展了"向下"的写作。它让"民间的"视野宽阔且有纵深度。

非虚构写作，关涉人文地理和社会科学的认识论和方法论。也由此带来了写作的难度：一是准确无误的信源。作家所需的，是一张精细的地图和一块精准的罗盘，进行缜密独到的研究。操作态度必须一丝不苟。二是不能添枝加叶。它的真实性在于呈现事件本身，否决主观臆断，否决编造与虚构。像小说般编排故事、像戏剧那样设置悬念，都要不得。在资讯快速传播的世界文化大环境里，写作者要有谦逊的文化品格和巧妙的文本策略。三是囊括所有。与文本内容关联的历史、自然、人文及细微生活呈现，都可以为文本写作服务。

这三个难度，考验作家的水准，检验作家的耐性，挑战作家的能力。不能有离奇，不能有编造，不能像 PS 图片那样，随意增添什么去掉什么，让原有的色彩失真，让原有的图像变形、模糊。杜绝设置个人意志主导的荒诞，但不能拒绝现实或历史存在的荒诞。当然亦不能否认特定的地理情境下出现的一些非同寻常的现象。好在非虚构文学不以情节取胜，它要的是真实记录。非虚构与虚构的区别，在于具体的操作。小说家以假设和真实掺杂，揭示人类的处境和命运的问题；非虚构作家是用事实告知人们"问题"的存在，通过写实，让我们认知、对证，消除疑虑。非虚构写作是"还原"世界的"观察笔记"。

为达到效果，作家需要取消片面性的主体认知。花些时间，迈出步子，深入实地，不厌其烦地去挖掘原始事件，或是陈年旧事，或是历史典藏，或是正在进行时的社会和个体事件，把故事的碎片，拼接成一块完整有序的图谱，厘清规则或不规则的脉络。复活记忆，复原意识，让心灵方向和智性写实找到一个理想的出口，引人入胜，将读者带进一种奇异的、令人难以抵达的神秘地带。

普林斯顿大学新闻学教授、美国著名非虚构作家约翰·麦克菲（John McPhee）认为：非虚构作家是通过真实的人物和真实的地点与读者沟通。如果那些人物有所发言，你就写下他们说了什么，而不是作者决定让他们说什么。你不能进入他们的头脑代替他们思考，你不能采访死人。对于不能做的事情，你可以列下一张长长的清单。而那些在这份"清单"上偷工减料的作家，则是仗着那些严格执行这份清单的作家的信誉，在"搭便车"。

非虚构作家是行走作家，但行走作家不一定是非虚构作家。非虚构作家以亲历的写作，比闭门造车、虚构编撰的作家更应该受到尊重。或许，契诃夫的《萨哈林旅行记》是较早的非虚构作品。而爱默生、梭罗、约翰·巴勒斯、巴斯顿等自然主义作家，亦是这方面的先行者。他们以自然为师，以时代为镜，以真实笔录记载自然天地大境，提纯思想要义。文本呈现的是自然乡土对人类情感的培育、人类自觉的心灵在天地间弥漫的道德感。它与利奥波德"生态道德观"和约翰·缪尔"自然中心论"之理念相符合。

主体审美视域，离不开外部世界的浸染。作为非虚构写作者，必须尊重客观事实，不能有所顾忌和惶惧。比如：社会恶性发展对人类精神和情感的破坏；世界观的偏离对人类伦理道德的冲击；大环境下的经济竞争带来的非常规手段的博弈；大众化民生本态与小众化生存状态之差异等。在田野的探研和调查过程中，民生环境、人文历史，都将活脱于文本。自由的素材，忠实的经验，直抵时代的痛处。以独特的语境，"敞开"许多被历史和现实"遮蔽"的东西。

作家是自然生态与人文生态的关怀者、监督人，是社会变革的体验家。但有时候，作家的行为体验，会带来道德困窘。面对休养生息的民生，是否影响了其本态的生活？叙事与析理，全景式的呈现，又会不会陷入迷惘？心境的外在延伸，又必然要展示它的客观性——格雷安·葛林式的抵达之境，列维-斯特劳斯式的抵达之思，约翰·贝伦特的抵达之梦，奈保尔式的抵达之谜等。超越"本我"局限，注重"原象文本"，是非虚构写作意义的真髓。

当然，我们不是为了苛求意义本身，而是注重大大小小的生活场景所反映的真实的民生本态。它不是写意画，它是精雕细描的工笔。小生活也是大生活，小场景的现实故事即是大场景的历史。一个脚印，就是一行文字；一个身影，就是一个段落。

因此，"大地记忆"非虚构作品，以主体写作与大地文本联系为主旨，亲历边缘，为社会记录田野调查式的生存之相。精确和准确，细致和缜密，都应该毫不含糊。

这套书由作家担任主编，也是因为作家对作家的熟悉、了解，有针对性约稿、有针对性选题，关注那些不被关注的地域和群体。所选作家，都是有着多年丰富民间写作经验的作家和注重田野调查的人类学者。由此，编辑这套书的深意就不言而喻了。即为了留住此时代与彼时代的记忆，让文本有效地成为岁月变化的证词。这些作家在珍贵的调研中，以沉静的讲述，将秘密解蔽、敞开、呈现，真实道出了一个客观的、具体的、不加伪饰的、被无数理念改变了的大地状态，记录下人们共同的记忆、一切可能的集体印象的存在。我们应该感谢这些作家以辛勤的脚力和心力，写出他们生命中的重要作品，为我们捞回正在消逝的民生本来的存在。

这是对"记忆之死"的抢救，亦是对"国民记忆"的抢救。

这就是我们所认知的非虚构文本最重要的写作价值和存在价值。

目 录

第一章

天河之南的
历史入口

悄悄叩开秘境之门

隐秘了无数悲欢岁月的隆务河，把我带到了青海之南。

这是一片青藏高原和黄土高原交错地带的福瑞高陆。一条大峡谷抽开崇山峻岭，宛如巨龙游弋腾跃。经临之地，炊烟升起，处处牛羊，片片庄稼。而飞扬在山巅岭峰的风马旗，日夜不息，向上天传诵着众生的感恩和对美好未来的祈祷。

闪耀铜质光泽的隆务河，是青海省黄南藏族自治州境内最大的一条河流，时而舒缓，时而激越，像一群褐色的骏马奔腾过大峡谷。这部大自然勒刻在黄南大地上荡气回肠的交响乐，雄浑，沉厚，但不乏亮丽和明快，就像它在天地之间创造的历史和文明一样。

大河之舞

隆务河发源于泽库县夏德日山主峰杂玛日岗之南，藏语意为"九条溪流汇合的河"。它从海拔4482米的高山涌出，继而聚集羊智河、浪加河、保安河、曲麻河、牙浪河、江隆河、扎毛河、交毛河、阿羊囊河倾泻而下，在尖扎昂拉归入黄河。

　　就河流而言，隆务河在水系丛生的青藏高原实在算不上多么有名。但在黄河上游南支流域，它是人类文化和文明的核心所在，不仅在天河之南滋润了民丰物饶的草原和谷地，而且缔造和丰富了人类文化尤其是藏文化的精髓。被它哺育的谷地热贡，是中华民族优秀文化的发祥地之一，至今仍然以令人惊叹的唐卡艺术，驰名青藏高原，蜚声海外。

　　和世界上所有诞生了人类文明奇迹的河流一样，隆务河隐含着生命和人类艰难成长的庞杂信息，与其说它流淌着圣洁的雪水，倒不如说它翻腾着自然与生命造就的秘史。我在隆务河的引领下，溯源而上，穿过峡风浩荡、怪石嵯峨的峡谷，在正午到达热贡。我知道，作为从这块土地上走过的一个漫游者，我永远抵达不了它的历史深处，更难以接近亘古栖居在草原河谷的牧者和农人生活中心。

　　而美和诱惑无法拒绝，遍布莽原泽畔的绝世创举难以抵挡，撼动灵魂的瑰丽令我情不自禁。谁会漠视精神家园的热切召唤，而执迷不悟呢？

　　在这之前，我只在书本上识读过热贡。它被亲临者和原住民千百次演绎和解读，使这面被河流深切的黄土台地，仿佛一幅精心绘制在大地上的巨型唐卡，诱惑着每一根想象的神经。在我的心里，热贡不只是一面金色的谷地，也不只是庄稼丰收的地方，这些对"热贡"字面意思的理解，难以探究其背后的秘密。只要看看它对中国宗教史的深刻影响，只要看看从它怀抱中走出去的那些人杰，只要看看它以大河的胸怀接纳并孕育的文化瑰宝，你就会明白，这面静立于青藏高原东部边缘，连接着秦岭西缘的深远藏地，更像一场狂飙，横扫着人类的心灵荒原。所到之处，留下了极其清晰的痕迹，甚至再次催生了精神飓风。而风暴形成的因子，就藏在山河之上、屋舍之间、庙宇之内、人心深处。

这是隆务河对大自然的慷慨馈赠。

把一切赞美献给河流并不过分。隆务河在水利学的概念上，不是一条卓世的河流，然而，这不影响它的功勋。逆流而行，在约157公里的流程中，海拔从2160米逐步抬升至4500米，地貌由峡谷渐变为谷地、草原、荒漠化草原、高山草甸，呈现不可复制的壮美；植物则从油松、山杨、金露梅、百里香杜鹃、白桦、青海云杉、紫果云杉、祁连圆柏等，转为更能在高寒地带顽强生存的水母雪莲、垂头菊和四裂红景天等，把山河装点得一片斑斓；大地上的景致，自河谷地带的黄泥土庄廓，渐而悬挂在半山腰间的石砌农舍，直至草原上盛开的黑色牛毛大帐和绣着蓝色吉祥云的白色帐篷，简直美妙至极。而人文景观，沿着农业区向广袤的草原推移，汉、回、撒拉、保安、蒙古、藏族等15个民族，竞相展现农业文明、游牧文明和宗教文化的旖旎，千姿百态的民风民俗，使天河之南美不胜收。

在保安古城的怀里

令人无法忘怀的精神创造和发现，因河流而生。自西向东走出逼仄险峻、蜿蜒迂回的隆务河峡谷，一面宽敞的台地豁然铺展在峡口前方。时至6月下旬，一块块慢慢转黄的麦田和摇落了黄铃铛的油菜，像天上飘落的云锦，披挂在坡地和河谷之间；高大浓郁的杨树顺着河谷一直向南延伸，直至消失在另一条峡谷的入口；在绿树蔽日的庄舍，高峨峻巍的山巅，不时闪现着拉则（敖包）和白塔的身影；清澈的隆务河在这里收敛了野性，静静东流，阔缓而温婉。这是一个能够让在红尘中焦躁的心安静下来的地方，静谧得能听见神灵对众生的启谕。若非亲临其境，绝难享受沁入心底的宁静。

这个地方，名叫保安，是一座古老城池的入口。

它曾经是守卫同仁和郭麻日古城的前哨卫士，在漫长的岁月中，用身体阻挡过吐蕃的铁骑、蒙古人的弯月长刀、党项人的箭镞、唧厮啰的弯弓……如今，昔日的杀伐声早已随风飘散，无数浴血勇士沉睡在地下。唯有掠过头顶的惠风习习，一条条经幡迎风飞舞，缓缓流淌的隆务河，像岁月献给大地的哈达，飘舞在保安胸前。

保安古城矗立在铁城山北麓，距铁城山上的古堡不远，徒步大约半个小时。两城以掎角之势共同护卫着同仁的北大门。遗憾的是，重建于400多年前的保安古城如今原貌不复，遗址上仅见几处残墙和瓮城。但在古城及周边300多平方公里范围内，还保留有古城墙、都司衙门、明清兵营等40多处历史遗迹。城外的铁城山上，烽火台及明清两代兵士驻守的"一夫当关，万夫莫开"的险道，历历在目。

天空晴朗，纤毫不染。站在铁城山北麓——保安古城曾经巍然耸立的地方，俯瞰保安，整条谷地掩映在葱绿中，炊烟袅袅，白塔静立，经幡飘飞，一幅康斯太勃尔笔下的优美田园风景图画。此情此景，谁会把它和数百年前的边关沙场联系起来呢？嘶鸣的战马，笔直的狼烟，呜咽的牛角号，在大地上销声匿迹，这些历史的注脚，逐渐在黄南的记忆中远去。

保安古城修建前，这个地方就有前朝修筑的城堡。唐高宗时期，大唐的军队攻陷了草原帝国吐蕃，处于戍边安防的需要，在此设碉筑城。明朝中期，西海蒙古人屡犯边境，大明王朝于1574年在铁城山北麓扩建城堡，并命名为"保安"。从唐朝开始，这座雄踞于西北边疆的军事要塞，驻守过五个朝代的士兵，保安地理的险要据此可见一斑。

保安人说，只要守住这两个古城，同仁就铁桶般牢固。时光逶迤，两个英雄般的古城，现在成了历史和烽火的象征，在锦绣大地，给后人留下了无限怀想和感慨。

日子像默默奔流的隆务河，不舍昼夜。在这一片无数人为之流血和献出生命的土地，保安颇似一朵耀眼的牡丹，盛开在铁城山下。它的夺目，不在艳丽，也不在唱把式吼出的青海"花儿"那么极致：白牡丹白着耀人哩，红牡丹红着破哩。而在于自然散发的无处不在的世俗气息，隐忍地沉淀在生活细节中的厚重历史。

保安古城附着在地表的建筑遗迹于今寥寥无几。街道两旁，是仿照清式风格建造的木质二层小楼，一间连着一间，排延上千米。小楼几乎清一色商铺，有的正在修饰，有的已经开张。走在午后的老街上，松木的本色在阳光下有些刺眼，但很快变幻为柔和的光泽。恍惚间，这些散发新鲜木屑味儿的建筑，俨然这座古城老旧模样。

一条条两三米宽的小巷子，面向街道逐一闪开。许久之前，那里是荷戟披甲的军士伏击的好地方，而今，头戴礼帽的老者、披着盖头的妇女、捻着佛珠的信徒悠然踱来。雕饰牡丹和缠枝的木头屋檐下，悠扬婉转的藏歌像美妙的炊烟，飘上屋顶，一会儿就消失在风中。这样迟钝、淳朴的歌声越来越少了，但在保安小城，这些从心底里升起来、回旋在大地深处的旋律，成了阳光密密麻麻的下午最好的声音。

商铺中经营的，大多是马镫、笼头、服饰等农牧区日常生活用品。整个街面上没有几个买家，一些店主坐在门口的木椅子上，不急不躁，眯着双眼，尽情享受午后的阳光；间或几个人聚在一起，唠叨家常，不时发出一阵开心的大笑。夹杂其间的几家大肉或清真饭馆，飘散着浓厚的肉香和葱花的清香，肤色黝黑的食客们，散散漫漫进去，隔一会儿又散散漫漫出来。在这里，没有焦急的等待，也没有匆匆的脚步，一切顺其自然。祖祖辈辈几百年了，他们对生活心中有数，按照自己的想法，过着日子。

时光抹不掉历史的印记。在古城，只要你稍作留意，过去的影子依然可寻。去都司衙门的巷口，立着一间狭小的店铺，屋内，放置几口硕大的凸腹黑缸，门店上面写着"白玉浸润琥珀光"几个古雅的大字，明显带有古汉语的韵味。正在疑惑，陪同的当地友人说，这是一个卖酒的作坊。酒，当然是自制的青稞酒。沽酒的人却隐藏在店铺内的阴影中，不见真面目。同行的人急着去衙门看景，就错过了和店主攀谈的机会。

过了两个月，我独自来，心无挂碍，便走了进去。适应了屋内的幽暗，发觉酒铺不太宽敞，几口大缸，一面柜台占据了大半。店主刀削脸，浓重的保安口音。闲聊，才知道经营酒肆多年，祖上乃行伍出身，在这里已经十几辈了。至于老家，据说在陕西，具体在哪里，说不清了。

故乡，是一个变化的概念，一块游动的土地。在民间，口口相传的家族史，大部分模糊不清。这种含混，使一心想搞明白家世族源的人，一生笼罩在挥之不去的乡思中，以至于许多五六辈前就定居的"土著"给儿孙讲起来，会无限神往地说：我们的老家，以前在什么什么地方。这段家史，往往三言两语，语焉不详。更清晰的细节，却是在此地的风风雨雨。

话题转到店面的那句话，店主略带腼腆，挥挥手道：那都是先人留下的，我哪里想得出这样文雅的话啊。出了酒铺，黄昏已悄悄降临在河谷。街上暮色影影绰绰，行人稀疏。走了十几步，回头望望酒坊，上面的那几个字隐在暮霭中，辨别不清。

都司衙门，大约是保安城里唯一可供凭吊的历史遗迹。穿过一条曲里拐弯的巷子，行不过10分钟，就见一面具有清朝汉式风格的门头坐北向南而立。门檐三层，全为实木，雕饰的图案大都是牡丹等汉地常见的花卉造型。衙门原来的建筑除了门头，其余一间不存，一家甘肃靖远的古建筑公司正在按以前的风格和格局重修，工程已基本完工，大队人马调往同仁古城修复工地，只留一何姓男子看护。

我进去的时候，他正逗弄掌上的一只鸽子。他的背后，一面马脊梁式的大房屋檐飞角，顶脊青幽，灰色的盖瓦像静止的流水，呈现古拙的意境，颇为威严。两面厢房比正厅矮了一个头，却也中规中矩，肃穆中透露着庄严，一派衙门气象。何姓男子迈着八字步，悠闲的样子，俨然刚刚判完一桩疑案的县太爷，沉浸在"公正严明"的自赏中。

同行的几位写家忙着找寻陈年遗迹，我却对他托着的鸽子产生了兴趣。他说，这是前几天飞来的一只野鸽娃，喂了几天，怎么赶也不走了。说着，他轻轻将鸽子放在地上，鸽子果然不飞，乖乖蹲着。

隔河相望的乡愁

与保安相关的，还有一个民族。1952年，中华人民共和国政务院以他们居住的地方名字为其命名。保安不是保安族的唯一集聚地，甘肃积石山的大河家也有众多保安族人。住在保安的保安人大多信奉佛教，而大河家的保安族信仰伊斯兰教。

最早接触保安，是在20世纪90年代初。那时，我在甘肃河西走廊西端的石油城玉门市，给这个城市的市长当秘书。其时并不清楚这是个地方的名字，而且就在我的故乡，距我出生的村庄不到200公里。只知道它是居住在甘肃省临夏回族自治州积石山县沟峁中的一个民族，信奉伊斯兰教。大约是初冬的一天，我们接到上级机关的通知，到玉门市花海乡勘察地形，为即将移民到这块戈壁绿洲的10多户东乡人和保安人选址。

一个民族为了生存而背井离乡，这在历史中比比皆是。离开已经扎根几代人的乡土，的确需要勇气，因为迁徙意味着面临割断族群根脉和失去心灵依靠的危险。不仅如此，民族的精神血脉能否得以完整传承和发扬，也是无人解答的未知。

我对随后几个月就要到异乡开始新生活的这些人，满怀怜悯。自从14岁远离青海，在嘉峪关外谋生，我就没有摆脱过乡思，那种熬煎，刻骨铭心。在这个世界上，没有比追寻故乡更甜蜜和痛苦的灵魂了。次年春天快要到来的时候，在黄河岸边的贫瘠沟壑间刨食光阴的这一群人，三户五户陆续搬迁过来，并很快适应了戈壁滩上风吹日晒的日子。但是，保安人没有来。据说，他们拒绝迁移，宁肯在大河岸边的山褶坚守清贫，也不愿放弃生息了几辈子的黄土塬。而我，在第二年春天告别玉门，回到了家乡。

"保安"这两个字，自此深深留在记忆中。任何一个坚定守望家园的民族，都值得尊敬。在我看来，他们坚守的不仅仅是故园，也不仅仅是从祖先那里传下来的生活，最重要的，是安放心灵的这方土地已经和他血脉相连，成了亲人，须臾不能分离。

后来了解到，积石山并非保安人的故乡，他们的根，就在那一方被隆务河千万年来冲击切割的台地上，就在保安。至今，大河家一带的保安人还说，他们的先人原先住在隆务河边的尕撒日、下庄、保安城。20世纪五六十年代，保安城的一些老人也给后人叮嘱：尕娃，甭忘掉，大河家有我们的亲戚哩。在郭麻日、年都乎、保安等村落，在20世纪和近年来发现了大量伊斯兰生活遗址；一些土族和藏族人家，还收藏着《古兰经》印本，以及汤瓶等年代久远的实物。

保安族有自己的语言，属阿尔泰语系蒙古语族。据内蒙古大学一位蒙古族教授研究，保安族语言保留了许多13世纪的蒙语，现在蒙古语中，这些古老的语言已经失传。

明末清初，保安人生活的同仁地区，回、汉、藏等多民族杂居。多种文化和文明的交汇碰撞，为后来诞生举世闻名的热贡艺术创造了条件。他们居住的地方，当时人称"四寨子"或"四屯"，即尕撒日、年都乎、五屯、保安。保安城内住着保安、回、汉等人家，大部分是"营伍人"和他们的后代。在保安村北500米处的关卡造林点路东，尚有保安族"营伍人"古墓群遗址，占地50多亩。保安城里分上下两庄，上庄住着土族，下庄保安人居住。尕撒日除保安人外，还有土族、蒙古族居住。保安人聚居的尕撒日、保安、下庄三个村庄被称为"保安三庄"，四周邻庄均为蒙古、土族部落，称"保安十二族"。

当初，保安只是一个地区概念，没有民族概念，1952年3月25日，由中华人民共和国政务院正式命名。

保安人为什么迁往甘肃？尕撒日一位叫才让的保安族老人说，当年保安人在这里住的时候，大伙儿都很团结，亲戚串亲戚。后因灌水的事起了龃龉，相互殴斗，下庄的保安人一气之下沿隆务河东行，在黄河的指引下，在甘肃大河家找到了栖身之地。尕撒日、保安城等村的部分保安人随之迁往。

保安人搬到大河家后，他们的旧庄廓空虚，渐渐荒芜，后被当地人开辟为果园。20世纪80年代，残墙断壁还在。从颓废的地基可以看出，保安人的民居家家户户连在一起，这种特殊的建筑风格，保安人到大河家后保持到了20世纪五六十年代。一个地方的历史，镶嵌在幸存于世的物件中，包含在一点一滴的生活细节里；它不是书本上一行行冷冰冰的文字，更不是世代相传的家族故事。它是一个人，一个集体，一个民族的血和肉；也是一个人，一个集体，一个民族的心灵挽歌；更是一个人，一个集体，一个民族不灭的魂魄。

那隔河相望的乡愁啊。

灵魂安放在白塔下

隆务河畔，和保安古城隔河相望的郭麻日，是一个奇迹的存在。

过了保安，沿着隆务河继续东行四五里路，向南穿过一座水泥桥，折而向西，一条不甚宽敞的柏油马路在绿荫中向前拓延。又行四五里，到了一个三岔路口，不拐弯，踏上一条往西的砂石路便到了郭麻日。村口，两排钻天山地杨刺向天空，南面，是一面四五十米高的台地，北面几块庄稼地，种着麦子和油菜。油菜花早已败落，装满油菜籽的豆荚个个饱满，垂向大地，等待人们收割。路中间，矗立着一座高大的木质牌楼，是现代建筑，正中写着"中国历史文化名村郭麻日"几个拙雅的大字。

牌楼离村子还有一段路程。半道上，马路南侧一棵参天古树赫然仁立，树围阔大，两个大男人才能抱得拢。古树很老了，一道道皱裂的树皮似怒张的鳞片，树龄无从知晓。村里的一个壮年男子说，他爷爷小时候这棵树就长在路边。

这是一棵杨柳树，枝叶浓密，遮住了飞瀑下来的阳光。粗壮的枝丫上，拴挂着几条哈达。百年前，在青海高原，这样的大树算不得古老，那时，茫茫林海，放眼一片绿原。成片的森林在人类贪婪的手下渐渐消逝后，它就成了往昔无边无际的林莽支离破碎的记忆，成了这个村子人们心目中凛然不可侵犯的神树。现在，这棵神树是他们相依为命的一个亲人，犹如年迈的父亲和母亲，日夜站在古村入口，看护着家园和村道上来来往往的子孙。大风来时，树叶发出沙沙声响，好像给后人讲述过去的日子。大风过后，又静默下来，像历尽沧桑的老人，沉湎于往事。

天空碧蓝，大地翠微，和风轻拂，巍然耸立在黄土台地上的一座白塔，让郭麻日有了和古堡相媲美的名声。在古树下仰望，白塔的半截子身子闪在半空，一条条飘逸的白云，仿佛天上飘落的洁白哈达，挂在塔尖，一幅吉瑞气象。

沿着古树上方一条被踩得白晃晃的小道，攀坡向上，就到了和古堡连接的大台地，白塔庄严的身姿立在中央。白塔后靠郭麻日寺，前临隆务河，占地不算宽广，但气势威严，周围房院僧舍被伟岸的塔身映衬得小巧玲珑，宛然人类在大地上的微型泥塑。同伴笑我少见多怪，用教训的口气说："没有这一点卡码，能叫安多第一塔吗？"

我点头称是，既然是安多第一塔，必定有非同寻常之处。

郭麻日人则更为骄傲地说：去拉萨朝圣，不到佛塔，也是空欢喜。

佑护郭麻日的时轮解脱塔，出自十世班禅大师的意愿。1987年由郭麻日寺第七世曲哇活佛主持修建。塔高38米，共五层。我拜谒的时候，正值农历七月上旬，郭麻日寺的僧人正在闭关修炼。这一重要的佛事活动，从每年农历六月十五开始，到农历八月初一结束。第一次陪我到郭麻日的同仁县旅游局副局长张永华公务在身，派了隆务寺景区的导游卓嘎措给我当翻译。卓嘎措是一个清秀的藏族女孩，毕业于青海民族大学藏语系，原先在保安一所学校教书，因为离父母居住的同仁县城远，2012年初调到县旅游局当导游。她从包里掏出一个硬皮笔记本，上面密密写满了字，不好意思地说：郭麻日我不熟，就照着解说词给你们介绍吧。

这无关紧要。一座驰名安多的白塔，一座数百年的寺院，一座近千年的古堡，不会在一段"面无表情"的解说词里敞开所有的神秘。郭麻日的历史是鲜活的，就像一个人绵长的呼吸，富有生命力和感染力。只要你细心寻找，就会在一棵老树、一处庄廓、一个故事、一件物件中发现它的影子。

这样想着，注意力就分散了。眼角向白塔无意一瞥，蓦然发现一个僧人翩然从塔三楼沿东北角飘出来，往下看了一眼，又不慌不忙向前走去，宽大的绛色衣衫被风吹得飘飘欲飞。从底下看，感觉他不是走，而是凌空踱步。待我拿出相机，他已经转过东南角不见了。

卓嘎措在白塔前讲解了十来分钟，等我们到了塔的入口，只见朱门紧闭，数条浸着酥油油渍的哈达，默默垂挂在碗底大的铁门环，不见看门的僧人。东南角，离白塔不过20米远的郭麻日寺两扇宽大的木门也紧紧闭合，显露着神秘和幽静。门口，两个晒太阳的年轻阿卡微笑着远远看着我们，不过几分钟，听见厚重的寺门吱嘎一声响，我转过身去，他们两个已消失在阳光洒满的台地。两扇寺门依然安静关闭。

郭麻日寺很有年头了，它是隆务寺的属寺。藏语称"郭麻日噶旦彭措林"，意为"郭麻日具喜圆满洲"。这座有着安多最大的檀香木雕刻时轮金刚立体坛城的古寺，创建于1350年，建寺初为宁玛派寺院。200年后，夏日仓活佛扩建，迁移到郭麻日村，改宗为格鲁派。郭麻日寺在1958年前建有大经堂、弥勒殿、护法殿各1座，昂欠3院，现保存有原来的大经堂、弥勒殿和昂欠2院。1981年批准开放后，新建隆务仓和堪布仓昂欠各1院，僧舍40多院，现有寺僧72人。紧邻白塔的时轮金刚坛城殿，四壁绘画着145种坛城图案。卓嘎措说，郭麻日寺是安多地区收藏坛城图案最多的寺院。她的说辞，立刻得到了看护时轮金刚坛城殿年轻僧人的肯定。

眼看太阳升到了半空，白塔的大门依旧严严实实关着。

我顺时针沿着白塔底座，把281个铜皮包裹的嘛呢经轮转了个遍。卓嘎措等得有些着急，不住地向转塔的几个老妇人询问。

老妇人们都住在郭麻日，头发花白，额头布满了皱纹。转塔，是村子每一个人一天必做的功课。细看服饰，发现她们的穿着不同于藏族，和我在互助吐谷浑大营看见的土族服饰几乎一样，黑色衣料，绣着红色衣边，下摆开衩，腰束黑色带子。她们到底是藏族，还是土族呢？

卓嘎措用流利的藏语和她们交谈，少顷，拿起手机拨了一个号码，接通后又是一阵流水似的藏语。我听见她甜甜地叫了一声"阿哥"，后面的什么也听不懂。收起电话，卓嘎措好像放下了心里的一块石头，对我说：快来了。

我向她说起了刚才的疑惑，卓嘎措说，郭麻日是一个土族聚集的村子，但对于族源，说法不一，有的说是藏族，有的说是土族。究竟是哪一个，各有说法。

郭麻日，在我的心中漫起了一层神秘的迷雾。

说着，郭麻日寺的大门吱呀开了。只见先前在寺门口晒太阳的那个僧人走了过来，对卓嘎措说了一通藏语。卓嘎措翻译给我们听：阿哥说（转塔的时候，卓嘎措也是一声一个"阿哥"，亲热地向僧人讨教我们的疑问。这种称呼，令我困惑。在康巴地区或安多其他藏区的寺院，我从未听见过年轻女性以俗世称谓招呼僧侣，对一般的僧人尊称阿卡，对熟悉的则直呼其名。难道黄南是个例外？回到州上，我向一位在黄南地区工作了10多年的藏族领导请教，他哈哈大笑。原来"阿哥"其实是"阿格"，此地对普通僧侣的统称）刚才在塔顶看我们不上来，他就回去吃饭去了。原来，我先前看见的那个在白塔上衣袂飘然的僧侣就是他。

低头进了大门，依转塔的方向上了第一层，发觉上到塔顶绝非易事。塔的边沿，只有四五十厘米宽的一条通道，各个塔层之间，高不过一米七，行走其间，必须紧贴塔身，弯腰低头。这种姿势，是对神灵敬重的一种姿势。在中国许多宗教建筑中，凭借高大和森严，增加众生对神灵的敬畏。看来，这里也不例外。白塔塔周，有108个善逝八宝塔。一层和三层，是宝座。二层和四层供佛，塔壁塑着35尊般若佛及观世音等菩萨像。在每一层塔的边缘，刻着梵文时轮金刚经。四角，装置着克尔老，这种在青藏高原处处可见的古老风转嘛呢经轮，借助风力，一年四季诵念着同样古老的经文。

忍耐着恐高的恐惧，小心翼翼走上白塔的第五层，不由长长舒了口气。塔顶主供佛为一尊檀香木雕刻的时轮金刚像，佛座前燃着酥油灯，敬献着饼干、水果等供品，四周搭满了黄色、白色的哈达。佛室四壁的龛室摆满了经书，以及十世班禅大师及郭麻日寺第七世曲哇活佛生前穿过的衣物、用过的法器等，非常珍贵。主供佛背后，挂着十世班禅大师在郭麻日寺等地活动的照片，许多第一次见。

站在塔顶，郭麻日及其附近村落尽收眼底。秋日的阳光洒在树尖，生起一层绿雾，落在水面，隆务河波光粼粼，好像一条巨大的流动的丝绸。村落间，炊烟七竖八横，突突跑动的手扶拖拉机打破了8月的寂静。如果不是从峡谷吹来的带着丝丝寒意的凉风，南北两面缓缓升起的绿茸茸的连绵群山，我疑心自己身在江南水乡，而不是经声梵音如烟升起的藏地古寨。

8月下旬，正是热贡河谷秋收的季节。白塔下面的一块场地上，村民们开着手扶拖拉机，打碾油菜。土黄色的油菜被摊成了一个大大的圆圈，随着碌碡快速滚动，腾起一阵阵土尘。三四个男女村民不停地用木杈翻拣，被碾压的油菜立刻蓬松起来，旋即，又在碌碡下复原为一张半个场面大的薄饼。我站在塔顶俯瞰，觉得他们是在一轮躺在地上的太阳里劳作，随风飘散的淡淡的油菜籽清香，混合着阳光的芬芳。

一边是高耸入云的白塔，古穆静幽的寺院，虔诚诵经转动经轮的老人，一面是享受着秋收愉悦、快乐劳动的村民。在隆务河边隆起的台地，神灵们安居了几百年，郭麻日人忙碌了几百年。他们在同一块儿大地上生活，相互依存，彼此温暖，互为支撑。神灵因为凡世的烟火，威严中不失亲近；郭麻日人因为神灵的福佑，获取丰收和生活的悲喜。这一片蹲踞在隆务河畔的美丽土地，生长着五谷杂粮，散漫着牛羊牲畜，同时，葳蕤着敬畏和感恩、自由和梦想。对于一路磕磕绊绊走到今天的郭麻日人来说，这就是夜思梦想的乐土。

隐藏在古老村庄的秘史

从郭麻日时轮解脱塔往西，一条散落着麦草和油菜秸秆的土路，直通古堡东门。我常常想，一个地方的魅力不在于历史长短，而取决于它的内涵。譬如郭麻日。这座隆务河边看似很平常的村子，一道道黄土泥墙，一处处老旧庄廓组成了标本式的青海高原农区村落，进进出出的人们，无一例外，脸上印着骄傲的高原红。可是，当你踩着瓷实的黄土巷道进去，会惊异地发现，这简直是高地上的一座硕大迷宫，甭看土路四通八达，就是走不出去。如果不说，你绝对想不到郭麻日曾经是一座坚固奇诡的军事据点。古城结构之精细，布局之巧妙，城墙和巷道设计之奇谲，着实使人惊叹。别说它建于冷兵器时代，用现代军事构筑的标准来衡量，也是难能可贵的杰作，不仅是研究中国古代屯守的经典，在现代战争的城防学上，价值亦十分独特。

古堡东大门右侧竖立着一块大青石碑，连同碑基，足有两米，记录着郭麻日古堡的历史变迁。这座同仁地区年代最早，在青海乃至中国西北地区保留最完好的古堡，最初根据军事需要，建在特莫科地；1328年由郭麻日千户李本尖措主持，迁移到现在的位置，历时五年，1333年落成，距今近700年历史。郭麻日有着人类久远的家园记忆，宋朝的时候，就出现在历史文献的记载中；据此出土的文物考证，5000多年前，人类已经在这里开始智慧的创造了。

夏末正午，青海高原的阳光暖洋洋地铺洒在郭麻日，映照得石碑微微泛光，如不走近，很难看清用隶书撰写的碑文。碑的下半部，被一堆新鲜的麦草掩埋，内容不见。因为两个月前看过，就忽略了，径直朝堡内走去。

东大门前几年由政府出资修葺，全然不是原来的模样。据说，老城门非常低矮，仅容一人一马并行。经过整修，门洞高大宽裕了许多，三四个人骑在马上并排也能轻松通过。门顶横着十数根碗口粗的椽子，悬贴着两张在白布上印制的坛城图案。地面没有整修，坑洼不平，尽是岁月沧桑。

过了城门，路突然变窄，一条土巷子狭长幽深，迂回曲折，伸向堡内。巷道两侧，三四米高的夯土墙体森然挺直，墙基用扁平石块垒砌。如不是卓嘎措介绍，我怎么也不相信，这些坚固的土墙，就是数百年前郭麻日的主人们用当地的黄土夯出来的。它和青海东部农业区的十八板墙没啥两样，根基宽厚，随后慢慢收敛，至墙顶，仅一脚宽。墙头上长着雀儿烟、狼尾巴草及矮小的麦芒披碱草；有的人家，还从山里挖来野葱，栽在上面。一簇簇野葱缀满了米粒般大小的野葱花。在我的老家，往即将出锅的面片、寸寸面、杂面丁丁、破布衫炝点野葱花，味道鲜美无比，30多年过去了，那一股清香还藏在记忆中。问了一个村民，不禁一笑，心头暖暖的，他们的吃法竟然和我童年时的一样。

郭麻日是仁立在隆务河边的一座巨大迷宫。第一次陪同来的同仁县旅游局副局长张永华，因工作关系，常来古堡，但不是每一次都能顺利走出去。有一次，带着客人就在里面迷路了，转悠半天，也找不到出口。无奈之下，打电话向村长求助，才被人带出了古堡。古堡的军事防御能力从中可窥一斑。堡内巷道逼仄迂回，易于防守，大多宽不过一米，窄处仅容一人一骑通过，既错综复杂，又相互串联呼应。如无人引导，根本无法走出迷宫般的村落。更奇妙的是，如外敌侵入，无论进入哪一条巷道，躲在哪个屋檐下，都暴露无遗，会遭到来自三个方向的射杀，陷入无处可藏的绝境。这座东西长220米、南北宽约180米的古堡，只有东西南三个城门，没有北门，大概北边为抗敌方向，不设城门反易防守。城内，家家屋顶相连，每一个院落独立为一个军事防御单元，站在屋顶，以墙头做掩体御敌，位置绝佳。同时，便于侧应和机动。

　　游走于古堡，一点儿也感觉不到肃杀之气。牛粪的味儿，青草的味儿，使幽静的土巷弥漫令人眷恋的气息。偶尔遇到几个进出的村民，黝黑的脸上挂满了微笑，让你怦然心动。那种微笑，真诚，和善，亲切，仿佛迎接远行归来的游子。堡内，如今还住着106户人家。门框两边，张贴的春联完好如初。贴春联，应是汉地习俗，却在藏地出现，不能不说是稀奇的事儿，只不过这里的春联是用藏语印制的。

　　郭麻日春节张贴春联的习俗源于何时？问了几个年老的村民，回答令人莞尔：那时候我们不在（意思还没有出生），真的不知道啊；从小我们就贴着哩。

　　民族之间的文化交融，常常会带来意想不到的生活情趣。

　　在郭麻日，几乎没有上锁的人家。即使门扣上悬挂着黑魆魆的老式机械锁，也是做做样子。钥匙就放在门旁边的小洞里。如果主人从里面用木门闩把门闩住了，你只需从门缝里轻轻一拨，大门便缓缓打开。随便进去一家，好像走进了几百年前的历史，里面的民居，至少都有数百年高龄。

　　郭麻日人的聪慧，在民居建筑中得到了充分施展。为最大限度利用古堡内狭小的空间，户户修建二层小楼，与青海乡村民居庭院宽敞的特点形成了反差。寨内民居庭院紧凑精致，多为四合院式，房屋为土木结构平顶房，飞椽花藻，古色古香。屋内以木板作隔扇，在护炕木板、护墙木板、墙围上，用阴刻的手法雕着花草。房屋面阔三间，正面以木板隔墙并装饰木板条方格小花窗。郭麻日村民信奉藏传佛教，家家开设佛堂。佛堂设在二楼，所在的房屋一般都是上房，和佛堂不同向的两边厢房为卧室。二楼墙脚上面，安放着风转嘛呢经轮。院落中央，立着挂经幡的旗杆，高出院墙许多；院内，煨桑台静立，有的人家还栽着菩提树、李子树和丁香等果木。每家的院落不大，但收拾得干干净净，角角落落弥散着古老和温馨。

如今，每个院落都编了门牌号。对"郭麻日不太熟悉"的卓嘎措领着我们并没有迷路。原来，奥秘就在墙上。每隔一段，土墙半中腰画着一个白色箭头，有的清晰，有的模糊，这是最近几年为方便游客游览、防止迷路做的标记。沿着箭头所指的方向，就会准确无误地把你领出古堡。

活佛故居隐匿的时光

尽管有箭头指示方向，我们在郭麻日为找78号院还是费了一番周折。眼看门牌号近了，走过去却相距甚远。转悠了半天，始终不见其庐山真面目。最后，卓嘎措在一个村民的指点下，才在一条巷子找到了它。为走进这个院子，我们足足花费了一个小时。

78号院如今住着多杰先一家。在这所老旧的宅院，曾诞生了一位活佛，这在郭麻日古堡内是绝无仅有的。时间虽然过去了300年，但庄严、神圣的氛围丝毫未减。

院子呈规整的四方形，一棵丁香树枝叶繁茂，枝头高过一楼屋顶。紧靠南墙的一面土坡，是用石块和黄土堆砌的楼梯，很窄，仅容一人上下。一楼楼顶，一块儿10平方米的黄泥土空地；西边，一间木屋，里面放着几蛇皮袋子粮食。对我们的突然造访，一家人一点儿也没有显露出惊奇。多杰先的母亲在一楼屋顶一边簸晒麦子，一边微笑着看着我们。在旅游旺季，古堡内的每一扇大门随时都有可能被好奇的游客打开，向主人探听隐匿在光阴后面的故事。

32岁的多杰先和他的母亲几乎不会说汉话，我们只能在卓嘎措的帮助下交流。

300年前出生于这所宁静院落的活佛名叫志航坚措，是循化一所寺院的活佛。寺院的名字，活佛家族的后裔记不清了，据说，现在已经转世到第四世。

活佛出生的房间在一楼西房，保存完好。由于年代久远，木质板墙和椽子油亮乌黑，闪着金属般的光泽。进得屋内，光线昏暗，对面一排多半壁高的藏饰碗柜占了半面墙。房门左首，是用木板半围的大炕，锅灶和炕砌在一起，板壁和炕围被烟火熏染得看不出原色。紧挨着灶火的一根柱子，挂着几条哈达。锅灶正上方，悬吊着一个黝黑发亮的热嘛呢经轮，随着升腾的热气，嘛呢经轮就会自动转起来。在藏区，随处可见被水驱动、被风吹动的嘛呢经轮，但依靠热能驱动的嘛呢经轮我第一次见，不免惊奇，感叹人类杰出的才智。多杰先说，这个嘛呢经轮，在他记事的时候就挂在那里。

紧靠土炕的柱子半腰，安放着一个木制灯架，熏得漆黑锃亮。多杰先的母亲转身，不知从什么地方拿出一盏生铁铸造的灯碗，黑漆漆的，放在灯架上面。她说，活佛就是在这盏灯下，就在这间屋子里修行了15年，之后被循化的寺院迎走。

我的脑海里立刻出现了这样一幅画面：寂寥的夜晚，恬静的村舍，青灯黄卷，苦修的大德。我在屋子里静立良久，仿佛还能听得见那个在心灵的荒野踽踽前行的人悠长的呼吸。

出了门外，和西房毗邻的南房屋檐下，横卧着一具一米多长的半圆形铁质料槽，受风雨侵蚀，锈迹斑斑。多杰先的母亲指着说，这个，活佛出生之前就在家里；以前喂马，现在不用了。

铁铸的马料槽在这个古堡的确是一件古老的用具。行走青海乡村20多年，我在其他地方还没见过。我想，在战事和纷争不断的年代，它的功能不会仅仅如此。作为戍边人的后代，他们深知各种工具在守卫家园中的重要。

风吹寺院，安宁无处不在

300多年前的往事，没有得到完整的口口相传。多杰先和他的母亲说不出更多的家史。对他们来说，先人们并没有走远，只是改变了样子，继续和他们生活在一起。多杰先说，唉，以前的房子，以前的土墙，以前的窗子，不都在那里吗？日子走了，东西都在。

我不禁笑出了声。在他的心里，任何东西都是有生命的，不分尊卑，更无彼此。想念一个人，就看看他住过的地方，摸摸他用过的东西，好像过一会儿，这个人会和往常一样，推门进来。时间在郭麻日没有明确的概念，生活和历史往往纠缠在一起，过去、现在、未来时常相互"串门"。这种现象，在信奉藏传佛教的地区，非常普遍。

虽然在这个院子里诞生了活佛，但在多杰先这一代，家里没有出过一个僧人。他从事唐卡绘画，弟弟在青海医学院学医。我对他开玩笑说：你一点儿也没有沾染活佛的灵气。他憨憨一笑，洁白的牙齿被阳光照得闪亮：我画唐卡的时候，活佛就在我心里指点着哩。不是的话，我的唐卡不会画得那么好。

多杰先画唐卡10多年了，作品要的人不少。我问他卖到了什么地方，他摇摇头：不知道，反正多得很。

在郭麻日，像多杰先一样，画唐卡的年轻人越来越多，这项手艺已经成为村民重要的收入来源。几年前，热贡艺术被列入联合国非物质文化遗产代表名录，后来国家级热贡文化生态保护试验区建立。随着热贡唐卡日渐声隆，这一古老的民间艺术，迎来了繁茂的又一个春天。作为蜚声中外的人类文明和文化珍宝的原生地之一，郭麻日在延绵不绝的岁月中，遗传了来自民间的神秘艺术密码，生活在这里的人，悠闲，平静，潜心做着自己喜欢的营生，对好日子的盼望，对神灵、万物和自然的敬畏与感恩，一笔一画，恭恭敬敬，全部倾注在一幅幅纷繁艳丽的唐卡中。

花儿般绽放的节日

走在郭麻日，宛如走进中世纪优美的田园风光图景。这和藏文化的内涵惊人吻合。藏文化的核心之一，其实就是以宗教文化为主导的中世纪文化。在欧洲等其他国家，这种文化正在逐渐消亡或淡化，但在青藏高原一隅，一如既往，闪现着神秘的光亮。

最早生活在郭麻日的那些藏族人、蒙古人、伊斯兰人，给后人留下了无法估量的精神财富。这些戍边人的后裔，在岁月的演进中，吐故纳新，把生活打理得有滋有味，奇趣盎然。他们对每一个日子，每一个节日，都无限期待。不巧的是，我去的两次都不是时候：端午节已过，而春节还远。体验不到这两个当地人喜庆的节日气氛，自然沮丧，好在通过看一个电视短片，略微弥补了遗憾。

端午节清晨，郭麻日人大清早就起床了，太阳出来之前，家里人悉数到自家麦田打滚，沾染晨露，随后到隆务河边洗脸、洗澡，以祛病驱邪。

已是夏季，清晨的河水仍然冰凉，沉浸在吉庆中的人们走向隆务河。青年男女相互回避，分区洗浴，在翻腾的浪花中，尽情展现青春姿颜。偶有恶作剧者，把清凉的河水泼洒在身边的人身上，或将同伴掀翻在水里，立刻引来一阵尖叫和开心的大笑。长者则坐在河边，洗脸洗脚，象征性地沐浴一番；看着年轻人水中嬉戏，微微一笑，颔首不语，大约想起了少年时光。

节日期间，妇女们自然是最辛苦的。日出之前，她们背负汲水罐，将家中所有盛水器具打满。挑来的新水，先让家中老幼喝一口，再做饭煮茶或饮马。妇女们从河边回来的时候，顺手折一怀柳枝和鲜花；门顶插柳枝和鲜花的活儿，交给男人们。她们钻进厨房，忙活着做韭菜包子。

这天清晨，男人们还要做两件事。第一件事，插完柳枝和鲜花，再给小孩用柳条扎一条插满鲜花的腰带。这条缀满鲜花的腰带，孩子们佩戴的时间只有一两个小时，必须在太阳出来后解下来；第二件事，是为他们的生活伙伴做的。早晨，男人们剪一些马、驴等的鬃毛和尾毛，以祈六畜平安。还要到野外采集一种名叫"赛日埃松"、气味发臭的草，据说，这天采的"赛日埃松"晒干后，可治皮肤病之类的疾病，特别灵验。

端午节后，村民要举行预防冰雹、暴雨的祭祀仪式。仪式在一条固定的田埂上进行，在一个土堆上，插一根三叉树枝，用树枝捆成人形（藏语称"赛日尕"），以示庄稼不受冰雹和雨水灾害。以前，仪式由部落头人主持，现在由各队队长或选出的年轻人逐年轮流。

日子一晃，半年就过去了。郭麻日老老少少盼望的春节，给这个美丽的古寨子增添了吉祥。从正月初八开始，到正月初十，每天早晨，全村人都会来到郭麻日寺，享用一年一度的早茶。

早茶还有一个名字：拜年茶。在湟水谷地，人们习惯把拜年叫"喝年茶"。郭麻日的这一风俗，起源难考，咨询过几个当地的民俗工作者，说不上所以然。依我看，它的意义，比河湟地区"喝年茶"的内涵还要丰富。

早上8点多，赶往寺院喝早茶的妇女们穿着艳丽的服饰，拖儿带女，从安多第一塔下匆匆走向寺院，有的背着木桶，有的挑着担子，有的手上提着篮子或布兜纸袋等。男人们悠哉悠哉，也从塔下走过，老人们则要绕着塔转一圈之后才进寺院。

随着人流进入寺院大门，快到大经堂院子的巷道里，靠墙两侧放着一排排背斗，里面全是油炸的饼子，每一个背斗前，站着一个男人，给进入寺院的人捡装油饼。

大经堂前的大院里挤满了人，个个身着盛装。还有一些人虔诚地转着经轮，转完了就静静站在院子里等候。人群中，最耀眼的当属小伙子们，深色的长袍，腰际勒着清一色的红腰带，一个比一个洒脱帅气。忽然之间，人群攒动，水果和糖果从天而降，有的撩起衣襟接，有的跳起来抢，有的猫着腰在地上捡，有的一动不动站着，等待水果入怀。小孩子们则在人群中穿梭，为一个水果和糖块兴奋得小脸通红。

纷乱很快结束，人们三五成群，或自家人围在一起，分享着节日的果实。这时，妇女们挑着担子，背着木桶，送来了奶茶，大家或坐或立，享用美餐。

三天的早茶，每天由村里的一户人家提供，既是对佛祖、对寺院的供养，也是对村里人的招待。承办这个仪式，每个家庭要主动向寺院提出，并由寺院安排。这是一个既与佛陀有关，又与俗人有关的礼俗，有别于青海其他农区，蕴含着村民们的信仰，传递着本民族的精神理念。郭麻日人对吉祥人生的自觉追求，听从于内心的召唤和驱使，实实在在，有滋有味，情韵悠长。就像那一条幽静曲折的土巷，不论怎样迂回，总会把他们领进圆满生活的大门。这一条路，世世代代走了近千年，他们不会迷途。

一座古城的前世佛缘

隆务河像一条长链子，把大印般盖在热贡谷地的村镇古寨连在了一起。从郭麻日往南，8公里之外的隆务河畔，坐落着青海唯一的中国文化历史名城同仁。秦汉以前，这一地区战火频仍，兵连祸起，被称为"羌戎之地"。唐时作为金城公主的汤沐邑，赐予吐蕃。元明两代，形成以隆务寺为中心的青海最大的藏传佛教政教合一的统治体系，一直延续到清代。

同仁，举世闻名的热贡艺术发祥地，一个历史深远却极为沉静的地方。在这里，看不到喧嚣与浮华，杂乱与躁动，虚妄与局促，委顿与张扬。它立身于红尘之中，超然于自身之外，每时每刻呈现生活的本真和质朴。与现代生活形成对应的是，同仁以宽厚的胸怀，平等接纳不同民族、不同地域的文化和文明，进而消解和吸收，转化为强大自己的能量。它从容，淡定，在青藏高原东部山麓的沟壑间，像一个甘于寂寞修行的圣者。

我将自己两次漫游的印象，和书本上有关同仁的记录揉捏在一起，写下上述一段文字的时候，心生恍惚：我在6月和8月看见的同仁，我在典籍里相遇的同仁，原本就是这样的吗?

它的前生，如大高原上旋转的星云涡流般炫目。

这与同仁地区的地理位置有关。它曾经是比丝绸之路还久远的白兰古道的经临之地（1953年之前，同仁的行政地域包括今天的泽库和日和王家地区，1953年，这两个地方分出，成立泽库县。青海古道中历史最悠久的白兰道，沟通漠北与江南，在青海北与羌中道、唐蕃古道相接，向南纵贯海南东部贵德、贵南、同德三县，经黄南泽库、河南二县直抵四川松潘，南北延伸近2000公里。人们借用长期管辖这条古道、驰骋高原的白兰羌人部落的名字，将其取名白兰道），是"通汉地大门户"。在一首流传甚久的老歌谣中唱道："右旋黄河弘布处，玛钦邦拉雪山东，欧拉玉则山西面，拉扎嘎保山以北，宗喀吉日山南边，热贡宝地处中间。"九曲黄河第一曲上游一带，古称大小榆谷。据顾颉刚的弟子李文实先生考证，"榆谷"为古羌语，与藏语"热贡"对音，大榆谷的地望，就是今天的同仁、泽库。

这片黄河上游的肥美之地，宛如花蕊般盛开在青山绿水之间，原野牛羊散落，人们生活悠然："东去博采茯砖茶，僧侣团坐饮茫加。南去挑选良种畜，牛羊满圈家家庆。西去牧场相骏马，骑士跃马千里行。北去东君绫罗缎，盛装如花去赶集。

由此四方皆通道，道道延伸展白练。"

歌中所唱的情景，宛然一处欢乐园。

3万年前，人类的脚步声打破了荒原的宁静，在亘古阗寂的山谷，和着隆务河激荡的浪花，先民们将文明和优秀文化的种子，撒播在后来被称为"金色谷地"的地方。5000年前，同仁的大地上绽开了人类文明绚烂的花朵。

此后的2000多年间，西羌诸部从这里雄起，西进的辽东鲜卑族在这里上演了吐谷浑王朝的辉煌历史。从7世纪起，吐蕃人成为这片土地的新主人，10世纪中叶，湮灭的佛陀香火从这里重新燃起。元代，萨迦派僧人始建隆务寺，热贡进入了佛教与世俗文化相融的发展时期。此后的数百年间，逐渐确立了热贡在安多文化中的统领地位。于是，一批又一批不同民族的人们迁居热贡，带来不同民族的文化和宗教信仰。热贡人以谦和宽容的品格，吸纳诸多民族文化元素，熔宗教与世俗、艺术与生活为一炉，既延续萨满、苯波的烟火，又留存儒学、道家的精髓，更秉承释教诸派的衣钵，形成自成一统、独树一帜、厚重广博、光耀雪域的热贡文化。

在我看来，相比于蜚声中外的热贡艺术，同仁对中国宗教史甚至世界宗教史的贡献不可磨灭，它点燃了藏传佛教后弘期的星星之火。同仁早期辖区的丹斗寺和羊斗寺即是藏传佛教后弘期的发祥地，时间已经过去了1200多年，直至今天，信徒们依然执着地认为，如果不去这两个寺院朝拜，即使到了拉萨，朝圣之路也不算完美。

这是发自内心的崇敬和膜拜。

它牵涉到藏传佛教历史上一场前所未有的劫难。1200多年前，朗达玛篡位上台后，颁布了灭法废佛的命令，他派人将大昭寺和小昭寺的两尊佛像抛入水中，迫使僧人还俗，烧毁佛经，并关闭了西藏境内大小寺院。残酷的政治斗争往往牺牲民众的利益，一部分人的生命也因此被蛮横地夺去。吐蕃王朝进入最黑暗的时期，人们的心灵受到摧残，信仰被踩在脚下，渗透了众生的鲜血。

那一年，西藏佛教的前弘期结束了。

在残酷的镇压下，一批僧人逃往印度和吐蕃最偏远的阿里及青海东部、四川西北部和云南北部地区（843年，朗达玛灭佛的第三年，在拉萨东山叶巴岩洞里修习密宗的僧人拉隆·贝吉多杰，化装成黑袍黑帽的神魔，在大昭寺前弑杀了朗达玛。此后，吐蕃发生大规模的奴隶起义，强大的吐蕃王国终于坍塌，西藏开始了将近500年的分裂混战）。其中三位僧人藏饶赛、约格琼、玛尔·释迦牟尼用骡子驮着佛教经典，先逃往阿里，继而逃往南疆、内蒙古和甘肃；流离了几十年后，最后流落到青海尖扎、化隆和循化一带，在僻静的丹霞山岩中修行，收弟子传法。至今，在坎布拉山区仍然保存着三位贤哲苦修的洞穴。在风雨剥蚀的岩壁上，它们像一只只圆睁的眼睛，俯瞰苍茫大地。（刺杀朗达玛的僧人拉隆·贝吉多杰机智逃脱，亡命天涯，后来也落脚在这里。此地距今循化县城黄河北岸10多公里，后人称小积石山。丹斗寺就建在悬崖之下，峭壁之中。这里群山逶迤，荒僻安宁，藏传佛教后弘期的种子，在茫茫山野悄悄发芽、成长。）

藏饶赛、约格琼、玛尔·释迦牟尼最著名的弟子贡巴饶赛，在当地部落头人的资助下，修建丹斗寺，并在这里弘教。之后，贡巴饶赛的学生陆续进入西藏弘扬佛法，佛教在世界最高的地方得以复兴和光大，不久，超过了灭佛前的规模。

在此期间，贡巴饶赛和他的三位老师一直居住在丹斗寺。藏饶赛和玛尔·释迦牟尼年迈时迁到平安驿湟水北岸的玛藏崖白马寺，凿崖为洞，居住修行。晚年的约格琼也在离玛藏崖不远的约格沟中静修，后圆寂于西宁。贡巴饶赛则终老玛藏崖，享年84岁。（西藏佛教复兴得力于贡巴饶赛弘传，延续律仪，传递衣钵，后人尊他为后弘鼻祖，他所在的丹斗寺被称为西藏佛教后弘的发祥地，在整个藏传佛教史上占有重要位置。到元代，信徒们为藏饶赛、约格琼、玛尔·释迦牟尼在今西宁市西大街建寺，佛殿内塑有三贤哲巨大塑像，取名大佛寺。大佛寺被看作是藏传佛教后弘期祖寺。）

在同仁，一个藏传佛教的传奇就这样诞生了。

2012年初秋，我在黄河岸边莽莽无际的山野，有过一次短暂漫游。在静寂的夜晚，整理照片时，长久凝视那片被定格的荒天大野，血就止不住燃烧起来，心里升腾起无限敬意。那一条羊肠子山路尽头，丹斗寺孤寂地挂在悬崖峭壁。这面陡峭的山谷，荒凉空旷，除了风声，偶尔有大鹰的影子飘落。千年前，贤哲们的绛衣映红了旷野的黎明，他们的心血，浇灌了青藏高原。我的魂灵一路跪拜，在黄昏经过那里，面对异常静谧的荒野，内心被一股莫名的力量涨满，随后一片空白。我知道，对所有化解灵魂困厄，在血雨腥风中卓绝奋斗的前行者，五体投地远远不够。

不错，圣哲寂寞，智者孤独。

从故乡出走的绝世奇僧

1903年出生于同仁的奇僧更敦群培，像一束亮光，疾速划过藏文化的时空，坎坷而短暂的一生，是20世纪藏族史上的一个奇迹。他睿智的思想光芒和离经叛道的言行，在很长一段时间受到了人为遮蔽，甚至被畏惧真理的权贵施以种种桎梏，但这丝毫不能消减真知的力量。闪耀的星辰依然是闪耀的星辰，而且在以后的日子更加灼目。

今天，当我们仰望这位上承传统藏学，下启现代藏学的一代宗师，他在异国他乡和青藏高原上落寞的身影，愈加清晰和高大起来。他的学术成果和治学方法，在藏族学术史上具有划时代意义；从佛教神学史观转向人文史观，从以神为中心转向以人为中心的启蒙思想，开启了现代藏文化人文主义的大门。

更敦群培，这个安多的托钵僧，生前孤寂，命运多舛，他的一生，在父母到西藏朝佛时就注定了。大德的父亲是故乡双朋西一所宁玛派寺院的活佛，更敦群培尚在母腹时，就被认定为西藏多吉扎寺的转世活佛。父亲认为自己也是活佛，有自己的寺院，应当把孩子留在那里；如果生在西藏，一辈子就回不了故乡。于是，一家人打点行装，在1902年底启程离藏，返回安多。次年藏历三月，途经宗喀吉日山东侧时，更敦群培出生了。一个月后，回到了双朋西。

双朋西，同仁东南部18公里外的偏僻小村（8世纪就有人类居住），四面环山，一条不大的小河由南向北从村前静静流过。我多次来过悬挂在山腰的这座古村，有时候是清晨，有时候是夜里。长久凝望那些用泥土悉心涂抹的庄廓，或在晨曦中飘起纤细的炊烟，或在夜色中透出柔和的灯光，让行走的人顿时心生倦怠。2015年大雪节气过后的一个深夜，我经双朋西而后穿越瓜什则峡谷向阿丹草原。那时，双朋西隐藏在黑魆魆的山野中，依稀可见的村舍不见一星灯火，偶尔犬吠突起，乡野的宁静瞬间被打破了，不久又深陷呢喃。前几天的积雪尚未消融，越野车的前灯照在路上，雪路反射着转瞬即逝的光亮，并不耀眼。我知道，更敦群培出生的那座庄舍就静静蹲在那里，下意识地向那个方向张望，视野中只有浓重的夜色。或许，很多年前的冬夜，他一个人也从这条路上走向了更远的地方。车里，一首青海"花儿"袅娜婉转：

> 喜鹊抬着板板儿来，
>
> 你脚步不响了悄悄儿来，
>
> 哎哟，早来得了吧，
>
> 想着……

更敦群培的故居坐南向北，是一座普通的平顶四合院，东南西厢房均经过翻修，唯有他居住过的北厢房保存着原有的模样，中间一面板壁将房间一隔为二，一面是卧室，一面是厨房。厨房仍放着橱柜和碗具，但卧室已被改为贮藏室。更敦群培4岁时，在父亲所在的寺院接受沙弥戒。之后，拜色拉寺的格西为师，14岁随宁玛派高僧学习佛典，后入十三世达赖喇嘛的经师夏玛尔班智达多吉强主持的支扎寺，并在那里授比丘戒。他的宁玛派所取的俗名仁增朗杰，也被改为格鲁派取的法名更敦群培。

17岁那年，"像小湖一样的支扎寺已经容不下他这条渴望在大海畅游的大鱼了"，更敦群培骑马来到只有半天马程、安多地区的大寺院拉卜楞寺深造。7年后，他以扎实的佛学基础和出色的辩论，为自己赢得了声誉，但因为他"以敏锐的眼光和充分的理由，对该寺奉为根本经典的嘉木样活佛所著的法相学等书籍提出了一些不同的看法，使学僧们大为震惊，也使该寺的一些著名高僧感到不快，可是没有人能从道理上对他加以批驳。正是这一缘故，他在该寺受到各方记恨和刁难，难以立身。为了寻求正确的教理以决疑难，他决定前往卫藏佛法之地学习"。

更敦群培的命运在西藏发生了改变，为其后来成为具有国际性影响的学者，迈出了关键一步。

在拉萨哲蚌寺学经期间，他结识了前来西藏搜集梵文贝叶经、被称为"印度的班智达"的大学者罗睺罗。此时，这位来自同仁的僧人已经成为誉满藏区的学者。罗睺罗对更敦群培一见倾心，他的许多研究后来在更敦群培的帮助下完成。1934年，更敦群培接受罗睺罗的邀请，游历印度（在印度，他结识了东方伟大的诗人泰戈尔，他卓越的才华受到泰戈尔近乎偏爱的赏识。更敦群培婉拒泰戈尔推荐去其教书的学院执教的盛意后，继续漫游）。之后，在锡兰等南亚国家生活了12年，其间，和同在印度的俄国藏学家罗利赫合作，翻译藏

高天流云，心境广阔

文史学名著《青史》。

1945年11月，在异国漂泊了10多年的更敦群培谢绝友人的劝告和挽留，决意回到故乡。不料，回国9个月后，他即被噶厦政府逮捕，直到1950年11月出狱。这时，这位久负盛名的大学者，身体受到严重摧残，他的妻子次旦玉珍回忆说："更敦群培出狱时，头发披肩，疯疯癫癫，已经离不开酒了。"而他的大量手稿和笔记，被当局查抄和贪官掠夺，多数散佚，多年的心血付诸东流。

任何一个渴求光明和真知的时代，先知先觉者首先用生命孵化着希望的太阳，甚至燃烧了自己。1951年8月，更敦群培带着未竟的心愿，结束了49年的人世苦旅。临终前，他很不甘心地说："我渴望现在就死，但是，我知道的太多，我不能死。"

那些畏惧和害怕他的人终于松了一口气。

更敦群培从同仁河谷走向了藏文化和藏传佛教的祭坛，他堆垒起现代藏文化的一座高峰后，像一个曾经嬉戏于双朋西山野间的顽皮孩童，躲在天国，悄悄看着人们惊愕、复杂的表情。这个殉道者，现代藏族史上的佛门奇僧、学术大师和启蒙思想家，杰出的人文主义者、朴素的唯物主义者，以人文史观研究藏族历史、文化和宗教，动摇了统治藏族学术文化近1000年的佛教神学史观。从发表第一篇文章至去世的

15年间，他撰写和翻译了《白史》《欲经》等103部（篇）涉及历史、宗教、语言文字、文学、艺术、民俗、性学、地理、考古、医学等领域的作品，此外，还有大量的诗歌和画作。另有不少手稿被烧毁、散佚，成为藏文化史上永久的伤痛和巨大损失。

百年倏然而过，大德故居前的小河依旧默默流淌。离开故乡后，他再也没有回到这里。如今，他的巨幅画像被供在家乡寺院，日夜守望着母亲一样深情的生养之地。

也许，他早就听见了母亲的呼唤。

一座古城的今生迷恋

同仁的今世，是一幅正在精心绘制的朱红唐（唐卡的一种，以朱砂涂画布，而后用金粉描绘轮廓，堂皇中铺陈着沉稳，炫目而不失典雅）。

站在东山半腰，鸟瞰烟雾缥缈的热贡谷地，隆务河从南向北穿过，同仁形似一张飘落在大地上的枫叶。西南方向，阿米夏琼雪山仿佛大鹏，展翅欲飞。这座同仁地区最高的山脉，海拔4000多米，在当地百姓的心中，地位神圣。它是护卫热贡最著名的两大山神之一，另一座山神是阿尼玛卿。在隆务寺、吾屯寺、年都乎寺的壁画中，两者位置显赫，必不可少。

在同仁地区，无论是藏族、土族，还是汉族，都有各自崇拜的神灵。而这些神灵，往往是河流、湖泊、山峰的统治者，更多的，是山峰的人格化身，主宰周围世界。

悠久的历史和浓烈的宗教气息，给同仁打上了厚重的文化底色。顶着8月的阳光，徜徉在隆务街头，每一间古老的民居，每一座静谧的寺院，每一幅精美的唐卡，每一位安详的老人，每一个久远的传说……都是沉静的诉说者。

他们，是同仁的灵魂。

隆务古城所在地地形起伏连绵，山峦叠嶂，阿米夏琼山和阿米德合隆山由南向北延伸，隆务河两侧的东西山区地势沿河谷逐级上升，从南向北构成一个由高到低的天然阶梯。这种别致的地形，造就了隆务老街城中有山、山中有城、城边有水的迷人风貌，享有"西域胜景"之美誉。具有700多年历史的隆务寺和已有250年历史的老城区，是青海民族文化的重要展示地之一。

这片青海保存最完整的古街区，"安史之乱"后，成为藏族聚居区，随着宗教文化的兴起，隆务寺的兴建，逐渐发展为安多地区的佛教中心。1625年修建民主上街，吸引了撒拉族、回族来此经商谋生，同时也带来了伊斯兰文化。1765年，沿隆务上、下街修建了商人居住地，由此形成老城雏形。到清末民初，商业兴起，汉族大量迁徙至此，并带来先进的技术、文化，城区也不断扩大。沿民主上街、下街修建了清真寺、圆通寺、二郎庙等建筑。

进得老城区，街道不甚宽敞，但颇具边地古韵，醇厚的历史韵味扑面而来。伫立了数百年的商铺，由于年久失修，不少濒临倒塌。来自甘肃靖远的一家古建筑队正在依旧翻修。那是一种清代建筑风格的木质二层小楼，一家连着一家，屋脊逶迤，连绵千余米。透过清新的木屑味道，前店后院、下店上宅的民居，静静诉说着昔日的光耀。已经修缮完毕的人

藏区小木楼，尽显岁月沧桑

家，大部分在二楼窗台摆放着吊金钟、臭绣球、九月菊；不时有披着盖头的伊斯兰妇女在窗前闪过。一个白胡子回族老人，坐在一楼店门外，安然享受着午后温煦的阳光。

进去老街不远，是热贡地区另一个显赫的地方神庙——二郎神庙。这是一个饶有趣味的去处。庙管是一位长发盘绕、系着红头绳的中年康巴汉子。得到他的允许，我进入庙内，却见里面挂满了哈达，供桌前供奉着夏日仓活佛的照片。二郎神像则在后面的佛龛巍然安坐。庙两厢的墙壁上，绘制着伊斯兰风格的花卉。在拜谒神庙的时候，一只出生才几个星期的藏獒，一直跟在身后，直到把我们送出庙门，才在主人的呼唤声中不情愿地掉头返回。

二郎神崇拜，源自汉族道教信仰，但在庙内与藏传佛教、伊斯兰教的因素巧妙地融合在一起。这种现象，在同仁不是个例。一边是清真大寺寺顶升起的铁质弯月和星星，一边是基督教堂天籁般的安魂曲；一边汉传佛教道场的香火袅袅，一边藏传佛教寺院的梵呗不绝。多宗教共存，多民族共生，是这一片金色谷地里最美的风景。

现在，老城内居住着500多户居民，回、汉、藏、撒拉、东乡、保安等民族杂居，分别代表藏传佛教、汉传佛教、伊斯兰教的隆务寺、圆通寺、清真寺等经历沧桑的建筑，是他们和睦相处、患难与共的见证。这在全国也是难得一见的人文景观。

同仁，有容纳百川的胸怀。虽然地处青藏高原，但它和外面世界的距离并不遥远。任何有利于自身强壮的营养，它都不会拒绝。在文化方面如此，在文明方面如此，在一些生活细节上也是如此。从老街出来，漫步新城区，发现了一家西餐厅（这不是稀罕的事，随着全球化脚步的加快，洋快餐在中国几乎遍地开花，出现在青藏高原东部边缘地区，是信息化时代文化和文明传播的必然结果），门头标着"西餐厅"几个字，而在门窗玻璃上却贴着两行红色的剪纸字：主营干拌、烤羊肉，令人忍俊不禁。在外地人看来，两者风马牛不相及，而在当地人的眼中，再正常不过了：为什么西餐厅里就不能有烤羊肉和干拌呢？这两样可是同仁人见人爱的美食。

他们轻而易举地把舶来品消解了。

（文化，是一种生活。从同仁回来，我和一位社会学家谈论起此事，他说，杂交的文化，往往具有更强大的生命力。一个地方的文化，尤其具有强烈感染力的文化，从来不会只有一个源头——比如大海，因为汇聚了众多河流，才那样辽阔恣肆。）

再往前走，是一条土巷道。巷道口的一块黑板上，用粉笔竖写着几行字迹不一的半大字。一行字是：上帝啊，保佑我！另一行字是：真主是全聪的，是全知的。第三行字仿佛是一封没有称呼和署名的情书：我们什么时候再见面呢？

两种宗教的信徒，在同一块黑板热切地表达着各自的心愿；而俗世的渴望毫无顾忌地表露。在同仁，生活就是这样，自然而然地弥散着真切的味道，不张狂，也不隐匿，那种遵从天道人意的温暖，沁人心脾。

我把它照了下来，回家给女儿看，她以年少人罕有的老成说：有意思，有意思。

同仁的另一个身份，是我国藏传佛教艺术重要流派热贡艺术的发祥地，热贡艺术始于10世纪甚至更为久远的年代。数百年来，匠人们从隆务河谷地出发，足迹遍及西藏、四川、甘肃、内蒙古等国内许多地方和印度、尼泊尔、泰国、蒙古等国家，所到之处，他们把乡思和对众神的顶礼留在了精美的艺术品中。

它，是天河之南的另一个历史入口。

神灵俯瞰的疆域

　　文化从人类古老的游戏和生活中抽象出来，又为人类的众多活动赋予了深邃的内涵。这，不是反哺，而是人类对自身的内省，进而拔高生活的高度，深刻生命的意义。

　　实际上，每一个人的行为，每一种娱乐和仪式，都是一种文化的载体。尤其那些传承了原始生命力、被共同的情感所沸腾的集体性活动，无不彰显人类的思想。如果撇开不同的表现形式，大致可以把传达的群体性感情归纳为：愉悦，感恩，敬畏，祈愿和悲悯。其实，这也是人类应该坚守的最朴素的情感。

　　也许，这样的归结并不完整，但在同仁地区，事实的确如此。历史渊源悠久的"六月会"，使这块大地上繁衍生息的人们，近于疯狂地向世人敞开了心扉。他们的表现方式，在外人看来不可思议，然而，就是这样炽烈、如癫如狂的表达，让这些山野的天才舞者，延续祖先的记忆，完成了每年一次的精神追索，也使奔波在红尘中的心灵，在天河畔、原野上得到了安宁。

农历六月中旬，热贡谷地麦浪翻滚，丰收时刻即将到来。在热贡人的心目中，收获不仅是自己辛劳的结果，也得益于神灵的护佑。他们把对神灵的敬畏和感恩，用极其质朴的舞蹈反映出来，同时，邀请众神和他们共享丰收的喜悦。

他们说：神欢喜了，我们就欢喜了。

从农历六月十六开始，热贡谷地就成了山野舞者的巨大舞台，在此后的10天里，他们把从祖先那里继承下来的舞蹈和欢欣，在蓝天白云下演绎得狂放不羁，虔诚而真挚。

生活被激情点燃了。

欢庆的鼓点首先从四合吉敲响。这个阿米夏琼神山佑护的藏族村落，背靠阿米夏琼山，面朝隆务河，安宁幽静，原属热贡十二族中的隆务部落。在热贡，阿米夏琼山神的地位至高无上，每年的人神狂欢从这里开始，理所当然。

综观热贡六月会，请神、迎神、娱神、送神为基本展演程序，核心是舞蹈。以内容而言，这些代代相传、场面宏大、

心中的圣地，只能用心灵和身体丈量

舞姿优美的舞蹈，又分为神舞（拉什则）、军舞（莫合则）和龙舞（勒什则）。其中神舞是六月会最常见的舞蹈，从隆务河上游的曲库乎，到隆务河西岸的四合吉、年都乎，东岸的铁吾、苏乎日、吾屯等，都能看见神舞舞蹈者的身姿。

每年一次在金色谷地上演的六月会，藏族称"周贝鲁若"，土族叫"六月纳顿"。部分学者则给它起了一个惊悚的名字："六月血祭节"。关于它的来源，有着优美的传说。当然，这些传说无一例外以神的名义展开。这是一个有趣的现象，在热贡百姓的集体记忆中，神和他们的生活密不可分，没有一个节日离开神而独立存在。也许，每一个民族都能够在创世神话中找到最原始的本源文化信息。

很久了，神灵时刻俯瞰着这片深情的高地。这些民间的口碑，我将在下面的章节中逐一描述——因为，它们本身就是一个民族的口传历史。

拉哇把神请回人间

现在，重返阿米夏琼山下绿色怀抱的村庄四合吉。农历六月十六，全村200余户人家都为即将来临的浪漫节日忙碌着，他们采摘下庭院中怒放的金盏菊，准备好哈达、锅盔、酸奶和青稞酒，敬献在半山腰的神庙里。次日清晨，舞队在拉哇（法师）的带领下，走向经幡飘扬的拉则，吹响海螺，煨桑、撒风马，祭祀神灵。

他们以最隆重的方式，把神请回俗界。

请神的一个关键人物，是拉哇。他把神界和人间连通起来，这个在藏语中被喻为通神的人，虽不是膜拜的对象，但威望很高。在六月祭礼中，他是主持人；在六月傩舞中，他是领舞者。

法师为普通的农民或是专业的热贡艺术师，非藏传佛教神职人员，平常生活完全世俗化，在六月会期间，他是当地护法神的现实之身。六月会结束，他们又拿起锄头或是画笔，忙活自己的营生。四合吉现在的拉哇叫当增本，他的父亲——四合吉的老拉哇去世后，他被隆务寺的活佛认定为新的拉哇。据说，不论当增本身在何方，只要四合吉村庙的桑烟升起，他就会全身发抖。村民们坚信，当增本是阿米夏琼山神的一个化身。

祭祀和迎请围绕阿米夏琼山神进行。此外，六月会期间，安多地区的重要山神也被恭迎进村，接受大家的拜谢和奉祀。被迎请的山神主要有二郎神、阿尼玛卿山神、阿朱年钦山神、夏琼山神、德合隆山神、达尔加山神、拉日山神、龙神。除了山神，各村祭祀、供奉的保护神还有很多，如格萨尔、孕斯栋将军、关云长、藏化的文昌帝君、送子娘娘，以及羊面

六月会期间，舞蹈是人和神之间交流的神秘通道

神、吴山马祖、浑身长着眼睛的惹阿神等，他们的伴神、大臣、武将、隶属、配偶、子女也在被迎请之列。人神共欢，是六月会的精髓所在。

热贡地区的神灵，有的和民族迁徙相关，比如在藏、土族人民心中地位很高的二郎神，已经不是一尊神的专指，而是秦代李冰之子李二郎、隋朝赵昱赵二郎、唐代从印度传入我国西域的二郎独健、《西游记》《封神演义》中的二郎神杨戬等各个二郎的综合神体。有的和战争进程相系，比如达尔加山神所居住的达尔加山，是赤热巴巾时期唐军与吐蕃军队对峙、展开拉锯战的地方，当地人说，那时同仁地区虽处军事要冲而未受到战争大洗劫，就要归功于此神。有的与社会发展勾连，有的紧随道德信仰，有的脉承原始本教……各路神仙高坐于庙堂之上接受人们的顶礼膜拜，丰富多彩的民族生活与精神风貌也由此彰显。

祭祀活动开始前，法师要进行沐浴仪式，各个村庄的形式有所不同，但以水洗尘是共同的。在苏和日村，法师带领年轻人抬着神轿到小河或溪水边，往神轿上泼洒一些水，随后大家互相泼水，净足净手。四合吉村的当增本则在寺院内请喇嘛诵经祈祷，而后净身。在信众眼里，神沐浴过的河水会更加清澈、圣洁。

农历六月十七早晨，隆务河谷桑烟袅袅，四合吉的请神队伍向神灵发出庄重的邀请。拉哇当增本带领近百人的队伍走向阿米夏琼山腰的拉则，众人围着拉则顺时针方向转圈献舞，当增本在前泼洒酒物，供祭山神，并向四方敬拜，迎请诸神同享人间欢乐。这时，有的人呼唤着神灵的名字，放飞祈愿幸福平安的"龙什达"（风马）。一时间，风马随着升腾的桑烟，带着人们的虔心和期盼满天飞舞。

袅袅烟雾中，他们仿佛看见：在鲜花艳丽、绿叶婆娑的农家小院，神们面带微笑，端坐在堂屋，全慈全悲的目光刹那间覆盖了他们。

菩提树下的神舞

"白祭"是六月会的一大祭祀方式。所谓"白祭"，指的是用五谷杂粮、白酒、哈达、彩绸等作为祭祀物来祭祀神灵。在先民的观念中，庄稼丰收是和各路神灵的保佑分不开的，每当获得丰收，他们便拿出各类谷物来感谢神灵，供品一家比一家多，场面一家比一家隆重，在大地上获取幸福的人们，以最虔诚的方式表达对神灵的敬重。

吐蕃早期，祭祀神灵时有用活羊献祭的习俗，人们取出羊心献给神灵，随后将其余部分焚烧殆尽。离四合吉不远的浪加村仍然保留着这种习俗。由于佛教严禁杀生，有些村庄的献祭内容随之有所改变。郭麻日村改献"神羊",村民们送出一只白绵羊,经法师诵经后,将一桶凉水泼在羊头上,被凉水刺激的白绵羊浑身颤抖,以示神已享用了这一供品。之后将白绵羊放生,献羊仪式宣告结束。从此,这只羊就成了神羊,自生自灭,任何人都不准鞭打或宰杀它。苏合日村则用糌粑、酥油等制成色彩鲜艳、活灵活现的"神羊"替代活羊,祭祀时将其献在神庙门前,经过一系列的宗教仪式后,在桑堆中烧光。而霍日加村则买羊胴体祭祀,尽管是代祭品,但其文化内涵十分明晰,人们对神的崇敬丝毫未减。

祭祀结束,为神献舞。

四合吉的舞队跳得就是神舞(拉什则),俗称龙鼓舞,由于舞者均手持"拉锷"(即神鼓),又称神鼓舞。"拉什则"曾广泛流传于青海安多藏区,尤其在贵德、化隆、循化和黄南地区最为盛行。20世纪50年代以后,其他地区的神舞逐渐式微甚至消失,热贡地区的神舞不仅完整保存下来,且不断发展并形成了自己的舞蹈体系。

传统的"拉什则"只限13名青壮男子表演,所扮演的角色是"13位战神"。但如今,热贡地区的一些村寨在13名男子表演完后,还会挑选13名妩媚的姑娘扮演王母娘娘和12位地母神。她们双手托着贡品或哈达,轻歌曼舞之后,将供品敬献给扮演13位战神的男子。

如此安排，有一段传说：人类尚未出现时，在无边无际的天空刮起了一阵狮子金刚似的飓风。狂风过后，出现了许多海洋，其中最大的海洋中心露出一处巨大的金宝，金宝之上又出现了盐的海洋。盐海中长出一座大山，周围七座小山环绕；七座小山四周分布着四大洲、八小洲。其间有座铁围山，山上长着一株如意菩提大树，树高得惊人，根扎在天间阿修罗的城池，树梢长到玉皇大帝居住的三十三层天。菩提树结着长寿果，食之长生不老。阿修罗为了夺取菩提树，与天神征战不断，神兵神将溃不成军，玉皇大帝便请求金刚手菩萨助战，金刚手献计又邀来振佛神、后嗣繁衍神、伏敌神、制锅神、长寿神、美妙神、积德神、英勇神、众敬神、称美神、成就神、大力神、扬名神13位战神，终于打败了阿修罗。玉帝举行祝捷会，让西王母和12位仙女跳13个舞蹈慰问13位战神。后来，战神中的伏敌神转世人间，将西王母等人所跳的13个舞蹈传到了同仁。所以，有人又将这种舞蹈称作"敬神瑶池舞"。

意境绵长的传说赋予了拉什则夺目的艺术光芒。由迎神舞、海螺形舞、如意宝舞、大鹏舞、黑马绊舞、旋风舞、白雕展翅舞、白马腾跃舞、环套舞、独舞、赞神舞等13个舞蹈组成的拉什则，仅凭一锣一鼓敲打变换节奏，舞蹈语汇却十分丰富，风格粗犷豪放，气势热烈欢快，神态肃穆典雅，意

美丽的姑娘们向神献舞

趣诙谐多趣。

表演时，舞者左手持鼓面上绘着龙、牡丹、莲花等图案的单面羊皮鼓，右手持鼓槌，从头顶、身前、胸前和腰后击出多种鼓点，在领舞者的率领下，舞者整齐有序地变化出"如意旋宝""右旋白海螺""聚宝财富"等队形图案。海螺形舞是傩舞中的基本旋转方式，如白海螺般地向右旋转。在鼓点中撒开奔放的舞姿，热烈欢快的节奏，几十上百人旋转踏步，长袖高飘，刮起祈求吉祥太平的旋风。轻快流畅的步法、豪放舒展的舞姿、变幻多端的队形，以及铿锵有力的鼓声，给拉什则增添了无穷的魅力和活力。

颇为有趣的是，六月会即将结束时，四合吉的青年男女集体出场，聚集在一起，高唱献给神灵的歌——其实，他们在对情歌，借神的名义，相互表达爱慕之情。在神灵面前盟约，请神见证，这是对爱情最真挚、最高尚、最纯洁的表达。

被鲜血滋养的勇士记忆

军舞（莫合则），意为军队跳的舞蹈，是热贡地区每逢六月会时各村寨普遍表演的舞蹈节目，具有广泛的群众性和欢庆的娱乐性。它的源起与古代军事征战和热贡地区敬奉的二郎神有关。二郎神之所以在热贡被奉为主要神灵之一，据说，是因为这位原在汉地的神灵帮助藏族同胞的祖先打过胜仗。

但流传在苏乎日的另一个民间传说更为传神：在藏王赤祖德赞执政时期，吐蕃和唐王朝失和，两军在今甘青一带对峙。同仁当时作为吐蕃的大后方，由一个叫耶察的将军把守。耶察和苏乎日上庄的藏族姑娘达玛藏措娃成婚不久，吐蕃和唐王朝便在高僧调解下收兵讲和。当地军民欢歌载舞，认为这是神在暗中帮助，便在达尔加尼哈举行隆重的祭祀仪式感谢达尔加山神。众人聚集在达尔加央措湖畔，跳起了神舞、军舞、龙舞。神舞献给达尔加山神，军舞慰劳两军将士，龙舞演给达尔加央措的神灵龙。后来，耶察夫妇把三种舞蹈带到苏乎日，每年六月会演出。

在同仁地区，郭麻日、尕撒日两个土族村庄的军舞最具代表性。郭麻日，藏语中意为红色的门。当地人说，历史上这里曾经驻扎过一支军队，服饰绝大部分为红色，这种象征鲜血和胜利的颜色，就成为这支军队和驻地的标志。郭麻日的六月会在端午节这天拉开了序幕。煨桑、祭祀、唱歌，至六月会跳军舞之前，宗教仪式和娱乐不断。到了农历五月二十五，每个家庭至少有一位男性带着事先准备好的一截松树枝干（这是郭麻日六月会期间的一个重要道具，当地人叫大核行），前往村庄北面的拉什则，在此煨桑，并将木制的刀、剑等武器挂在大核行上面，以示罢刀弃枪，和平言欢。这个具有明显纪念意义的仪式结束，法师布置完六月会的各种事项后，人们唱歌、喝酒、狂欢。

农历六月十七至二十四,六月会逐渐被推向高潮。每天的活动各不相同：六月十七，负责六月会后勤的人家打扫山神庙；六月十八，将收来的粮食磨成面粉；六月十九，炸制花样繁多的馍馍；六月二十下午，村里的年轻人将神庙的神轿抬到隆务河边，插上一种称为"黑将麻"的植物，然后请神到每家每户降福驱邪，全村人紧随神轿为这户人家煨桑。这是被郭麻日村民视为神圣的宗教仪式，每年必不可少。在他们看来，神来了，就是福来了，安康来了，如意来了。

此后的几天，舞队先后在村中、神庙、尕撒日展现粗狂、威武的舞姿。

郭麻日军舞的舞蹈者，穿着清一色的白衬衣，藏服则质地不一，头顶以假辫缚着红黄绿相间的毛巾，手拿长约一米、大拇指粗细的木棍。有的一手持斧，一手拿着面具。这种面具藏语叫"拿大什"，汉语的意思是"不好看"，名字颇为有趣。其实，它的引申含义是：敌人的替身。

郭麻日的军舞种类有13种，但村民都说不出名字。舞者们说，这是13种跳法，没有具体名称，全是模仿军队操练的动作。通常，每次舞蹈前先要转圈。领舞人左手拿绿色面具，边舞边做砍杀状。转23圈后，队伍分排两列，在中间敲鼓的法师指引下，两列"军士"发出震天动地的呐喊声，奋勇冲向对方，相互击打棍子。如是三次，方才罢休，转而效仿摔跤动作，蹈之舞之。

莫合则通过模拟古代军事活动，调动舞队，走出"核项妥交"（十三圈）、"沙恰果交"（分地）、"妥守交"（行军）、"葛得交"（拜神）等队形，来表现古代军事征战的变幻莫测。每跳完一种，都要从场院跳进神庙，向神参拜，感谢神的保佑、庇护，并请神灵给勇士们赐予战胜对手的力量。

珍惜和平，是每一个经历了磨难的民族永久的渴望。从传说中赤松德赞时期唐蕃罢兵言和，军民共跳欢庆舞蹈至今，郭麻日和尕撒日等村庄的百姓年年在收获季节跳起军舞。雄壮、豪放的军舞既是同仁地区历史上军事活动的再现，也体现了人们向往美好生活，祈求和平的美好意愿。

血祭，生命和神同在

实际上，六月会的舞蹈不仅仅是一种充满生活情趣的民间艺术行为，也是一场庄重的宗教仪式。"它们一部分具有重要造型的或象征的意义，是宗教思想的戏剧性表现或宗教的哑剧语言；一部分则是跟灵物交际的手段或影响它们的手段。"这在龙舞中表现得尤为突出。龙舞作为隆务河谷地民众广泛参与的祭祀活动，以拉哇为介质，在人神交流中，一方面实现娱神的目的，一方面冀求神的佑护，获得平安、吉祥、幸福。

浪加龙舞集中体现了六月会龙舞的神韵。这个宁静的藏族村庄，坐落在拉日山和莫巴山对峙形成的狭长川谷中，通往循化和甘肃夏河公路交叉处的隆务河台地上，与麻巴、保安、双朋西为邻，发源于双朋西的浪加河，绕村而过，然后汇入隆务河，是保安著名的"四寨子"之一。因为处在农业文化和牧业文化的交会地带，浪加既受中原汉文化的熏染，又有藏文化的深厚底蕴，这使得它的六月会在隆务河畔的村庄中个性鲜明，特色迥然。爬龙杆和丰产巫术成为其六月会的显著标识。整个活动以歌舞为中心，祭神娱神，当地人把这个节日称为周贝柔勒，汉族叫六月歌舞。

关于龙舞，在浪加有一个流传甚广的故事：很久以前，浪加的智者阿尼阿拉果想把村南边的河水引到村北浇地，但修渠失败。后来，他又带村人在托托洛合滩上面赛格龙洼沟找水。那里有一眼很旺的泉水，由于沟内积沙沉厚，泉水流不多远就渗到了地下。阿尼阿拉果认为这是潜居水中的青龙不悦所致，便在每年六月二十带领里的童男童女，在泉边给青龙唱歌献舞，祈求龙神让泉水顺利流入水渠，浇灌庄稼，这一习俗流传至今。这个故事，对龙舞的来历进行了有趣的解说，其中包含浓重的农耕文化信息和宗教文化信息。

和热贡其他村落一样，浪加的六月会仪式从请神开始，之后降神，娱神，最后送神。

浪加请神的仪式在农历六月二十举行。这一天，在拉哇看卓才让的带领下，舞者来到拉日山神庙请神。庙内袅袅桑烟中，经幡飘荡，气氛庄重。人们采来当地的一种植物，插在挂着拉日山神像唐卡的高大旗杆上（浪加人称之为立朵。朵，藏语，意为顶尖、顶部）。此时，看卓才让法师不断诵念歌颂赞美拉日山神的经文，舞者一边往煨桑池中添加柏枝、炒面、酸奶，一边大声呼喊，祈求山神喜悦，人神沟通。随着仪式推进，舞者的情绪也激昂起来，手舞足蹈，在庙内庙外奔腾跳跃，直至占卜结果吉祥，附体在看卓才让法师身上的神灵离开为止。

请神仪式结束，六月会各项事宜安排妥当，人们聚在庙外，团团围坐，大口喝着酒，扯开嗓子唱拉伊（情歌），狂欢到黄昏，才意犹未尽地返回村庄。次日，锣鼓声划破浪加上空，舞者以大地为舞台，尽情舞蹈，挥洒激情。

舞队由百余名青壮年男子组成，舞队前7人为领舞者，每人左手拿一木雕面具，分别代表龙、蛇、青蛙与人，右手持一把系着绸带的小神斧。其余舞者只是右手持小神斧，一说用来祈龙降水，一说是用来海底捞宝。龙舞的舞队按顺时针方向走出蜿蜒连绵的队形，模拟巨龙翻滚的壮观气势和威武姿态，舞蹈以连续吸腿跳，屈腿弯腰和身体的左右抖动、旋转，表现出藏族群众对龙的期盼和崇拜。男子舞队浩浩荡荡，气贯长虹，似长龙舞动，将龙的形态和人的快乐表现得淋漓尽致。

爬龙杆，是浪加六月会刺激和惊险的活动。在当地，将其称为"开山红"，也即血祭。人类学家爱德华·泰勒认为，在最朴素实在的原始世界观中，"生命就是血"，"因此，血就被作为祭品奉献给神"。而在人类的观念中，血是生命的象征，是生命的本源之一，用生命中最可贵的东西祭祀神灵，能达到敬神娱神效果。因此，血祭作为原始宗教的具体形态和重要的巫术方式，广泛而形式多样地存在于世界各民族之中。在中国，据甲骨文献资料记载，这种祭祀仪式商代时期就出现了。浪加的血祭源于何时待考，不论是历史资料，还是民间口碑，都没有确切交代。这使这一古老而狂野的娱神仪式从源头上就显得非常神秘。但显然，这是藏民族先民原始宗教祭祀仪式的遗风，它不单独举行，而是和煨桑、献牲、祈神舞蹈交织在一起进行。

农历六月二十一，浪加日秀麻的拉哇在莫巴山神附体后，率领舞队和日贡麻的舞队会合，在日贡麻的麦场上继续舞蹈。此间，几个年轻人扛来插有芨芨草、悬挂着唐卡画像的高约

13米的旗杆，立在院场中央，进行血祭，观者无不惊悚动容。

次日，两队舞者相遇，再次血祭。

河流是地球的血脉，鲜血是生命的河流。不惜以生命河流为神灵濯尘的人是何等决绝？

血在原始信仰中的重要性，决定了它在仪式中被广泛使用，同时，给鲜血赋予了更多的宗教意义。在美洲一些地方，人们相信，鲜血抛洒之地将寸草不生，永为不毛之地。在西非，如果血滴在船上，必须将洒有血渍的地方铲除，并将铲下来的木屑烧毁，否则会遭厄运。据历史资料记载，忽必烈击败叛变的叔叔后，下令将之用毛毯包裹起来，往复摔掷处死，以免皇室宗族的鲜血洒在地上。

血，在原始观念中，不但是一个人的生命，也是一个人的灵魂。热贡六月会中以血为媒质的一些宗教仪式，具有原始文化的遗留与积淀，这些散落在隆务河两岸的原始宗教文化的精美活化石，给金色谷地里现代人的生活带来了无限遐想。

以爱的名义祈求女神

热贡山野上的舞者在岁月的流逝中继续着狂热的舞蹈，暗合鼓点的节奏，张扬生命的激情。在旁人看来，每一个动作都挥洒自如，自由随意，其实不然，他们在严格遵循先人们留下来的仪轨——这不但是因为，每一代人都是祖先血脉的传承者，而且在现代生活中，它还是一条通往心灵如意之境的神秘通道。

生命，由此迸发出无尽的创造力。

在浪加的田野上，挺立着一个雄壮的土柱，底部粗壮，顶部插着一簇树枝，状如男根。作为浪加人的信仰载体，它表达的宗教含义是：祈求神灵赐以人丁兴旺，五谷丰登。

这和浪加信奉的另一位神灵有关。她就是在六月会中有举足轻重地位、笼罩神秘色彩的女神阿玛勒毛。

人类对女神的崇拜由来已久。国内学者叶舒宪在其著作中说："人类学家和宗教史家相信，原母神是后代一切女神的终极原型，甚至可能是一切神的雏形。换句话说，原母神是女神崇拜的最初形态，正是从这单一的母神原型中，逐渐分化和派生出职能各异的众女神。"这样的女神，在中国遍布民间：抟土造人的女娲，从青藏高原的部落首领擢升为天后的西王母，佑护海上牧者的妈祖，给凡间带来吉祥的九天玄女……这些神灵在民间享有崇高地位。在创世神话中，她们的职责几乎都和生育连在一起。从根本上说，人类对女神的崇拜，反映了人类对自身繁衍和种族延续的强烈愿望。

对生育女神的崇拜，不是某个民族的独有现象，在地球上非常普遍。在人类的观念中，天、地、人三者相互和谐，

六月会间隙，身着盛装的孩子们在休憩

才有生气盎然的世界。人类在早期相信，"动物世界和植物世界之间的关系比它们的表面现实更为密切。所以他们往往将复活的植物的戏剧性表演同真正的或戏剧的两性交配结合在一起进行，用意就在于借助这同一做法同时繁衍果实、牲畜和人"。"因此，食物和子嗣这两样是人通过巫术仪式以稳定季节所主要追求的目标。"

生活在现实与神话交融中的浪加人，对此深信不疑。他们执着地认定，阿玛勒毛可以帮助他们实现生活中的某些愿望。譬如，那些尚未成为母亲的已婚妇女相信，得益于阿玛勒毛的保佑，她们的心愿会变为现实。

可以想见，在山峦交错纵横，河流仿佛披发的地方，能给人间带来无穷生命和丰收喜悦的一个女神，其魅力和风采是何等的卓绝。仅此一点，就足够我们无限向往了。每年六月，她被满怀期待和虔诚的人们请到凡间时，在她的庇护下过上儿孙满堂日子的村民，不管以怎样的方式表达激动和感恩的心情，一点儿都不过分。

在浪加人的想象中，阿玛勒毛是一个体态丰盈、面目慈祥、母亲一样温柔贤淑的女神。这一被人格化了的形象，长久以来被供奉在浪加。她一身华衣，锦绣灿烂，一双秀美的眼睛静静注视着前方，似乎在告诉人们万物葳蕤的秘密。

作为同仁藏族传统民间信仰中的一位神灵，阿玛勒毛现在普遍以龙神代替。藏民族观念中的龙，并非汉民族意识中集祥瑞和尊贵于一身的王者，也非汪洋世界的统治者。对龙神的信仰，在藏区历史悠久，非常普遍。之所以如此，是因为早在藏族原始宗教本教经典《十万龙经》中，把它列为创世神。这部典籍记载了龙母创世的神话：龙母头的上部变成了天空，右眼演变为月亮，左眼转化为太阳，四颗门牙蜕变为四颗行星。当它睁开眼时，白天就出现了，闭上眼时，黑夜来临。它的声音，形成雷，舌头形成闪电。呼出的气成云，眼泪滂沱为雨。它的鼻孔产生风，血诞生本教宇宙中的五大洋，血管变成河流，身体变成大陆，骨骼变成山脉。

这个神话传说，至少说明这样一个事实：龙神在早期是一个具有强大创造力的神灵，具有原母神的意义。被赋予了人类直接功利性目的的女神阿玛勒毛，在浪加以两种形态出现，一种是泥塑像，常年供奉在神庙中；一种是木刻像，怀抱一件被红绸带绑缚的木制阳具，平常恭放在女神庙，农历六月二十二，它被狂热的信徒请出，为大地和众生降福。

这一天，法师左手拿着女神像，右手持木制阳具，模仿男女交媾，舞之蹈之。法师后面，紧跟着几个抬着铁皮水桶的精壮小伙子，桶内盛着酒、麦子、青稞等混合发酵的糊状物。他们根据法师的指令，抬着铁桶依次在场地东南西北四角停留片刻。随后，法师舀起桶里的糊状物，向四方抛洒，并把木制阳具撂在地上，以示男女交欢。法师夸张的动作，宛如一位狂写生命乐章的诗者，那一刻，他把生命的激情，江河般倾泻在隆务河岸边的大地上。

按照人类文化学者们的阐释，大地是母亲，地球作为女性的本源，是大母神的化身。法师向四方挥洒的糊状物，令人联想到乳汁和精液。在早期的巴尔干半岛一些地区，人们为祈求甘霖，已婚妇女走向旷野，敞胸露怀，兜起宽大的裙摆，裸露着下体舞蹈；每至细雨霏霏，这样的舞蹈更加动人心魄。而到庄稼生长季节，男人们则赤身露体，趴在田野，模拟交媾动作，以求稼穑茁壮丰茂。为避免庄稼遭害虫袭扰，他们还把害虫用青草绑起来，拴在小男孩的生殖器上，直到它死去，据说，这种巫术可使害虫远离庄稼，启获丰收。浪加法师在舞蹈中抛洒糊状物的行为，在我看来，是一种心理愿望极强的巫术隐喻，也许，那些糊状物，就是乳汁和精液的象征，它所寄托的丰产目的十分明晰。

饶有情趣的是，在法师舞蹈时，站在最前面的观众，往往是那些已婚但未生育，又急于想当母亲的女子。通常她们会提前和法师说好，等到表演进行到某一阶段时，法师突然将木制阳具塞到女子的怀里，女子便面带羞涩地接纳了。有时候，法师不一定亲自完成这个祝福的动作，他会指定其他人去做。

如果我们将祈祷子孙昌盛、家旺业兴的宗教行为纵横比较，就会发现，只要有人的地方，它们就以不同的表现形式存在；祈求种族繁衍、生命世代延续，是人类的共同心愿。

白云之下的神秘通道

欢快的日子过得很快，转眼到了农历六月二十五，吾屯的六月会已经进入了尾声。

吾屯坐落在弯噶然山下，隆务河东岸，与年都乎、郭麻日隔河相望。这是热贡艺术诞生的核心地带，由上下两个村落组成。说起吾屯，人们最先想到的是美轮美奂的唐卡，而将多姿多彩的六月会舞蹈忽略了。

按照新中国成立后的民族认定，吾屯住民为土族，但很多人自称是藏族，为吐蕃时期戍边将士的后裔。学术界普遍认为，吾屯上下庄属《循化志》记载的"保安四屯"之一"吴屯"。《循化志》说："屯兵之初，皆自内地拨往。非番人也。故今有吴屯者，其先盖江南人，余亦有河州人。历年即久，衣服语言，渐染夷风，其人自认为土人，而官亦目之番民也。"历史上，周边藏族村庄四合吉等地的人称包括"吴屯"在内的年都乎、郭麻日、尕撒日等村庄为"汉四寨子"。

抛开悠久的历史不论，吾屯展现给世人的舞蹈——神舞，却是山野舞者在大地上的得意之作。这个地方，对六月会的来历有三个传说。其一，很早以前，此地的奴隶不堪贵族欺压，奋起反抗，结果每次都被山神挫败，贵族便组织大家跳舞庆祝，久而久之，形成六月会习俗；其二，当年贵族家里挑选媳妇时，召集未婚姑娘们舞蹈，从中选出满意的女子，这个风俗便慢慢流传下来；其三，让最年轻、最纯洁的少男少女给神拜年、跳舞。从情感上说，我以为，这三个传说中，第三种最有可能——原因很简单，这是一次人神共欢的精神盛宴和宗教仪式，不会夹杂很多被动和无奈的因素。

　　吾屯的六月会，是从六月二十二开始的。当天中午，所有参加舞队的男子要到隆务河洗浴净身，表示对神灵的敬重。之后大家集中到村子的神庙跳舞。舞罢，集体迎接神轿。神轿是从加查么村接来的，先前到吾屯时，走在队伍最前面的法师要拧断一只活鸡的头，意为血祭。杀生有悖佛教精神，现在就用买来的羊背子、羊油替代。神轿迎进村子，先供在神庙，第二天，被敬送到霍尔加村，吾屯的男女舞队随之前往献舞。翌日，在法师的带领下，霍尔加又将神轿送到吾屯。两村的舞队在上下庄交界的一块空地上舞蹈。先是所有的男子由法师引领，绕场跳一圈，然后四五人一组，继续跳；紧接着女队跳一圈，舞毕，男女分别排成一排跳舞。此后，老年舞者退出，年轻人更加激情高涨地向神献舞。在此期间，作为六月会的领祭人，法师一直在场上指挥着舞队的节拍和队形变换。如果山神附体，法师会对大家训话。这时，舞者和观者聚拢在一起，听法师代表神启谕。

农历六月二十五日，吾屯上下庄，在一群身着华丽服饰的未婚姑娘袅袅婷婷的舞姿和两个大汉伏虎除孽的舞蹈中，六月会落下帷幕。

"巫风就是舞风"，"祭坛就是舞坛"，无论是勇武洒脱的拉什则，还是轻盈奔放的勒什则，威武剽悍的莫合则，每一种舞蹈都是献给各路神灵的一道佳肴，请神们享受的同时，人们也从舞蹈中获得了精神飞腾。当一个人如痴如醉手舞足蹈时，体验到的是快乐的飞旋，当一群人用同一种肢体语言表述或祈求时，那是一种原始宗教的神秘和感召。六月会正是这样一个原生态的舞台，无法复制，只有惊叹。

看呐，蓝天白云之下，高地旷野之上，那些为生命狂舞的大地之子，正通过这条心灵的秘密通道，走向如意之所。

深冬裸身奔行的舞者

告别六月会，年都乎的舞者们还将在农历十一月举行别具一格的於菟表演。在寒冷的冬天，这一种神秘的拟兽舞，给年都乎的人们带来了温暖和福佑。大量资料表明，年都乎的於菟舞和云南彝族的虎节及土家族等民族的崇虎习俗与古羌人的虎图腾崇拜有关。"於菟"习俗随部分古羌人的南迁，流布于南方一些民族，成为巴楚虎文化的源头。以后，随着南方这些民族的成员往不同地方迁徙，巴楚文化又向不同方向辐射或者回流。

可以说，於菟舞是人类本能宣泄情感的原始形式，倾注了氏族情感和原始宗教意义，它不仅反映了远古人类图腾崇拜，而且是人类信奉万物有灵观念的原始宗教文化的再现，即萨满遗风。

於菟舞是在法师的主持下进行的。年都乎的法师名叫阿吾。他是年都乎土族於菟祭祀第七世法师。中断了10多年的於菟表演，就是由他和村民复演的。这位60多岁的老人，不顾家人的劝阻，几年前搬回了老屋，老屋是他魂牵梦萦的地方，在这里，有他童年的印迹。邻居们几年前纷纷离开了旧居，原因是老屋的巷道太窄了，只能容两个人通过，连摩托车都进不来。

年都乎村现在仍保存着古老的城墙，它像一位饱经风雨的老者，平静地向后来者讲述遥远的过去。如果不是朋友介绍，这一段土墙不会引起我的留意——人类回不到以前，但在遗留的一些物证或人文景观，譬如於菟表演中，你可以窥见那些日子竟然那么令人怀念和向往。

古城的城墙上长满了青草，只是夜晚下了一夜雨，城门年久失修，雨水渗漏。见到阿吾的时候，他正在和村里人一起修缮城门。

在年都乎村，家家屋顶都有经幡，因为是拉哇世家，只有阿吾家的经幡着华盖。阿吾的祖辈都是法师，传到他这里已经是第七代了。所以，只需要看看经幡，就很容易找到阿吾的家。一进院门，心旷神怡的清凉立刻围裹过来，让人顿生安稳之心；院子里的丁香、牡丹开得妖娆，斑驳的影子投在长着青苔的地上。在酷热的夏季，这个大院子除了凉，还有一种宁静涸散。

阿吾家里二楼珍藏着古藏文写成的家谱，上面记载了前六代法师的名字。此外，另一份记载於菟历史的文献因为用古藏文和梵文掺杂写成，没有人看得懂。这些珍贵的资料，是阿吾家翻修老屋时发现的。据阿吾讲，跳於菟之前有四次跳"邦"舞仪式，分别为农历十一月初八、十一月十二日、十一月十四日、十一月十九日。所谓"邦"舞，即情人舞。它是按照部落分别举行的。年都乎村根据人口分八个生产队，由四个部落组成，每两个生产队为一个部落，其中一、二队为"上贡"部落，三、四队为"上秀"部落，五、六队为"拉卡"部落，七、八队为"希拉"部落。於菟活动的序幕在每年农历十一月初八开启，当晚，"上贡"部落的人，要请保安下庄的法师，届时要宰杀一只山羊。羊肉吃完后，留下两只山羊耳朵，并将写有"邦"内容的物什放到山羊耳朵里，在一户人家的房子里高高挂起一根绳子，绳子上系有12个铃铛，铃铛之间缠着羊毛，法师抓住山羊耳朵，参与者喊一声"铃铛响给"(意即打响铃铛)，铃铛便响一声，如要求所有铃铛响，所有铃铛便齐齐发出声响。仪式活动完毕，男男女女便开始演唱拉伊，唱完后，便各自带着自己的情人找一处场所，尽情玩耍，直到天明。十二日晚是"上秀"部落的节日，十四日晚是"希拉"部落的节日，以上三个晚上的活动都在村里举行。唯十九日晚由"拉卡"部落举行的节日，则在山上的二郎神庙院子里进行。当晚7时许，村中17名中青年男子集中在山神庙前，大家一起喝酒、吃肉、唱拉伊，跳"邦"舞，即围成圆圈按顺时针方向跳舞，舞姿与於菟舞相似。跳完之后，法师与各队队长商定第二天跳於菟的人选，确定7个於菟后，与於菟一起留宿在庙里，於菟们不再说话，直到农历十一月二十日跳完於菟舞之后，才能开口和回家。其余的跳"邦"舞者便各自散去，寻找意中人幽会。据当地人说，"邦"可能是藏语，其含义为情人约会，这种习俗自古就有，不知源自何时。

　　农历十一月二十日，滴水成冰，被土族人认为是黑道日，妖魔鬼怪纷纷出来作乱。在这一天，於菟们要施展本领，降

大雪之下，梦正在生长

妖除怪。当日正午时分，每家的男主人集中到山神庙举行敬神和煨桑仪式。山神庙内供奉的是二郎神，年都乎人认为全村得以安宁、五谷丰登，全靠二郎神的保佑。

於菟舞者在表演前，要脱光上衣，将裤腿卷到大腿根部，赤身露腿，用红辣椒面和煨桑台中的炉灰涂抹全身。然后，由本村的化妆师——化装，化装颜料是锅底黑灰和黑色墨汁。化妆师将这些舞者面部画成虎头状脸谱和虎皮斑纹，腿部则画成豹皮斑纹，背部呈水纹状。头发梳如刷形，朝天立起，似虎狂怒状。此外，还将羊肠洗净后用角吹起挂在脖子上。舞蹈时，舞者双手各执两根长约两米的树枝为道具，树枝上端有写着驱邪之意的经文白纸。7名於菟化装完毕后，在法师阿吾的带领下来到山神庙内。

阿吾头戴五神帽，手持单面羊皮龙鼓，诵读经文、跪拜二郎神。

扮演於菟的7个小伙子走进山上的二郎神庙，赤裸上身，仅在腰间围一块兽皮，脚蹬兽皮靴开始化装。先用煨桑香灰涂抹全身包括面部，香灰撒进头发里，再用墨汁从脸到脚画出虎豹斑纹，头扎念过咒语的白纸条，腰缠红布带，手执荆条棍。据说，跳了於菟的小伙子们一年内不会生病。

跳於菟正式开始，法师阿吾在神殿里为於菟祷祝。一阵锣鼓过后，於菟舞出庙门，迈着"垫步吸腿跳"绕祭坛顺时针舞三圈。随即鞭炮声大作，5个小於菟从陡峭的乱石坡上狂奔下山，扑向村庄，分两路擒妖噬怪。两个大於菟伴着拉哇的锣鼓声，在街中巡望震慑。

小於菟进入各家不走门不走道，而是翻墙越瓦，身手矫健。入院后如猛虎扑食，大块吃肉大口喝酒，又跳又舞，驱除妖魔。许多人家，把早早做好的圈馍拿在手里，等於菟一来，就快速地把圈馍套在於菟手举的长杆上，这样做的意思是希望於菟把疾病和灾难带走。全村老幼有的跟在队伍后面，有的则爬到自家的墙头上从上面直接把馍馍串在过往於菟的长杆上。於菟每到一家，在各屋蹦跳一番以示驱鬼逐邪后，便吃掉或口叼户主事先准备好的肉块，再继续从屋顶进入另一家院落。最后，於菟从宅院大门出去。

此刻，一些身体不舒服的村民仰卧在於菟必经之路，等待於菟从身上跨过，以带走病魔获得健康。

一个多小时后，於菟与法师会合，以青稞酒热身，在鞭炮声中冲进隆务河，用冰水洗净身体，连手中的棍子也扔进河里，然后跳过火堆，意在阻断妖魔和瘟神回村的路，以免把驱魔除妖的污浊之气带回村里。

法师阿吾则在锣声中诵经焚纸，他说，妖魔已经被彻底消灭了。

和上天通话的老人

年都乎的法师阿吾回到普通生活中，是一名堆绣艺人，制作着护法神班丹拉姆、莲花生大师、白度母……他做的堆绣很有销路。

阿吾的新居在古城外，新居里洒满了阳光，阿吾的儿子正在精心绘制一幅唐卡，新居整洁、气派，房间很多。

阿吾说他在儿女身上花了很多精力，希望能把他们培养成人。如今，阿吾的女儿在乡村当老师，儿子毕业于青海民族大学艺术系。这让阿吾很满意，他希望儿子将来能在离家近一些的地方工作，这样的话，他能有更多的时间把於菟表演艺术传给儿子。

"我们准备保留一套完整的资料，我要把那些慢慢写下来，一代代传下去。"阿吾的汉语说得不是很流利，"我只有一个儿子，一年里跳於菟的时间并不长，我想儿子应该愿意学习，前面七代都坚持下来了，他知道自己有这个责任。"

2008年，阿吾第一次去了北京，在人民大会堂，和来自全国的其他500多位国家级非物质文化遗产项目代表性传承人一起领奖，阿吾觉得非常荣耀。

说起儿子周本才让，阿吾一脸骄傲："他考大学的那一年，全村只有6个人考上了，而其中男孩就他一个，挺给我争气的。"

见到让父亲自豪的周本才让时，他正在一丝不苟地画着唐卡。男孩没有他父亲健谈，但说的每一句话都很直接明了："虽然我和爸爸聊天的机会不多，但他是我最尊重的人。他在生活上是一位好父亲，在我人生中他是一位好老师。他用自己的行动教我在学习上认真，更教我对自己热爱的东西要执着追求。"

他知道，按照习俗，父亲会将於菟艺术传给他，而他也已经做好了全力学习这门流传了近600年的古老民间艺术的准备。平时没事时，父亲就会和他有一句没一句地聊於菟。他说，现在他的兴趣还是在画唐卡上面，父亲也很宽厚，没有催促他现在就学习於菟，而是希望他在完成自己喜欢的学业之后，再认认真真地学习於菟。

说起於菟，周本才让说："我爸爸非常喜欢它，老是在那里研究。他在村子里面很有威信，大家也很信任他，每年从11月份起，他就开始忙着为腊月的於菟表演做准备了。自从被评上青海非物质文化遗产传承人后，他就更努力了。"

阿吾现在有个心愿，就是将土族於菟这种民间流传的表演形式，以文字、图像资料的形式保存起来，以防失传。而儿子也了解父亲的心思，他说："我会帮我爸爸收集资料，以完成他的心愿，这不仅是他的责任，也是我的责任。我会画素描，我希望可以将父亲的於菟表演用素描的形式记录下来。"

已经出嫁的女儿才让措，是阿吾的掌上明珠。从小到大，在才让措心目中，父亲就是一位慈祥、亲切的老好人。但一向开明的父亲在女儿结婚的问题上有些"霸道"。虽然，家中有一个儿子，但阿吾还是希望让最疼爱的女儿招个上门女婿。父亲的要求让女儿很为难，自由恋爱的两人总不能因父亲的要求，就这么散了。于是他们坚决反对，而父亲总归也是明理之人，想想让女儿招婿也是因为放心不下她，但只要女儿高兴，做父母的又能说什么呢？所以，这段"小插曲"就由"制造者"自己结束了。才让措悄悄地说："我出嫁那天，我妈妈都没哭，我爸却哭得特别厉害。"

才让措说，父亲是最关心她的人。在西宁读中专的时候，才让措每天都会接到父亲从家乡打来的电话，"今天老师讲什么了""今天吃什么了""和同学们相处得好不好"，从学习到生活处处关心，虽然不能帮女儿解忧，但每一句话都是第一次离家的才让措继续求学的精神支柱。

如今出嫁了的才让措，每星期都会回家和爸爸聊天，她说：习惯了，改不了。

告别阿吾，已近黄昏，暮霭笼罩着旷野，高大的树木散开蓬松的长发，远远望去，像一座座微小的绿色山峦。炊烟升起来了，倦鸟归林，半轮月牙悬在天空，恍如亲人的召唤。婉拒当地朋友的挽留，我向更深的青海走去。行至隆务河谷峡口，停车再次回望隐匿在暮色中的吾屯、郭麻日、同仁、年都乎等众多散落在金色河谷的村落市镇，心头的不舍久久不散。这里是人神共居的花园，生活在河谷的人们，每年在即将收获的季节，和神尽情狂欢，淋漓尽致地抒发着对天地日月的感恩，对今后生活的期盼，上演着人间动人心魄的大剧。我知道，离开以后，我的心不会放下这个地方。

诺木洪深处袒露的秘密

天慢慢暗了下来。

从西荒原深处刮来的风，掠过身旁，而后呼啸着扑向更远的旷野。西南方向，太阳仿佛一面巨大的红色车轮，踟蹰在低垂的天际。

我伫立的地方，麦田郁郁葱葱，潮湿的草木气息浓烈而清新；远处，戈壁荒漠形成了神秘莫测的地角，隐隐消逝在视野。青海西部，四方沉寂，黄昏广袤无边，即将告别的余晖把我的背影在地面上拉得悠长。

时间好像在这里停滞了。

2009年6月，我从柴达木盆地东南缘的都兰县诺木洪乡

（现为宗加镇），又一次开始了青海大陆的漫游。之所以选择这一块荒漠深处的小绿洲，是因为至少在2900年前，青海最早的主人之一——羌人，就在这一片大地上创造了灿烂无比的文明。想想看，走在他们曾经繁衍生息的乐土，内心该是怎样的一种感觉啊；何况我的脚下是见证了2900年前羌人文明奇迹的诺木洪文化遗址。侧耳倾听，那些遥远的笑声和梦呓似乎穿越了茫茫时空，正隐隐约约从地下传来。

　　都兰，蒙语，意为温暖。我在都兰的暖意，无关乎字面意思在心理上衍生的暗示，而在于那些在漠野时时呈现的文化和文明景观。历史文献记载，3万年前，青海的先民们已经在包括都兰在内的广阔地域不遗余力地进行着生命和生活奇观的缔造。当岁月行进到3600年—2700年前的商、周时代，大大小小的羌人部落遍布青海，羌人成了这块高大陆上的主人。多年前的一个夜里，我从结古—可可西里—格尔木—都兰—青海湖游历回来，看到了民族学家任乃强先生的一篇文章，他根据其时青藏高原实际社会状况，结合古文献典籍，对羌人的发明创造和对人类社会作出的卓越贡献给予高度评价。任乃强先生认为，古羌族的形成与华夏族同时，羌人文化与华夏文化一样悠久；羌人不仅是最早驯服藏系绵羊、牦牛及藏犬的能手，而且是培育青稞的行家；在生产方面，驯养羊、牛、犬、马成功之早，远远超过世界其他民族。

在我的眼里，诺木洪绝不是地图上点缀在青藏公路一侧的一个小圆点。它的意义，是打开了封尘地下几千年的青海记忆。尽管我对诺木洪文化早在20世纪80年代初中期尚未到青海时已有所了解，但20多年后站在西部荒野，极目观望这一片阔大的土著文化遗存时，仍然被中国西部大荒中的文明盛典惊呆了。据考证，诺木洪文化相当于中原地区青铜器时代晚期文化，对研究羌族、吐谷浑文化，意义非同一般。同行的一位在海西生活了20多年的文化工作者告诉我，遗址东靠海西哇河，西临塔里他里哈村，遗存20余处，面积5万多平方米。

如果从高处俯瞰，诺木洪文化遗址由三个小沙丘组成，呈品字形，三个沙丘之间是一片天然广场。地表文化遗存主要有房子、土坯围墙、牲畜圈栏。考古工作者在这一片区域发现了多种石、骨制的生产工具，陶制的生活用具，铜制的斧、刀、镞、钺等形器，以及炼铜的用具残片和铜渣等；还有许多以绵羊毛为原料的毛织品，据说原料就是驰名世界的西宁"大白毛"。迟至20世纪五六十年代，这种羊毛仍然是商家渴求之物，三四十年代甚至更早的时候，在黄河浪尖上逐流的羊皮筏子，装载的货物中西宁"大白毛"必不可少，它的踪迹频繁出现在兰州、银川、包头，甚至更远的苏联地区。

出土的西宁"大白毛"有的经过染色加工成线并织成毛布，虽经3000多年岁月的淘蚀，黄、褐、红、蓝毛线编织的图案依然清晰可见，专家推测这是现今藏毯的雏形，成为藏毯起源于青海的有力佐证。想象在那个遥远的年代，漂游在青藏高原的羌人已经熟练地掌握了毛纺织和染色技术，这是多么神奇的往事啊。出土文物中，赫然出现了骨笛、骨哨、陶牦牛等，这不能不说是一个惊喜。骨笛和骨哨，由兽骨加工而成，磨制精细，而它们的制作者和主人，早就淹没在柴达木盆地的风尘中。现在，这些记录了羌人等青海先民真实生活的文物，收藏在青海省博物馆内，向后人诉说着一段艰辛而悠远的岁月。

2015年初秋，途径秋草日渐金黄的青海湖草原，驱车前往都兰。记不清多少次去那里了，每当在西宁城里焦躁不安的时候，我就走向荒野。现在，尘世旖旎，但荒凉得很。每次行走，也没什么目的，只想在父亲胸怀一样沉厚的大地上漫游几天。有一年5月，乘坐一辆双层客车在子夜到达都兰，我站在这座西北偏西的边城街头仰望星空，一串串葡萄似的星星眨巴着眼睛，伸手可摘。那一刻，心中突然涌起不断走在路上的冲动。后来我在自己的一首诗中记述了那一晚的感觉：

上半夜的月亮照不清经过都兰的人。

到了下半夜，去敦煌的路上每一个沙丘都被伎乐天舞
蹈成了寂寞的波涛。

男人说，每个人既是彼岸。

他不知道当金山垭口诵经的男人，

就是二十年前星光下走失的自己。

都兰继续沉睡。

空巷浮动所有人的梦想，一城夜色，满目荒凉。

亲爱的脸一晃而过。

回到车上，听见一个驴友打扮的女子在打电话："人怎么
活都是一辈子。"我不知道她在和谁通话，虽然小憩在丝绸之
路南路古道，这种情形却仿佛是一个梦境：良心背着故乡寻
找粮仓；我只想用金色描述一天，但更多的灵魂挣扎在路上。
夜风吹过我，然后浩荡向更深的青藏高原，我在天狼星的照
耀下继续前行，环顾四野，夜色茫茫，通往当金山的路不断
延伸，隐没在黑漆漆的尽头。

那一夜，在青海西部的天空下我没有听见骨笛低婉的倾
诉。虽然，吹奏骨笛的人距我几千年之遥，如今血骨无存，

但我相信，人类内心真实的声音不会就这样消失。

这次到都兰，没有在县城停留，直接去了诺木洪农场。和西北大部分农场一样，笔直的白杨以哨兵的姿态站在道路两旁，车驰过，尘土扬起，路边白杨的叶片上也覆了一层薄薄的尘埃。20世纪五六十年代，这里是一个劳改农场，现在为青海最大的枸杞种植基地，出产人们趋之若鹜的黑枸杞。300多岁高龄的枸杞树王就长在场部旁边，这棵枸杞树并不高大，但枝叶繁茂，结满了红玛瑙似的果子，上面挂着白色、黄色的哈达，据说每年还要在树下举行祭祀仪式，附近的蒙古族同胞也前来拜祭。这片土地，正是诺木洪文化遗址的主要区域，曾经留下过青海最早的先民羌人的屐痕。夜里，喝完老酒，我独自在田塍散步，一轮黄澄澄的月亮升在半空，大片大片的枸杞林依稀扩展在明月之下。走着走着，突然恍惚起来：如果那些吹骨笛的人还在，今夜他们会演奏什么呢？该不会是这样的歌吧：

> 麦子里拔草了豆儿里来，
> 手巾里包着个肉来。
> 大门里甭来了房上来，
> 尕妹的热怀里溜来。

最初的主人被河流引导

至今，一个巨大的谜团缠绕在我的心头：在青海历史上书写了众多奇迹的羌人，究竟什么时候从什么地方走上了高原？对此，史学界莫衷一是。羌人，在静静流淌的日子里，源头充满了神秘。

古籍《尚书·尧典》隐隐透露了一点模糊的信息，称羌人是舜时代被放逐到青海的三苗和当地土著"西戎"融合形成的新族种。三苗，上古南方最古老的民族之一，据现代学者考究，分布在现今的湖北、湖南、江西、河南、安徽等地；舜时代，曾发生反抗舜帝的战争，失败后，被驱逐到"三危"。三危的地望尚无一致答案，唯一确定的是，在今甘肃和青海地区。专家考证，在东至甘肃青海的交界处，南至果洛黄河沿和玉树通天河地区，西至柴达木盆地东缘，北到祁连山南麓的辽阔地域，都留下了羌人艰难生活的足迹。

对人类来说，没有永远的故乡，只有漂游的乡土。当历史发展到一定阶段，具有标志性的历史事件和里程碑式的文明出现时，定然伴随着民族大融合和人口大流动。文化和文明的相互渗透，是必然的趋势。因此，青海高原注定不可能成为羌人代代守望的故乡，但是他们永恒的心灵家园。没有人知道，第一位走下青海高原的羌人是谁，也无从考证他是

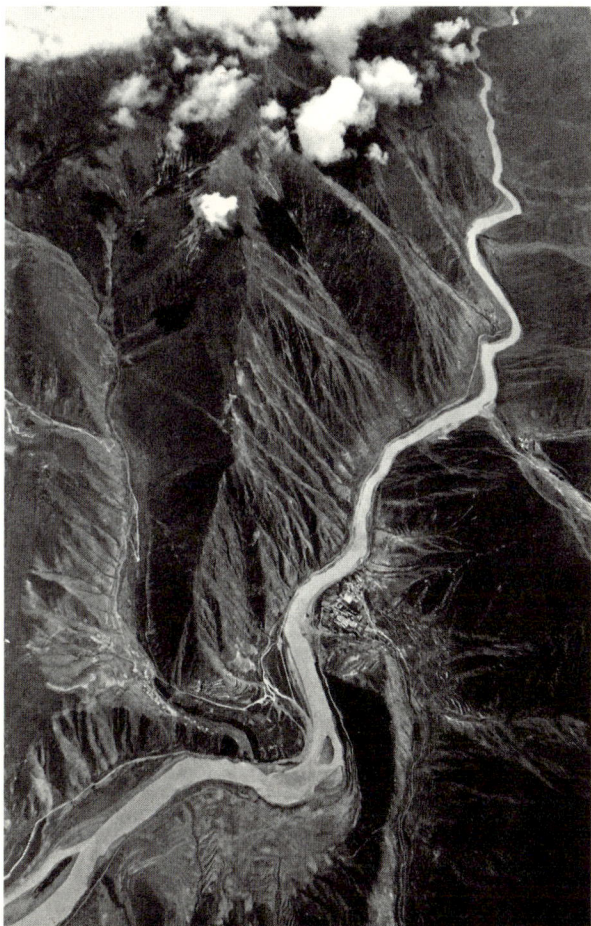

长江在青海境内被称为通天河，发源于唐古拉山脉各拉丹冬峰西南侧。
流经11个省市区，注入东海，全长约6300千米，世界第三长河

在怎样的背景下，怀着怎样的心情离开了家乡。我只能以我掌握的现有历史资料和所接触的典籍，综合专家们的研究成果，谨慎而有把握地说，羌人从夏开始，走上了大规模前往异乡的路途，他们的迁徙与两条河流和不断燃起的战争密切关联。

这两条河，就是发源于巴颜喀拉山约古宗列曲的黄河和发源于姜根迪如冰川的长江。一个民族沿着大河传承和光大文明，在历史上并不鲜见。而因为两条河，这个民族的命运却发生了不可预测的改变。比较确信的说法是，治水英雄大禹是羌人。古史相传，黄河上游连接青海甘肃两省的积石山，为大禹治水的起始点。他吸取父亲治水的教训，根据黄河的走势，自西向东治理水患，最后把水害横行的黄河两岸建成了人们安居乐业的家园。遗憾的是，人们只记住了治水英雄大禹，而把追随大禹造福民众的西部羌人忘记了。在大禹和黄河生死较量的年代，西部羌人是治水的主力军。随着治理水患的节节胜利，一部分羌人长时间滞留内地，最终在陕西、山西、河南、山东等地安家落户，传承血脉。此后，大约在商代，羌人继续沿着这一条举世闻名的大河，进入黄河中游地区。这段淹没在历史烟云中的历程，在甲骨文中有简约的记载。至西周时，迁至上述地区的羌人，已基本与华夏族融合。因为帮助周武王推翻了殷商王朝，他们在中原王朝的政治生活中，地位和作用举足轻重。

囿于一条大河，离别了生养的故乡，在他乡的大地上开辟新的家乡，不管从哪个角度考量，这都是一种积极而主动的选择。虽不能简单理解为理性，但的确是生活的格外钟情和上天的恩赐。现在，我们再次打开历史的书卷，看看其他背井离乡的羌人，他们和家园的永别，显然伴随着血泪和灾难。

人口在冷兵器时代是自我发展和向外扩张的重要力量。羌人的强盛，对殷商王朝构成了威胁。君王不能安眠，亦即意味着生灵涂炭。"师伐羌""众人伐羌"，甲骨文上的这些冰冷字眼，把殷商王朝对羌人延绵不断的以消灭和削弱为目的战争，披上了正义的外衣。羌人的悲剧不可避免地发生了，在无休无止的硝烟中，大批羌人被掠掳到中原，沦为商王朝的奴隶，甚至被作为牺牲，献在祭祀坛上，或被殉葬。这些被迫和哺育生命的土地活生生分开的人，把永不消逝的灵魂安放在青海高原，而腐烂了的身体，肥沃了异乡的土地。

现在看来，时间并没有抚平这个民族的创伤，而是越来越多地叠加了伤痛。战国初，在黄河上游和湟水流域，羌人田园牧歌式的生活蒙上了阴影；迫于秦国不断西扩的威逼，在公元前384年至公元前362年的一天，著名的河湟羌人首领无弋爰剑之孙卬，带领部族，迎着太阳升起的方向，踏上了更大规模、更远距离的迁徙长路。蓝天白云下的故乡，一天天消逝在身后，羌人集体唱响了故乡的挽歌。

那时，地下永享宁静的无弋爰剑，当然听不到回荡天地的悲凉之声。这是第一个被汉文史籍记载的青海人，对河湟地区的开发，当属先驱，功不可没。无弋爰剑的经历极具传奇性。在秦厉公时代（公元前476年至公元前443年），他被俘到秦为奴，后来伺机逃脱，并躲过秦兵的追杀，一路向西，安然回到故乡。逃亡之路险象环生，凶危多艰，可也并非没有温馨和幸福的遭遇。就在无弋爰剑亡命的路上，他和一位被割掉鼻子的女子结为夫妻。这位终日为掩盖形容丑陋而长发覆面的女子，后来给无弋爰剑哺育了成为湟水流域豪强首领的后代。据说，她掩丑的举动，被其时的羌人妇女引为时尚争相效仿。无弋爰剑则把中原的先进生产技术传授给羌人，使河湟谷地的农牧业有了进一步发展。

但是，对被命运驱赶的子孙，这个老英雄已经无能为力了。主动或被动接受鲜血的洗礼，是每一个民族在生存的岁月中，不可回避的仪式。

血泪中蹚出一条生路

卬无疑是继他爷爷之后，对羌人民族命运影响较大的一位。既然举族迁徙的白海螺号子已经吹响，唯一的出路，只能是前方。在自然万物皆为神灵的岁月，日出为印和他的族人指示了建立新家园的方向。他们一定认为，和鲜血一样鲜红的太阳，会给族人带来幸运和美好的归宿。可是，美好的愿望被现实击得粉碎。就在他们向着太阳，追逐丰美的水草，寻找梦中的乐园时，一群手持长矛、杀气腾腾的秦国士兵挡住了东去的路途。一个兵卒把长矛狠狠插在地上，蛮横地说，我们的长枪指向哪里，哪里就是秦国的领地；你们若向前再走一步，立刻人头落地。

部族的命途再次面临抉择，印在族人期盼的眼神中又一次选择了太阳。他们掉转马头，沿着赐支河曲（今黄河上游）西行，紧盯着太阳落下去的地方走去，把帐篷扎在了如今青海西南、西藏东北的高原腹地。有的藏史专家认为，印率领部众辗转去了今西藏山南一带，成为雅隆悉补野部的首领。藏史传说中的第一代赞普仰赤可能就是印。

远离故土，在梦中拥抱故乡的羌人，不仅是印的部落。春秋战国时期，青海大量羌人顺着长江的流向走下高原，另有一部分西去新疆。前面说过，大概在商代，羌人的祖先曾经沿另一条著名的大河——黄河，浩浩荡荡进入黄河中游地区。两条气势非凡的河流，在大部分青海羌人背井离乡、找寻梦乡的过程中，扮演着向导的角色。事实证明，这两条滋生了中华文明和悠久文化历史的母亲河，多么出色和优秀。永别青海的一些羌人，最后在长江的引领下，步步向南，一部分到了白龙江流域，一部分抵达涪江、岷江流域，一部分则在雅砻江流域建造了家园。还有一部分脱离江河的引导，凭着对栖身之地的本能选择，踏上了云贵高原。现在纳西族、彝族、拉祜族、哈尼族等，都有先祖来自北方或昆仑山的传说，还保留着部分远古羌人的文化因素。而普米族和白马藏人，程度不一地积淀有古代羌人的血脉。

普遍认为，今天岷江上游的羌人，是先秦及其后期从河湟一带迁入的羌人与当地原住民融合的后代。历史文献记载，汉代以后，西北部的羌人两次大规模向岷江上游迁徙，一次是魏晋时期，一次是隋唐时期。隋唐时期，迫于吐蕃王朝东扩，河湟地区的羌人相继沿长江南迁，逐渐成为岷江上游羌族地区的主体民族。在这一片群山逶迤，幽谷险峻，水系发达的秀美之地，现代考古发掘发现了众多证明羌人部族迁徙的物质遗存。

就在一个又一个部落举族西迁南移，纷纷离开故乡的时候，无弋爰剑的两个曾孙继续坚守着。到了秦汉时期，他们的部落发展到150多个，但相互联系生疏，"不立君长，无相长一"，"强则分种为酋豪，弱则为人附落"。高原上的一盘散沙，经不住大风的吹蚀，匈奴人挥舞月牙弯刀，控制了他们。

遥远的通天河

自然，羌人的游牧之地成了匈奴袭击汉帝国西疆的主要旱地码头。在这种背景下，汉帝国着力拆裂羌人和匈奴之间并不牢靠的"联合"，而不堪匈奴欺压和排挤，部分羌人部落迁往甘肃临洮、岷县、礼县、宕昌。其后，缘于战争及政治因素，更多的羌人内迁至甘肃、宁夏、山西、陕西、四川等地。一度在青海高原驰骋的羌人渐渐流落他乡，慢慢黯淡了身影。

……

历史上，青海羌人延续不绝的迁徙，是一部十分悲壮的追求民族发展和生存的长歌与史诗。这种行动，不是短时间内一次完成的，伴随着时代风云，经历了漫长的过程，并且对中华民族史产生了深远影响。费孝通先生说，西部羌戎族系后来在中华民族的历史形成中，以"供给"为主，为中华民族的形成输送了宝贵的血液，成为汉族及其他许多少数民族重要的族源成分。这种评判，应如史实。学者们认为，黄帝、炎帝、尧帝和舜帝的血管中，就流淌着古羌人的血。这使我想起2006年深秋我在岷江上游北川行走的经历。那年10月初的一个黄昏，我驱车8个小时来到了北川界内的一条峡谷，两边高山巍峨，青翠葱郁；谷底，依山修建的庄廓一派世外桃源景象；路边，橘园里金色的果实飘着清香。耐不住饥渴，我上前向一位在果园忙碌的汉子求助，他爽快地允许我们在他的橘园摘橘子充饥。交谈中，当得知我来自青海高原时，他露出了惊喜的笑容："我们的祖先就是从青海来的，那里是我们的老家啊。"

　　故乡，不是生养一个人的地方，而是根留下的地方。在北川汉子的笑容和神往故乡的言语里，我仿佛看到了几千年前羌人千难万舍走下高原的背影。

走向神坛的圣洁牧女

在青海西部的游历，往往把我带到喜悦的境地。

它的神奇，不单纯是摄人心魄的山川地理，和让人一旦接触就不能忘怀的人文景象，更引人入胜的是，很多人想当然地以为荒凉和闭塞的青海高地，隐藏着足以令人惊叹的历史秘密。所以，我每天在海西大地上的深入，其实都走在那些秘史的门口，偶尔探头进去，就被它们的丰富和无与伦比的华美，惊得目瞪口呆。

这一片山峰雄壮、水泽纵横的大陆，是产生远比古希腊神话还要早的昆仑神话的地域之一，而西王母则是昆仑神话中的核心内容。至今，在海西荒僻的野牛沟等人烟稀少的地方，有据说是西王母往日活动的神地。在青海乃至中国西部的辽阔地区，民间仍然流传着有关西王母的诸多神话故事，有些地方，每年还举行庄重的祭祀活动，以感谢她千百年来对人间的佑护。

我出生的地方古称湟中，意为湟水中游，地望包括现在的辖地，以及今西宁市和海东市的大部分地区，是当年西王母的王土。今天，我的故乡仍然叫湟中，虽然地界比以前狭小了许多，但名声经年不衰，而且日隆。在藏传佛教黄教信徒的心目中，这块沟壑纵横、山峦跌宕的黄土高原，是灵魂的圣地。世界第二大佛陀宗喀巴就诞生在现县政府所在地鲁沙尔镇。镇西南隅的莲花山坳中，矗立着1379年修建的黄教六大寺院之一塔尔寺，其得名于大金瓦寺内为纪念黄教创始人宗喀巴大师而建的大银塔，藏语称为"衮本贤巴林"，意思是"十万狮子吼佛像的弥勒寺"。很长时间以来，民间一直把湟中人叫宗喀人，源自湟中的藏语汉译。我过去生活的村庄其实距湟水河还远，地理偏僻，日子焦渴，从记事起，喝的都是窖水，直至11岁离开。倘若夏秋雨水干瘪，冬季吃水告急，就得吆喝着骡子或驴去十几里外的一眼泉驮水。水桶是木头做的，足有七八岁孩童那么高。我家里以前有一对，举家迁往河西走廊时留在了老屋，后来就不知去向了。13年后从嘉峪关外回来，水窖依然是乡亲们的宝贝，一家一口，有的还上着锁。缺水

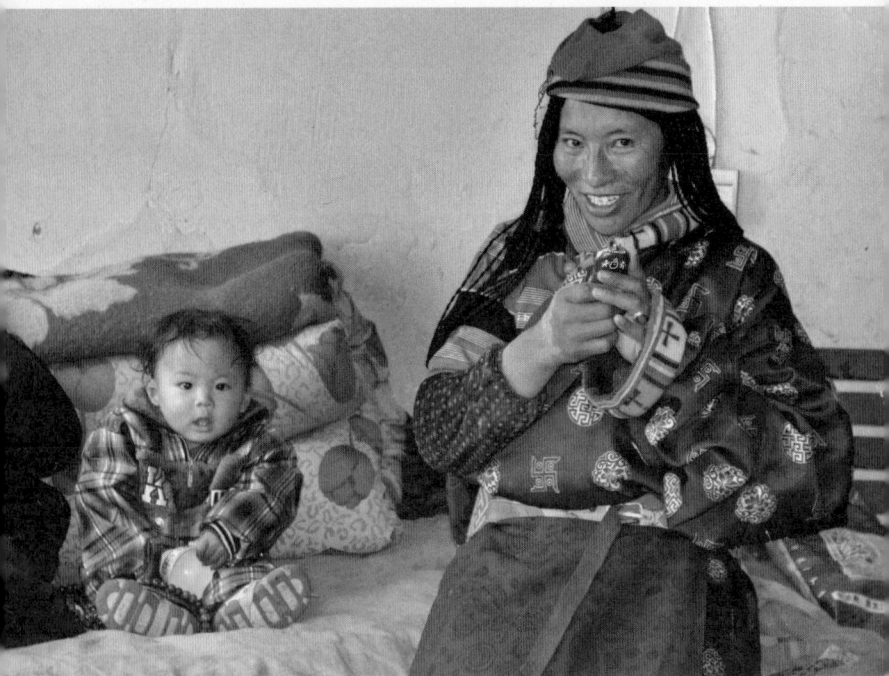

这对母子，拥有江河源头广阔的世界

少雨的贫瘠土地上，稼穑不丰，心却没有停止寻找滋润。幼小时，很多夜晚我就在母亲讲述的故事中进入梦乡。其中大部分是乡野传说，也有神话，王母娘娘常常唱主角。每年腊月二十三，母亲烙好灶饼，献上煮熟的猪尾巴，祭祀灶王爷，祈求他在玉皇大帝和王母娘娘面前言好事，保佑家人平安。民间口碑无关乎正史，总是掺杂着个人的渴望和好恶，整个童年就浸淫在过去和现在混淆、现实和神话纠缠的山坳，以至于当我11岁第一次走出大山、随父亲远迁河西走廊时，竟然对这个世界无所适从，望着飘闪不定的霓虹灯，总想起山野飘忽的鬼火，差一点丢失在兰州城街头。

　　我接触到有关西王母的一些史料后，才明白，这个王母娘娘，其实就是从青藏高原走向神坛的那个圣洁牧女。在我的理解中，西王母首先是一个奇迹般的母系社会部落王国，它的真实存在被后人赋予了神秘色彩，以至于面目朦胧。有关西王母的很多疑问，人们至今各执一词，但对西王母的基本史实——公元前11世纪至公元前5世纪，活跃在青海高原上的古老王国——没有任何异议。其时，羌人的部落仿佛一朵朵鲜花盛开在高大陆的山川湖泽之间，西王母即是其中一支。那个时候，它的名字叫西嫫或西母，活动范围以青海湖为中心，族人逾万户，势力非常强大。后史称之为西王母国或西王母之邦。考古工作者20世纪90年代在湟源县发现了40

余处卡约文化遗址，其中在大华乡中庄118座墓葬和两处祭祀坑中，清理发掘出1000余件文物，最为珍贵的是犬戏牛鸠杖首和四面铜人像。犬戏牛鸠杖首由青铜铸成，器形为在一巨鸟的长喙上，铸有两头正在哺乳的牛和一条猛犬，被专家认为是西王母的王杖。一些学者、专家多年的研究和实地考察发现，距今3000—5000年前，在青海高原存在过一个牧业国度——西王母国。其疆域包括今天青藏高原昆仑、祁连两大山脉相夹的广阔地带，青海湖环湖草原、柴达木盆地是其最为富庶的中心区域。

基于这样的确认，在我的认知中，西王母又是一个坐拥无垠牧场、统率万帐族人的奇女，即西姆部落一代又一代首领。对西北史研究颇有建树的李文实教授（顾颉刚先生的高足）曾经指出："西王母乃氐羌最早的女首领的称号。"青海师范大学张忠孝教授说，西王母既是一个古老部落国家的称号，又是古国女王的尊号，代代相传。作为人的西王母，魅力非凡，她的王国在西周时就与中原王朝建立了交往，周穆王西巡和西王母在昆仑山瑶池会面的动人故事，在此期间发生，这次盛大的外交活动，后被写进《史记》等多部古代史书。不少专家把昆仑瑶池的具体地点指向了青海湖，甚至断定，日月山下的宗家沟石窟，是西王母的住所。消失在历史尘烟中的西王母，还为后人留下了其他遗迹。1995年，青海省考古工作者在天峻县关角乡关角日吉沟脑发现了西王母寺遗址。遗址对面70米处，有一个天然石洞，主洞深12米，另有3个偏洞，总面积130多平方米。洞门西开，门外有人工雕琢的巨石垒砌的石墙。许多学者认为，这个石洞，就是史书上记载的西王母石室。遗址现场发掘出土了有"长乐未央""常乐万亿"铭文的汉瓦当等珍贵文物，说明西王母寺遗址当属汉代，从而证明早在汉代，人们已公认此石室与西王母有着不可分割的联系。实际上，在多个地方发现西王母石室并不矛盾，这恰恰印证了游牧时代西王母部落逐水草而居的生活特性。

我们看到的尘世中的西王母，在环青海湖茫茫的大地上，率领部众走过春夏秋冬，逐渐消失在历史深处，只在曾经生活过的地方留下点滴印迹。但是，正如生命代代延续一样，西王母以另外一种形象得到了永生。在童年时代，我就在母亲讲述的神话中，模模糊糊知道了天界一位重要人物的存在：一个雍容华贵、气质高雅的美妇人——玉皇大帝的老婆，俗称王母娘娘，却不知道她和我那时天天搅染的那一片高海拔土塬有着亲密的关系。

现在，我所认识的第三个西王母出现了，她从一个古国，一个游走高原的部落女头领，走进了神的殿堂。当了神仙的西王母，最终定型为今天的形象，经历了缓慢复杂的演变。在其最早现身的《山海经》中，西王母是昆仑山的主要神祇之一，"其状如人，豹尾虎齿而善啸，蓬发戴胜，是司天之厉及五残"，容貌令人惊骇。民俗学专家、青海史学专家赵宗福先生在他的专著《昆仑神话》中说道，这样的形象，不过是原始社会的一些特殊人物在特定环境的表演形式而已，是描绘西王母作为部落酋长和大巫师在某些神圣活动中的装扮。在今天青海南部，一个叫年都乎的土族村子，保留着跳"於菟"的宗教舞蹈习俗，每年举行一次。跳舞时，舞者蓬头披发，脸上装扮成老虎的模样，裸身画满虎纹，臀部绑上一条豹子

昆仑积雪。昆仑山脉，亚洲中部大山系，中国西部山系的主干，古人称之为中华"龙脉之祖"，全长约2500公里，平均海拔5500—6000米，古代神话认为昆仑山中居住着神仙西王母

的尾巴，然后手舞足蹈，在村子里嗷啸狂奔。其状颇和《山海经》中描述的西王母形象相似。二者有无联系，不得而知。一些学者研究认为，在西王母古国，每年定期举行重大祭祀、占卜活动时，的确要跳类似驱邪禳灾的舞蹈。

在《山海经》里，西王母面目狰狞，只会号叫而不说话，是病害瘟疫之神、酷刑诛杀之神、死亡之神。直到周穆王时期，神话中的西王母突然容貌大变，不但美丽卓绝，而且文采鲜明。及至汉代，由于道教的兴盛，西王母被增饰为女仙领袖，掌管着长生不老之药以及许多食用后青春永驻的神树灵果，后来"改嫁"玉皇大帝，成为天地间最大的皇后，尊贵无比。在昆仑神话中，"后羿求药""嫦娥奔月""牛郎织女"等都与西王母有了牵涉。

从高原牧女到高高在上的女神，生活在凡间的人们，在内心中完成了对崇敬的圣女神性的塑造。

女儿国探秘

西王母古国之后，与海西相连的玉树大草原和羌塘大草原上，在南北朝时雄踞着一个母权王国——苏毗国。它有自己严格的法度和明确的政治体系、森严的等级和明晰的政权分工。借用专家们的研究结论，在青藏高原盛极一时的苏毗国——人类社会母系社会的残留和延续，是中国乃至世界上罕见的女儿国，在人类后文明阶段，这种异质文化已不多见。

在汉文史籍中，她被称为女国。据考，苏毗的原始居地在今西藏日喀则地区的南木林县区域，也即襄曲流域，因此藏文史籍又称襄曲为苏毗河。之后日渐东扩，一直抵达拉萨河流域和昌都的西北部地区。考古工作者在西藏丁青寺背后的山顶上发现了许多传说是苏毗国时代的建筑遗迹。

赵宗福先生认为，苏毗国是隋唐时期羌族的一个大部落名称，吐蕃人称之为孙波，国王皆为女性，至于国王的丈夫，以征伐和生产为务，不参与国事；男性的地位远远低于女性。对此，玄奘和弟子辩机在他们的《大唐西域记》中亦有记载。女儿国重女轻男的风尚，在婚姻问题上更为突出。《新唐书》称：女儿国"俗轻男子，女贵者咸有侍男"。《唐会要》载："女子贵者，多有侍男，男子贵不得有侍女，虽贱庶之女，尽为家长，犹有数夫焉，生子皆从母姓。"这些记述，明确无误地说明了女儿国典型的女权和一妻多夫制度。在青海，流传着这样一个传说：女儿国开始没有男人，女孩只要到黄河源头的星星海去洗个澡就可以怀孕。据说女儿国后裔一年一度的洗澡节就是因这个风俗而起，至于后来居住的男人，则为战败的羌人战俘。

星星海是唐蕃古道的必经之地，到了黄河沿再往前走不远，有一片青色的海子，那就是星星海。好几次我在秋天经过，发现不少野鸭、鸳鸯在水面上游弋追逐，非常安宁静谧。在地理区划上星星海属于玛多县小镇玛查里。说是小镇，其实镇上的居民没有多少，据我来回10多次的观察，不超过800人。整个镇子只有两排延连不足300米的平房，两排房子被古老的唐蕃古道从中间一分为二，就形成了青海南部高原上一个安静的草原小镇。所谓街道，不过穿行而过的一条公路，十几分钟可以走个来回。右面的平房，大多是四川人和穆斯林们经营的饭馆，每次去玉树，我都要在此打尖。饭馆尤以一家四川夫妻开的川味小店味道最佳，其中一道清炖裸鲤吸引了来来往往的过客。这里是黄河源区，盛产裸鲤，长期以来，当地藏民族不食鱼类，鱼类资源保护较好。饭馆用的鱼就是在黄河沿边的黄河里打捞的。现在，政府限制捕捞，但仍有人偷渔——每次路过去吃饭没见饭馆里的裸鲤缺过。第一次到这家饭馆吃饭，是一位康巴兄长带我去的；20世纪70年代，他从青海民族学院毕业后留校任教，不过几年，禁不住思念家乡，费尽周折又调回故乡玉树，从事文化和宣传工作。这个藏族男人在康巴地区名声远扬，写的许多歌词广为传唱，电视解说词曾入选北京广播电视学院的教材。他叫昂嘎，原玉树州政协副主席，如今，已经离开尘世三年，在天国静静凝望着热爱的那一片土地。在这个饭馆里，他给我

出生没几天的小牛犊，
对另一个妈妈有些陌生

讲过一个发生在唐蕃古道的故事：一位母亲带着幼子去玉树探亲，途中发生不幸，车翻下山沟，母亲忍着伤痛将孩子抱到路边求救，孩子活了下来，母亲伤重不治。他说，正在搜集有关颂唱母亲的经文，想把这个母亲的故事写下来。但他最终未能如愿，在刚刚退休的第二年春天，就到了天堂和睽违已久的母亲身边。

仍然是在这个饭馆。2010年3月玉树大地震后的第三天，我的几位媒体朋友前往灾区采访，当日，我正和中国作家采访团的几名作家赶往玉树。在玛查里吃午饭时，一位没有去过高海拔地区的记者突发高原反应，双眼直愣愣地盯着身旁的男同事叫道："妈妈，妈妈。"朋友们见状，不敢逗留，匆匆吃过饭飞驰而去，到了结古，发病的记者什么事也没有了。那一刻，他无意识地呼唤妈妈，肯定期望得到母亲的庇护。

这一片被草原和黄河佑护的地方，当年也是女儿国的疆土。据说，追根溯源，女儿国的先祖是居住在今玉树、果洛地区的一支羌人部落，后来逐渐发展强盛起来。到了隋末唐初，据《册府元龟》记载："有城八十，户四万，胜兵万人。"

鼎盛时代，苏毗王国的疆域"东接吐蕃，北接于阗，西接三波诃"，三波诃位于今印度最北的查谟及克什米尔，与中国西藏阿里地区毗邻。在如此辽阔的大地上，女儿国留给后人的，不仅有人类母系社会的神秘，还有极其辉煌的文明。

据青海省博物馆副馆长王国道介绍，位于贵南拉乙亥乡的拉乙亥文化遗址，就是这一文明的印证。据说，医治好吐蕃赞普达日年塞盲眼的人，来自苏毗（也有说来自吐谷浑），这从另一个角度说明了女儿国医术的发达。另外，史书记载，女儿国"王居九层之楼、国人六层"，其精湛的建筑技术，令人惊叹。这些遗迹虽已不存，但它曾经傲立于世的雄姿，已随文字的记载而永立史册。有专家指出，女儿国东迁后，还掌握着令人称道的牛皮船制作和金属加工等技术，这些都以无声的语言显示了它昔日的辉煌与灿烂。今天的青海互助县哈拉直沟乡有"苏毗村"，贵德县东与黄南尖扎县交界有"苏毗峡""苏毗人"，则是没有被历史完全堙没的苏毗文化的见证。

另有专家考证，女儿国的迁徙，直接促进了丝绸之路的开通，它穿过了青藏高原大部分地区，保持并打通了与天竺、于阗、突厥人居地，以及与中原地区的商路与交通，至于同雅隆河谷的吐蕃人和东部的党项人，联系就更为密切。女儿国对青藏高原地区纵横交错的丝绸之路的开辟，功不可没。

一个强大的草原国度，为何在岁月的长河中消逝了呢？这是历史的必然，但诱因十分简单。7世纪初，苏毗国王畏于吐蕃的强大，令女与吐蕃通婚。贞观年间，女王向唐朝遣使进贡，此举遭到了吐蕃的猜忌，吐蕃由此借口发兵苏毗。而此时，苏毗国内女王与小女王共同执政的弊端展示了灾难性的后果，双方矛盾日益激化，纷争不断，客观上加快了女儿国走向末路。

青藏高原历史上灿若格桑花的女儿国，终于倒塌在吐蕃人的铁骑下，无数秘密，也随着硝烟散失在浩渺的时空。

远离家园的拓疆人

走在青海高原，历史的遗迹总是在你吃惊于高地山河壮丽的时候，蓦然跃入眼帘。

从都兰回来，我在青海湖边和吐谷浑王城——伏俟城的相遇，多少带有偶然性——我回忆起这段往事时，把它归结为一个高地上的漫游者在逐日熟悉了自己的生存地理背景时，不甘寂寞的心灵对大高原上创造了草原帝国民族的追寻使然。正是通过这座古城的指引，我才得以走近称雄西北边疆350多年的吐谷浑王国。关于这座被当地住民误称为"汉人的城"的古老王城，我将在后面的章节中描述它。

从东北的白山黑水间启程，用族人的生命开拓道路，千里迢迢辗转迁徙到青海高原的吐谷浑人，在白雪皑皑、芳草连天的雪域大陆，建立了生命力如同边草般顽强的草原王国。不能不说，这是西部中国历史的一大奇迹。

吐谷浑源出辽东鲜卑慕容部落，最初是一个人的名字。

因为处理一件马群发情相互撕咬而引发的小事，兄弟之间说了一句气话，多年后成了一个草原王国和新生民族的称号。

1700多年前的那个春天，一件吐谷浑历史上极为重大的事件，由两群斗殴的马拉开了帷幕。其时，40多岁的吐谷浑是鲜卑慕容部落首领涉归的庶长子，统率着1700户部众，而嫡出的年仅16岁的弟弟慕容廆由于身份高贵，继任可汗之位。不久，慕容廆接到部下的汇报，勃然大怒，派人斥责哥哥没有远牧以至马群相斗；吐谷浑闻言负气召集部众，当夜发布迁徙命令，第二天黎明，率族踏上了西迁的漫漫长路。

这个春天，是慕容廆一生的一大伤痛。望着哥哥率部远徙腾起的烟尘，他后悔不已，急忙派人飞马挽留。但吐谷浑去意已决，以马群不肯东归为由，假称天意，继续西行。亲人的离去给慕容廆留下了不尽的怀念，他在创作的《阿干之歌》中忧伤地唱道："阿干西，我心悲，阿干欲归马不归。为我谓马何太苦？我阿干谓阿干西。阿干身苦寒，辞我土棘往白兰。我见落日不见阿干。嗟嗟。人生能有几阿干？"阿干，鲜卑语，哥哥。在兄弟分离后的很多日子，不堪思念之苦的慕容廆便命乐手吟唱。后来，每逢慕容廆子孙继位，这首歌被作为登基时辇后鼓吹大曲来演奏。至唐代，宫廷音乐中还保留着以古鲜卑语演唱的《阿干之歌》，但人们已听不懂那些承载着兄弟间深情厚谊的歌词了。

建立新家园的方向在决定离开故乡的那一晚就确定了，尽管不知道确切的地方，可向西的信念始终没有动摇。吐谷浑部落先在今内蒙古阴山之南、黄河之北的河套地区暂时卸下了马背上驮着的帐篷，30年后（315年），又带领族人把一生的渴望放上马背，从阴山往南，经陇西，西渡洮河，到达枹罕（今天的甘肃临夏地区）。迁居临夏的第三年（317年），这位一生致力为部族寻找繁衍栖息乐园的72岁老人，在完成了民族迁徙的历史使命之后，安然走进了天国。

草原王国的沉浮

现在看来，吐谷浑踏上青藏高原东缘，是一次历史的巧合。但是，人类历史往往在看似不起眼的一次次巧合中，掀起了岁月的巨澜。吐谷浑的子孙以甘肃临夏为桥头堡，浴血拓疆，统治了今青海、甘南和四川西北地区的羌、氐部落，他的孙子叶延继承王位后，建立国家，以祖名吐谷浑为族名、国号。之后的350多年时间里，一个新的民族和草原王国的悲欢与兴衰史在西北大地上上演了。

童年时代的吐谷浑王国，充满了血和泪的记忆，这个刚刚诞生的新民族无奈地领受了多舛的命途。从它的第二个国王开始，悲剧如影随形。先是迫于生存压力，向前秦俯首称臣，接着三个骄纵的王弟被重臣清君侧，而受到突然惊吓、顾念亲情的君王，不久郁郁病逝。继任者则长达7年沉浸在失去父王的悲痛中，全心守孝，不理朝事。7年后勉强当政，但碌碌无为，在邻国后秦、西秦的虎视眈眈下，委曲求全，纳贡保身。

吐谷浑王国在鲜血和外族的欺凌中开始了振兴之路。390年，戴上王冠的第四任国王、吐谷浑的第四代孙视罴，播下了草原帝国勃兴的种子。他不甘屈辱，严词拒绝了西秦的封赏，竭力治邦，意图"争衡中国"。西秦对视罴的抗争怀恨在心，8年后借机出兵讨伐。吐谷浑的军士们第一次和西秦的大军在度周川（今甘肃岷县西南）打响了雪耻的战斗，视罴最终不敌西秦的锋利大刀，败走白兰（一说在今青海果洛州地区，一说在今青海西部柴达木一带）。为避免国家遭受灭顶之灾，他强忍羞辱，遣使向西秦谢罪，并把儿子送去做了人质，过了两年，带着忧愤和未酬的壮志离开了人世。

这个英年早逝、果敢坚毅的君王，以自己的生命点燃了光耀民族的星星之火，后来的史实证明，所有的外力已经不能阻止吐谷浑勃兴之火的燎原。之后，吐谷浑历史上四个赫赫有名的帝王——树洛干、阿豺、慕璝、慕利延，继承祖业，前仆后继，不惜自己的生命，竭力推动着吐谷浑王国这架宏大但一直被西秦左右的战车驰向鼎盛。至今，阿豺——吐谷浑历史上少有的开明之君，折箭遗教，号召后代团结一致、齐心合力保家卫国的故事，在被认为是吐谷浑的后嗣——土族中广为流传。

直至慕璝执政期间，吐谷浑四代君王惨败于西秦大刀下的耻辱历史才宣告结束，逐日雄起的草原王国终于走出了被西秦摆布的泥淖。从视罴开始，吐谷浑在寻求国家独立和民族自由的征程上，整整奋斗了40年——尽管此时它还依附于国力强大的北魏，没有从真正意义上实现独立。431年，西秦走到了末日，它的末代国君死在慕璝的盟友大夏王赫连定手下。可是，历史和赫连定开了一个致命的玩笑，西秦灭亡的命运很快降临到他的头上。这一年，赫连定难御北魏的进逼西退，企图夺取北凉的土地求生，不料在临夏横渡黄河时，被早已埋伏在那里的吐谷浑大军生擒，送到北魏被砍掉了脑袋。也许，他至死才明白，为了各自利益建立的联盟，多么脆弱；而在盛宴上的诺言，包含着多少虚假的忠诚。

慕璝从北魏那里没有得到预想的封赏，要求赏赐土地及西秦流民的要求也被傲慢地拒绝。为此吐谷浑和北魏离心，当年转向北魏的敌国刘宋王朝入贡，并得到刘宋王朝的授爵和丰厚赐物，这使刚刚呈现繁荣之势的吐谷浑王国注定难逃大难。13年后，北魏等来了绝好的机会——阿豹的儿子叱力延在内讧中失败逃到北魏，请求兵伐叔叔吐谷浑君王慕利延——此时，距阿豹折箭遗教只隔了18年——慕利延和叱力延都在阿豹的病床前亲听了遗训。

　　结果当然是灾难性的。444年的第一次征伐使吐谷浑溃败远走白兰，445年的第二次征伐使吐谷浑一度失国——幸而一年后（446年）北魏军队撤离枹罕（今甘肃临夏地区），慕利延率部回到故土得以复国。往后的30年间，两国帝王虽然更替，但依然战火不断，及至474年，屡战屡败的吐谷浑内外交困，不得不依照北魏的诏令，将皇子送到北魏做人质，方解困境。双方的关系由此进入了基本和好的新阶段，两国偶尔争吵的"蜜月"持续了60年，直到534年北魏灭亡，分裂为西魏和东魏。

　　吐谷浑王国在这一段时间内到达了鼎盛，疆域东至甘肃迭部，西北极于于阗、鄯善，甚至一度到阿富汗，南界阿尼玛卿，北据祁连山，方圆几千里，地域极其广阔。535年，吐谷浑的国王夸吕将国都从今青海兴海县曲什安河流域迁到了青海湖边的伏俟城，自称可汗。

　　吐谷浑的富庶很快引来了占据漠北的匈奴的觊觎，556年，匈奴和西魏联合出兵，对吐谷浑展开了血腥的掠夺——历史就是这样无情，之前，夸吕奉行远交近攻的策略，吐谷浑不断进犯和抢掠西魏西界；不久，它就尝到了被蹂躏的滋味。吐谷浑损失惨重，但并未从根本上伤及元气。匈奴和西魏满载黄金白银和奇珍异宝退兵后，吐谷浑人又策马回到故土，修复家园。

第二年，西魏太师宇文泰的三子废掉西魏皇帝自立为帝，改国号周，史称北周。夸吕大约忘记了伤痛，继续推行远交近攻的政策，频频侵扰北周边境，两国战事不断。自然，吐谷浑没有尝到甜头，一边不得已向北周遣使称臣，一边我行我素，继续骚扰北周。这种作为，实在有趣极了。

衰败之幕由此拉开。夸吕为自己的一意孤行付出了昂贵的代价，亲手搭建了吐谷浑走向衰落的舞台。而为了民族的辉煌，包括夸吕在内，多少代吐谷浑人流下了鲜血甚至献出了生命。581年，隋立国，夸吕迫不及待派兵扰掠隋朝西部边地，但他没有捞到任何好处，在青海湖边被隋朝军队打得溃不成军，只身带着亲兵远逃；其后，吐谷浑的30个部落被分割出来，这个舞动着战刀一步步抵达巅峰的草原帝国从此一蹶不振。

尽管国家处境危急，刚愎自用的夸吕仍然穷兵黩武，吐谷浑和隋朝的西部边境烽烟不熄，这种状况，持续到了589年。那一年，隋朝统一了中原，夸吕不得不在强大的隋朝面前正视现实，收兵遣使进贡。两年后，这个在吐谷浑历史上执政时间最长，最迷恋权力，为巩固自己的统治地位连杀两个太子的君王，走完了一生。而他给吐谷浑带来的厄运并没有停止。他的儿子伏允继位后，虽然向隋朝称臣，迎娶了光华公主，但两国战争时有发生，关系紧张。608年，伏允纵兵频繁抢掠张掖，致使隋朝和西域的贸易往来受阻，杀了父亲后坐上王位的隋炀帝借机出兵打击吐谷浑，第二年4月，又率兵亲征，把隋朝的旌旗插上了伏俟城头。吐谷浑灭国，伏允仅率2000余人流亡党项部落（在今青海果洛地区）。

隋朝灭亡后，饱受寄人篱下之苦的伏允带着残存的部族返回故园，重建吐谷浑王国，经过10多年的休养生息，渐渐出现了复兴局面。一心想恢复吐谷浑昔日盛景的伏允，联合突厥等和唐朝兵戎相见，30多年时间里，边界地区金戈铁马，刀光剑影。635年5月，随着唐朝老将李靖挥师西征，伏允被迫自杀，吐谷浑王国分崩离析，再次唱响了亡国的哀歌。

在悲歌中谢幕的序曲已经奏响。仿佛在历史舞台上没有完成自己的角色，唐王朝为显示仁政和抵御吐蕃，又给了吐谷浑一个机会。伏允自杀没几天，唐太宗下令吐谷浑复国，归降唐朝的慕容顺——伏允的儿子当上了吐谷浑王国的可汗——这是吐谷浑历史上最短命的皇帝，继位仅仅十天，就被心怀不满的属下杀死，他的儿子诺曷钵继承王位。至此，吐谷浑王国成了名副其实的唐王朝的属国。但是，做了唐王朝弘化公主丈夫的诺曷钵，至死也没保住好不容易复国的吐谷浑王国。663年，另一个草原帝国吐蕃的铁蹄踏遍了吐谷浑王国的土地，诺曷钵携家人和亲信仓皇投奔凉州（今甘肃武威）。这个曾经在青海草原称雄一时的王国，彻底在血泪中谢幕。诺曷钵试图借唐王朝的力量翻身的梦想，也在7年后薛仁贵征讨吐蕃，兵败大非川（今兴海县大河坝河上游）的噩耗中破灭。而作为一个民族，吐谷浑在元代前，仍以部落的形式顽强地书写着令人扼腕叹息的民族悲歌。有专家考证，现今生活在青海、甘肃的土族，是这个民族的后裔（一说为蒙古人的后代）。

吐谷浑王国是中国历史上少有的一个传奇，创造了诸多奇迹：350多年的存国时间开创了少数民族地方政权最长的纪录；成就了丝绸之路南道几个世纪的繁华；培育了中国历史上闻名遐迩的千里马"青海骢"……1600多年前，吐谷浑人不惜热血和生命，在神奇而瑰丽的青藏高原，亲历了悲壮的历史风云。

留在荒野的往事

岁月的灰尘盖满了吐谷浑草原王国，悲壮，是每一个消亡了的王朝不能躲避的事实。诞生—成长—辉煌—衰落—灭亡，谁也逃不脱历史铁定的法则。如今，我们只能在零零星星的遗迹仰望它的背影。

1982年，海西都兰县察汉乌苏河对面的众多古墓葬，吸引了考古工作者的目光。察汉乌苏，蒙古语，意为"白色的水"，但当地人称之为"热水"，因为这条河的源头是数十眼温泉。30多年前那个5月的中午，考古工作者渡过察汉乌苏河，穿过山口，都兰县血渭草原展现在了他们面前。只见一座座圆形的坟堆散布在山脚和两山之间，有的坟堆高五六米，直径20米；有的已经被盗墓者挖开，盗洞周围散布着大大小小的石块。在距离山口四五公里的地方，耸立着一座巨大的古墓，高30米，底部基座宽160米，整体呈平面梯形，封土外形像两个叠在一起的"斗"。这座墓葬规模宏大、气势雄伟，在其周围还散布着几十座大小不等的墓葬。第一次见到规模如此之大的墓葬，许多考古人员被惊呆了。

考古工作者登上这座当地牧民称之为"九层妖楼"的大墓，从墓顶和东面的两个盗洞观察：墓葬封土有明显的夯层，夯层之间还整齐地平铺着一层柏木；顶部有砾石堆积。这种类型的墓葬与青海东南部的汉代和魏晋时代的砖石墓、土坑墓有很大的差异，它究竟是什么时代的？属于哪一个民族的墓？经过十几年的发掘和研究，考古专家最后确认，这些墓群归属于吐蕃文化，是吐蕃统治下的吐谷浑邦国的遗存。

2014年7月下旬的一个午后，我从昆仑山腹地归来，登上这座和缓坡漫岭连为一体的小山包，仔细端详着它。这个看似普通的山丘，实则是研究吐蕃和吐谷浑文化的宝库。大墓后面，一条30年前挖掘的10多米深的探沟寂寞地躺着。临近大墓上方，一根根粗壮的柏木夯成坚固的墓外壁，虽然历经千年，依然坚实，只是长时间栉风沐雨，柏木表层已有龟裂，一道道延伸的缝隙，让观者惊叹时间的巨大威力。气象学家以为，千年之前，这一带气候温润，水草丰美，森林茂盛，证据之一就是修建吐谷浑大墓的那些巨木产自当地，如今，这个地方及附近地界，仍生长着古柏，有些地名甚至和这些古老的树木有关。据老一代人讲，他们的前辈口传，先人们生活的这片大地，曾经草木森然，动物成群，是上天恩赐的福地。史学界另有一种说法，认为吐谷浑王国的覆灭，和当时肆意砍伐森林、破坏生态有关。历史没有假设，但可以猜想，这一观点为我们提供了合理的想象空间。走上墓顶，一个盗洞赫然在目，稀稀疏疏的披碱草随风摇曳。前方，草原茫茫无边，丝绸般的白水河缓缓流淌。夕光覆盖了寂寥的旷野，那些发生在大野上惊心动魄的往事，仿佛疲累之极的顽童，沉睡在无边暮色中。同行的一位兄长指着大墓右上方一座嵯峨的石山，让我仔细观看。他说，你看，像不像一只蹲踞的大鹰？果然，它就在我的眼前收敛翅膀，威严地凝望前方，俨然凛然不可侵犯的守护神。

守墓的人正在九层妖楼下方的几间彩钢简易屋内忙着做晚饭。他们的任务，是守护附近的墓群。前些年，这个地方盗墓猖獗，几近疯狂，有毫无文物知识的盗墓者，干脆在墓旁挖个深洞，往里面填一些炸药，将墓穴轰然掀开，现场一片狼藉，令后去查看现场的专家痛心不已。警方曾缴获过一些珍贵的文物，让研究者在庆幸之余倍感惋惜。十五六年前的一个夜晚，一群盗墓者开着推土机，将一座陵墓铲平，被破坏的文物四处弃散，案发后中央媒体有过披露。我尊敬的一位长者对青海地方历史颇有研究，以前在都兰的乡镇当过领导，20世纪七八十年代下乡检查工作时，夜宿牧民帐篷，喝酒闲聊中见到了主人家珍藏的一件精致的金马驹。主人告诉他，这件文物，是从都兰大墓得来的。他费尽周折，将这件金马驹保存下来，随后无偿捐献给了国家。我认识他的时候，长者已过七旬，和我等晚辈喝酒，豪气不减，两人一瓶，仍不尽兴。七八年前，我还在一家媒体工作，有一晚值夜班，新华社发了一条消息，说在青海都兰白水河畔离大墓不远的地方，经过考古人员几十年的寻找，终于发现了吐谷浑王陵。我立刻将这条消息发在了次日头版头条，并安排记者追踪报道，嘱咐编辑时刻关注。但蹊跷的是，后来居然没有一点下文，颇感意外。不久，我从一个私密的渠道得知，这一发现没有得到权威部门的认可，只是某名专业人士不严谨的推断。

　　7月的黄昏，暮霭在草原撒上了一层薄薄的金辉，散落其间的牛羊在草地上细小如一个个标点符号。之前，我多次到达过这里，有一次甚至在凌晨两点穿越了曲麻莱草原，经昆仑山口，返回西宁时临时终止行程，在都兰留宿，次日大早，看了一回都兰大墓遗址。其实也没什么理由，就是想去看看。

我站立的这片山区，阒无人迹，只有连绵不绝的峰峦伸向天空，大风浩荡无际，一直吹过天边。远处的云翻卷舒展，变幻着令人着迷的形象。我躺在草地上，靠着一块石头，漫无目的地望着。其时，不远的昆仑山已经落雪，不久，就要大雪封山了。黄昏时分离开那里，途中轮胎爆裂，深夜才回到驻地。禁不住再次在夜色中回望隐匿在夜色中的白水河流域，那一刻，我觉得它就像阔大的历史舞台。

几多兴衰，几多秘密，都藏在里面。

湟水河畔惊鸿一瞥的王国

就在谷吐浑王国的君王视罴为国家的独立和西秦激战前一年，即397年，距吐谷浑不远的青海东部高原乐都，诞生了一个18年后就消失了的国家——南凉。

那时，是继春秋战国之后的又一个乱世，一个群雄并起的时代。北方的马背民族鲜卑、匈奴、羌、氐、羯等从今天的蒙古草原、东北、西北呼啸而来，在从东起山东，西至新疆，南到淮河长江的大地上先后创建了16个小国家。南凉即其中之一。

　　自从1991年返回故乡，由于职业原因，我几乎每年至少有两个月时间在青海高原漂游。沿着湟水河顺流而下，漫无目的地行走，是我最喜欢的出游方式。自西宁、平安而后乐都直至走出省界，这些疆域都是南凉曾经的辖地。有时候，一整天就坐在湟水河边的山坡上，看着远处的云朵一会儿变化成马的形状，一会儿演幻成一个人的样子，一会儿又散乱成一块块嶙峋的石头，它们飘过山巅，好像和我一样，没有明确的远方，想去哪里就去哪里。乐都离我的老家不远，只有八九十公里，按现在的车程，早晨10点多出发，中午就可以在那里吃午饭了。但在以前，这是一段极其遥远的路程，大人们要去，往往要准备好几天，主妇们用那个年代很稀罕的白面烙一褡裢面大豆，让男人们在路上补充体力。我在河西走廊谋生的那几年，每次过完春节回去，母亲惯常要烙面大豆让我带着路上吃。这种食品易于存放，尤其适合出门的人，做起来不复杂，把面饼切成相互连接的两厘米大小的小面块，放在平锅里烙熟再掰开即可。母亲做的时候，要放点盐，就更好吃了。母亲去世后，我再没有吃过。后来我在西宁城里找过很多次，但很久没有找到，直到今年初在莫家街附近的一条胡同里看见了它，问店主有没有放盐的，她头也不抬，回答说莫有。我转身离开，又回头望了几眼门店，期望她探出身子喊一声：有咧，你等一会儿。

我之所以说早年人们去一趟乐都要下好几天的决心，是因为到那里要穿过一条峡谷，当地人叫小峡。这条峡谷，位于湟水河中游，其实并不险峻，也不巍峨，只是一条普通的山沟，但在乡民心里，这是一道通往外面世界的分界线。在乡间的口传中，过了小峡就等同于到达外地。至今，在青海东部农业区贬一个人没有见识，都会说："你连小峡都没出去过，再说啥哩。"

我说的这个地方，当年为南凉的要塞，包括我的老家在内的大片黄土高原，驰骋过南凉勇士们的铁骑。幼年被困在狼舌头大的山窝窝里，我常干的一件事，就是幻想，凝望连绵不绝的山峦，想象在太阳升起的远方，到底会有什么呢？晚上盯着一头繁星，更加焦急不堪，仿佛远处有一个人等着我。1980年我走出小峡，之后走得更远，才发现，远方除了茫然就是坚持和期待。

茫然也许在人类开始孜孜以求的时候就是挥之不去的情绪。游走在南凉将士们流血流汗的地方，江山依然，日月不惊，人却像野草荣夭轮回无数。有时候，夜宿乡野，感觉历史在这个村子里停留过，我却怎么也找不到它，一声雄鸡的啼鸣在清晨把我唤醒，我走上山巅张望，南凉已经走得很远了。

南凉（397—414年）为河西鲜卑族秃发乌孤所建。秃发即"拓跋"的异译。建国第三年，秃发乌孤醉酒坠马伤后不治，弟弟利鹿孤继位，迁都西平（今青海西宁），402年利鹿孤突亡，弟傉檀继位，又将国都迁回乐都。

在南凉的三代君王中，傉檀在位时间最长，他执政期间，国力达到了顶峰。但频繁的征战终将这个乱世中的小国送上了不归路。414年，西秦趁傉檀西征、国都空虚之际，奇袭乐都，一举灭亡了南凉，傉檀被迫投降西秦，后来被西秦的国王赐以毒酒，自尽了。而赐他毒酒的人，正是傉檀救过性命的西秦当朝皇帝。

南凉亡国后，原秃发氏部人大部分为西秦所统治，至今在西宁还生活着秃发氏的后代。见证了南凉陈兵10万炫耀武力的虎台点将台，如今只剩下一座荒颓的土台，被丛丛芳草覆盖。这个小小的封建割据政权，产生在魏晋南北朝大动荡时期，虽然只存了18年，但在青海地方文化史上至少有三件事值得记述：

第一件事，倡导儒学，兴办教育。利鹿孤在位期间，面对"刑政未能允中，风俗尚多凋弊"的现实，听从大臣建议，开办学校，一度开科取士。此举不仅在这个时期使河湟儒学得到发展，而且在客观上加快了先进文化在河陇地区的传播，而儒家所倡导的"仁政""王道"观点，也成为倾向汉化的秃发王族们经邦治国的指导思想。

第二件事，唯才是举，各尽其能。南凉立国后，大量吸收河陇地区的汉族人才担任各级官员，以争取民心，为其政权服务。《晋书》明确记载两批汉族人才投奔南凉并受重用。这些儒士协助秃发氏立国建邦，以实现儒家"修身齐家治国平天下"的宏志，并在河湟地区传播了先进的汉文化，其意义远远超过了当时的理想抱负。

第三件事，养民务农，发展农业。南凉国域基本上在今湟水流域，这里是自汉代赵充国实行屯田以来的农业生产区域，农业生产规模相当可观。但战事延绵，使河湟农业长期遭受摧残。南凉出于立国的需要，在战争间隙实行"劝课农桑""务农桑，修邻好"的内政外交方针，河湟地区因经济的发展而出现了短暂的繁荣。

在青藏高原，常常能看见太阳当空、月亮高悬的天文景象，所谓日月同辉，古人视为祥瑞之兆，我在湟水流域目睹多次，在南凉存国18年间，想必此景也不陌生。现在，南凉留在大地上的遗存只剩下当年阅兵的虎台，这座长满青草的土丘，以前是西宁的地标之一，今天隐没在一幢幢大楼之间，已经很不起眼。大约是20世纪90年代初期，政府把土丘圈了起来，又立了秃发乌孤的雕塑，他散落在异乡的后裔们不时前来拜祭，这个地方也就成了他们心灵的依附之地。我在虎台不远的一个新闻单位工作过一年，每至夜班无聊，常去那里溜达，夜深人静，另有一种味道。秋夜，躺在高台上，虫鸣入耳，清风过面，惬意得很。联想到久远的年代，这里帅旗猎猎，马嘶长空，不过弹指一挥间便归为沉寂。

时间，易于破碎，但历史永远牢固。

唃厮啰，吐蕃王室的最后亮光

唃厮啰是一个人的名字，997年，他在今西藏阿里的噶尔县出生时，曾经称雄青藏高原的强大吐蕃帝国坍塌已经155年了。他的先辈大约是在840年——吐蕃王朝灭亡的前两年，为躲避内乱和宗室残杀逃亡阿里地区的吐蕃王室后人。

唃厮啰，在古羌语中意为佛子，他的诞生，对处在险境的吐蕃无疑是一个福音。此时，西藏本土四分五裂；河陇一带，更是"族种分散，大者数千家，小者百十家，无复统一"（《宋史·吐蕃传》），而居住在吐蕃东北地区的党项族王朝西夏，如日初升，河陇吐蕃大有被吞食的危险，形势十分紧迫。在这种情况下，12岁的唃厮啰，这个在吐蕃人的心目中带有神圣灵光的王室后裔，被带回河湟，成为吐蕃至高无上的赞普（吐蕃之王称赞普）和宗教领袖。

可惜的是，他纤弱的肩膀尚未担起吐蕃复兴的重任，就被企图"挟天子以令诸侯"的地方豪强挟持，被迫沦为傀儡。唃厮啰最初被安置在今天的临夏，后来又被吐蕃僧人李立遵等挟裹至廓州（在今青海化隆南黄河北岸），旋即迁至宗哥城（今青海乐都大小古城）。1015 年正式建立地方政权，拥兵六七万，这是吐蕃王朝瓦解后在今青海以河湟地区为中心形成的又一个吐蕃地方政权，史称唃厮啰。但 18 岁的君王仍然受到贵为论逋（吐蕃宰相）的李立遵控制。李专横跋扈，嗜杀成性，推行与宋王朝为敌的政策，各部落极为不满。唃厮啰对李的作为也十分反感。

这个蛰伏的英豪终于等来了走向独立自主的第一个机会，他乘李立遵被北宋打得一败涂地，势力大减之际，离开宗哥，来到邈川（今青海民和地区），并下令罢废李立遵论逋之职，转而起用邈川大酋温逋奇。野心勃勃的温逋奇，其实是一个乱世贼子，他一面暗中与西夏勾结，一面秘密策划叛乱企图夺取赞普之位。

1032 年，温逋奇发动政变，被唃厮啰诛杀，随之，唃厮啰将国都从邈川迁到青唐城（今青海西宁）。从此，这个河湟地区的吐蕃政权才真正掌握在唃厮啰的手中。今天，横亘在西宁城南高速路边那一道巍峨的土墙，就是那个时代的见证。在我的眼里，这一道宽阔的城墙，是一个男人肩负历史和民族使命，在民族复兴的道路上树立的里程碑。

唃厮啰亲政后，极力主张"联宋抗夏"。因此，唃厮啰政权得到了宋王朝的大力支持。唃厮啰的亲宋政策，引起了西夏政权的极大不安——河湟地区处于西夏国土的肘腋之间，加之唃厮啰拥有一支六七万的精兵，对西夏无疑是一大隐患。但企图用武力迫使唃厮啰就范的西夏王朝终究自取其辱，多次征伐均以大败而告终，在唃厮啰锐利无比的战刀下，骄狂无比的西夏皇帝再也不敢轻举妄动。

　　唃厮啰成功抵御了西夏的南侵，保卫了河湟地区的吐蕃各部落，一时威名大振。西北各地的吐蕃部落纷纷投奔唃厮啰，原来投靠西夏的一些吐蕃部落也反正归蕃，唃厮啰幅员迅速扩大，地域与北宋、西夏、回鹘、于阗、卢甘等国相连，人口100万户，走向了吐蕃帝国分裂后的最盛时期。

　　据史记载，当时青唐、邈川这样的"城市"，粮食储存量均可供1万士兵10年之食。牛、羊、马的产量也很高，最多的时候，吐蕃地区一年要向宋朝输送将近4万匹马。由于经济的发达，这一地区的人民也富裕起来，家资二三十万贯的非常普遍。青唐城更是一座令人向往的宝城，城内殿宇嵯峨，梵宫林立，金冶佛像，金碧辉煌。据张舜民《画墁录》记载，青唐宝货不赀，人们将珍珠、翡翠、金玉、犀象都用柜子装起来埋在土中。

　　耐人寻味的是，此间，西夏主动向唃厮啰示好，并将公主嫁给唃厮啰的小儿子董毡；原来嫌唃厮啰没有势力的回鹘人，笑脸请求与唃厮啰联姻；连远隔千里的契丹，也派使者到青唐，恳求与唃厮啰合作，并将契丹公主许配给董毡。看来，有时候威严常常与铁拳结合在一起。

但是，这一切并没有隔断唃厮啰同宋王朝的联系，也没有改变他坚持"联宋抗夏"的立场。在唃厮啰心中，中原王朝仍为吐蕃的"阿舅大官家"。

唃厮啰治理河湟几十年所取得的成就，用丰功伟绩来形容，丝毫不为过；他恢复和保护中西商路、促进国际间经济文化交流的英明之举，流芳百世。河湟地区，正是中西交通之"古吐谷浑路"的必经之地。四五世纪时，这条商路曾经十分繁荣，后来由于战争的影响而渐趋衰落。西夏占据河西走廊后，对于这条具有国际意义的中西商道大加破坏。他们在途中剽劫贡商，扣留旅人，对商人征收苛税，妄图扼断西域各国同宋王朝的联系。在这种情况下，唃厮啰担负起恢复和保护中西商路的重任，重新开辟从西域经河湟入中原的"古吐谷浑路"，并在青唐、邈川、临谷等城设立国际贸易市场，还派兵护送各国商队直至宋边境。这样，被西夏扼断的中西陆路交通在唃厮啰统治的河湟地区又畅通无阻了。西域各国的贡使、商人不远万里，绕道河湟，直趋宋朝都城——汴京。西方的财货源源进入中原，中原文化也不断输入西方。在这中西经济文化不断交流的过程中，青唐成了当时的国际城市，城内胡商簇拥，宝货山积，据《青唐录》载，城东定居的各国商人多达数百家。

1065年，这位藏族人民的杰出领袖去世，享年69岁。唃厮啰死后，他的三个儿子拥兵自立，从此，河湟地区又陷入了自相残杀的内乱。吐蕃从840年内战直到蒙古人征服西藏，在这漫长的300多年中，一直处于黑暗的分裂时期。但是，唃厮啰统治河湟地区的30多年，是这个黑暗时期一道灼目的亮光。

第五章 唤醒旷野上遥远的记忆

史前文明的高地印迹

现在，从历史的烽烟中转过身来，在承受了太多兴盛与衰亡的青海西部原野，轻轻唤醒那些沉睡了数千年甚至数万年的古老记忆——这当然是有选择性的。因为在世界最高的地方，持久的人类活动留下的遗迹丰富而庞杂，显然不能一一道来。

从1999年起，几乎每年我都要到海西走一走，地理风貌固然是不能抵制的诱惑，但那些先人们缔造的文明和文化奇观，更使我流连忘返。2007年7月，我翻过昆仑山大垭口，计划穿越可可西里腹地，进而向长江上源的沱沱河，直至它的发源地格拉丹东。遗憾的是，我的探秘行动刚到沱沱河边

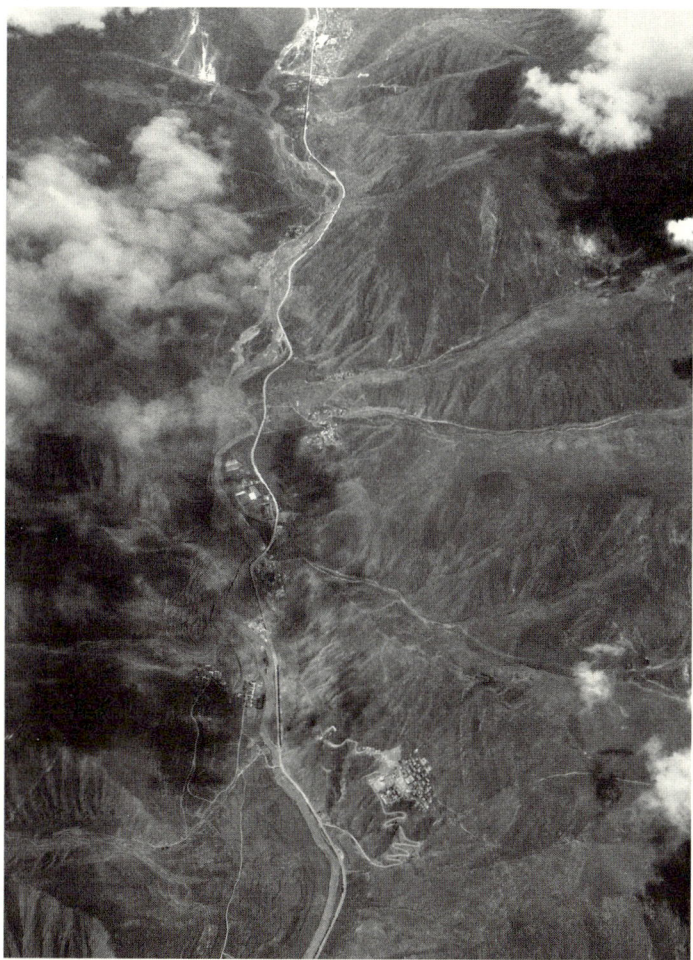

三江源头有人家

便结束了——同行的一位友人出现严重的高原反应，我深知继续前行的后果，无奈撤回了格尔木。

这次半途而废的梦想之旅，和往常的海西之行那样，给我的记忆深刻。我停止向长江源头探险的沱沱河沿岸一带，考古工作者曾在1956年无意中发现了数件旧石器时代的石器，不久，又在可可西里地区找到了两件砾石砍砸器和一件刮削器。

这是在青海高原最早发现的史前人类文明遗迹——在此之前，整个青藏高原仅于20世纪30年代在四川甘孜州发现了旧石器时代的石器。50多年后，我站在它们现身的地方，凝望苍茫无际的西部青海大地，内心充满了亢奋和敬畏。当我乘坐现代化的交通工具，以游历者的身份，徜徉在荒野，为自己细小的发现惊喜不已的时候，先人们已经在很远的年代，在这里创造了让后人难以完全揭秘的人类文明。

在青海西部荒原，这几件简陋石器的出现，预示着远古时代青海人类历史极为有限的显露——我们对它知之甚少，但这些旧石器时代的生活用具，毕竟翻开了青海高原史前历史的封面。里面的华章或许我们永远不可能阅读了——局限于人类认识和了解自己的能力，很多史实并非像我们推测的那样。对我而言，清楚一个事实就足够了——即我们的祖先在青海没有进入文字记载以前，命运便紧紧和西部高陆连接在一起。

从可可西里和沱沱河沿采集的石器，为研究青海旧石器时代的人类活动打开了一道缝隙。紧接着，1984年在柴达木盆地小柴旦湖南岸出土的100多件旧石器时代的遗物，将青藏高原人类活动的历史，至少推进到了3万年前。遗址位于海西蒙古族藏族自治州大柴旦行政委员会辖区小柴旦湖南岸。出土的遗物主要有刮削器、雕刻器、钻具、砍砑器等，均为打制。小柴旦遗址是青海省境已知有地层根据的最早的人类活动遗址，当时的人所处的时代属于远古文化的新人阶段，原始部落开始逐渐被母系氏族公社所取代。

有一年秋天，我和朋友开着一辆破旧的北京吉普车从格尔木向可可西里进发。这辆跑起来四处漏风、叮叮当当的越野车，原来是藏羚羊盗猎者作恶的工具。闻名世界的沙图什就是用藏羚羊羊绒制作的，这种被国外上层贵妇人喜好的精美披肩，轻柔舒适，可以轻松地从一枚戒指中间穿过，价格昂贵。利益诱发贪婪，20世纪90年代初，大批盗猎者涌向可可西里盗杀藏羚羊，几十万平方公里的高地，成了人类对高原精灵近乎毁灭性的杀戮场。我在可可西里管理保护局看过巡山队们巡山时拍摄的照片，一只只被剥去羊皮的藏羚羊尸体四散在旷野，胴体惨白，周围血迹斑斑，触目惊心。巡山队员们解说的时候，悲愤得说不下去，我们的谈话长时间陷入沉默。后来，他们把一辆进山巡逻时缴获的北京吉普车赠送给了我当时供职的报社记者站。当我坐着它再次驰往可可西里，望着窗外大片开始枯黄的青草，内心并没有往常在草原游历时的激动。一路上在想：人类如果失去了对万物的敬畏，该是多么可怕啊。

吉普车吼叫着向前冲。在青藏公路上行驶，感觉就像在云端上奔跑，著名的109国道一直伸向天边，低垂的云朵厚实、峻拔，远处，天和地仿佛连接在一起，陡生"念天地之悠悠，独怆然而涕下"的心绪。车停在昆仑山口，站在4767米的高度，凝望可可西里，广阔得令人压抑。山口左侧，一座刻有"昆仑山""海拔4767米"等字样的石碑被过往的人们系满了哈达和经幡。距石碑五六米远的地方，矗立着索南达杰纪念碑。索南达杰曾任青海省治多县西部工委书记，率领他的野牦牛队，开启了可可西里反盗猎活动先河，在和盗猎分子战斗时，最后一滴血洒在了可可西里寒冬的大地上。现在，这块位于青海、西藏、新疆三省区交界地带的高陆，已被规划为可可西里自然保护区，这里平均海拔4500米以上，独特的高寒自然生态环境以及多样性的生物群落为青藏高原所特有。

很多时候，我在青藏高原的游走带有很大盲目性，几乎不给自己设定目标。这里，离苍天很近，离尘寰很远，这就够了，难道还有比这更大的奢求吗？比如这次远行，仅仅因为早晨的一次对话。朋友望着眼前的昆仑山说："去昆仑山口看看？"

我说："好。现在就走。"

于是，过了昆仑山口，仍然继续往前。我跟朋友说："一直往前，不想走就返回。"前行大约一个多小时，不冻泉出现在前面，索南达杰自然保护站前高高飘扬的红旗在旷野上仿佛一声深情的召唤。朋友说："直接去西藏吧？"望着风中劲舞的红旗，突然心生归意。我说："就到这里吧。"可可西里管理保护局的一个年轻人正在保护站值班，交谈一番，才知道他是索南达杰的外甥，他说他最大的愿望是让自然的精灵自由地奔跑。

从可可西里回来，在格尔木修整了两天，我独自西进前往敦煌。从青海西部去敦煌，柴旦是必经之地。到达这个常住人口只有几千人的小镇时，正值中午，西部浓烈的阳光洒在街道上，两三只流浪狗在街上觅食，街道左侧，一排土平房静静蹲伏在树荫下，食品商店、修车铺、饭馆、旅社一应俱全。我找了一个饭馆要了一碗面，等饭的工夫，进来两个操青海民和口音的男人："把他家的，今年钱不好挣呐。"

另外一个说："早你把嘴夹严。你不胡日鬼，把钱花在那个寡妇身上，早存下了不少。"

头一个说："那人呗，我也把个家管不住啊。"

我哑然失笑。翻越当金山口，又想起了他们的对话，觉得在青海人类最早活动的地方，世界实在有趣极了，他们的生活就像一首青海"花儿"：

> 青石头尕磨儿呜噜噜转，
>
> 你转过了看，
>
> 下岸里水浑着哩。
>
> 心肝花拔哈了碟儿里献，
>
> 你晾干了看，
>
> 阿哥的心真着哩。

草原深处，时光无法挽留

我痴迷于青海高原的山川地理，同样也沉醉在这片陆地上古人智慧的创造。它们是我20年来不间断游走青海高原的原因。以大地为师，从凝聚先人心血的奇观中汲取营养，可以使自己的内心强大起来。

走出海南州兴海县县城子科滩镇（子科，藏语，意为芨芨草），就是一大片种植着黑刺和松柏树苗木的荒原和草地。以前这里都是草原，开荒种田、种树不过这三四十年的事。现在庄稼基本上不种了，种上了一些灌木和松柏苗子，面积不是很大，但在草原上也不多见。这些并不高大的林木告诉人们，这里的海拔不算高，超不过3200米。如果再高一点，它们会以更加低矮的姿态面向大地，直至植物们几乎匍匐在地面上。道路两旁的灌木林子被网围栏围在里面，这些用铁丝编制的像稀疏的渔网状的东西，是中国牧区的一道奇观，路有多长，它就有多长，把广阔的草原分割成了一块块不大不小的草地。砂石路把我们引领着往黄河岸边走去。走下一座河谷，两岸崖壁峭立，高数十丈，气势逼人；河谷里的树木突然茂盛起来，笔直的白杨树刺向天空，一行行桃树和苹果树分列在田野上，空气中居然弥散着湿润的气息。从刚刚能容一辆车通过的唐乃亥黄河大桥穿过尕玛羊曲大峡谷，爬上一面黄土台地，散落在乡村公路两边的庄廓透过树木的间隙，展现在眼前。这一条路，一直通向宗日。

宗日，地处同德县巴沟乡团结村附近，是我向往的地方之一。这一块静默在同德县班多峡西侧的阔大黄河冲积台地，虽然现住民居住的历史只有短短两三百年，但地下隐藏着距今4000—5600年的惊人秘密。1983年和随后的多次考古挖掘，逐渐揭开了它的华丽面纱。

遗址分布的地区当地群众称为宗日，即人群聚集的地方。1983年，青海省文物考古队进行首次试探性发掘，共出土25件陶壶、陶碗和陶罐。它们虽然胎质不同，制形各异，但造型均匀对称，饰纹和谐统一，属半山型早期，证明当时不仅有相对独立的生产部门分工，而且制陶者具有通过感觉来反映自然的高超手工和技艺，为研究黄河上游文明的形成和发展，提供了十分重要的依据。据此，将宗日遗址归为马家窑文化类型。1994年至1996年文物考古工作者的勘探发掘，改变了十年前的划分，并被学者确定为单独的文化类型——宗日文化。据专家研究，宗日遗址出土的文物，大多具有浓郁地方特色的新的文化因素，并且时代愈晚，这种新的文化因素越居于主导地位，与甘青地区其他已知的新石器时代同类遗物具有明显差异。有学者认为，宗日遗址可能属早期羌人文化。

在长达两年的挖掘中，考古工作者得到了丰厚的回报。后来被媒体广泛称为"国宝之冠"的舞蹈纹盆及二人抬纹盆就在这次发掘中重见天日。舞蹈纹盆在橙红色泥胎上用黑彩描绘出精美的图案；较窄的口沿上画有成组的弧线三角纹和短斜线纹，匀称、自然；腹部绘有稍粗的四道弦纹，简明流畅；最让人赞叹的是内壁上部，两组舞蹈人像（分别为11人和13人）头饰宽大，下着裙装，手拉手，一幅活灵活现的集体舞蹈画面，古朴中透着灵动，隐隐弥漫出中原古文化的神韵。总体上看，这件陶器造型别致，质地细腻，表面光亮，体现了精湛的制作技术，尤其在绘画上，运笔娴熟，图案疏密得当，人物形象生动传神，极富艺术感染力，达到了古代彩绘艺术的极高境界，称之为稀世珍宝当之无愧。

二人抬纹盆唇彩为斜线三角纹，外彩为三线纽结纹，这些都是马家窑类型彩陶盆上的流行纹饰。内彩绘在中腹以上部位，主题纹饰为四组对称的双人抬物图案，间以横、竖粗细条纹组成的辅助图案，上下两端分别以一道和五道弦纹界定，构成一幅四方对称、两方连作、优美和谐的完美画面。彩陶盆二人抬物图案，作者以圆点表示人的头部，粗线描绘人的躯干，细线表现四肢，两人相向分腿而立，腰背微屈，双手共抬一个硕大的圆形物体，寥寥几笔，就把两人着力抬起重物的形象刻画得惟妙惟肖。

在此发掘中，还出土了中国新石器时代考古中首先发现的一件骨叉，专家认为应是当时人们进食的餐具。骨叉的发现，至少说明马家窑文化时期的人们，已经掌握了制造使用骨叉一类餐具进食的本领。这说明刀叉一类所谓"西式"餐具，并非西方人所特有，同时从另一侧面反映了当时宗日人生活资源的多样性。

宗日遗址是目前黄河上游地区发掘面积最大、出土文物最多、内涵最为丰富的新石器时代文化遗存。特别是宗日遗址出土的舞蹈纹彩陶盆和双人抬物彩陶盆以及骨叉等珍贵文物，在国内罕见。

现在，生活在宗日的人们，好像已经把在这块地方上祖先们缔造的辉煌忘记了，当然，那是发生在年代非常遥远的事，和他们的现实生活没有任何关系。当地村民说：古代的事，那么远，谁说得清楚呢。2015年秋天，我渡过黄河，翻过班公峡，再次来到黄河岸边的这片黄土扇形台地。其时，正值午后，阳光洒在坡地上，把寂静的麦地和青稞照耀得一片金黄，这是半农半牧之地，妇女们用紫色和黄色棉头巾把脸包裹得严严实实，只露出一双羞涩的眼睛，挥舞柳条驱赶着羊群从巷道走过。站在半山腰的村道上，对面的塔拉龙山像一面高高拱起的巨大鱼鳍，停止了在山海峰涛中的游动。山湾向阳的草坡上，一座白塔静静矗立在风中，飘动不息的经幡向上天传达着人们的祈愿。夜晚住在朋友的小学同学东主家里，院子不大，收拾得很干净。东主煮了一锅手抓羊肉，拿出青稞酒，我们边聊边喝，不知不觉两个人都喝高了。东主仰脖灌了一大杯酒，开口唱了起来：

> 天上的卓玛，
> 明天骑着白马出嫁。
> ⋯⋯

后面的歌词被东主唱得模糊不清，我听不出来具体的内容，而跌宕的旋律在寂静的夜里深情回荡。东主的妻子安静地看着丈夫唱歌，眉目间含着柔情和喜悦。我逗她说："你是东主的卓玛吗？"她吃吃笑了，用纯熟的汉语说："他的卓玛嫁到远远的地方去啦，要翻过塔拉龙山走很长的路才能到。"

次日早晨离开宗日，太阳的光芒涂在塔拉龙山尖，像浇了一层金汁，耀眼得很。我问东主："想过要离开这里吗？"

东主说："想过，但没办法离开了。"

他拿出一个沿口已经残缺了几块的小陶罐："这是我父亲以前翻地的时候翻出来的，你喜欢这些，送给你吧。"

我婉言谢绝，对他说："给孩子们留着吧，让他们以后也知道，这个地方以前很牛 ×。"我们长长拥抱，他看着我上车离去。转过一个弯道，我回头望东主的家，他站在那个台地上越来越小了，又转过一个弯，我再看的时候，只剩下了莽莽苍苍的原野。

没有未来，只有生死相拥的一生

如果说，宗日文化带给后人的是欣赏艺术的愉悦和惊叹，那么，青海东部高原一处新石器时代的文化遗存，则展示了自然毁灭性的破坏力和人类在灾害面前的无奈与悲壮。它的悲惨场景，堪比东半球的另一场大灾难——79 年 8 月 24 日的一天中午，古罗马帝国庞贝城附近的维苏威火山突然爆发，火山灰、碎石和泥浆瞬间掩埋了整个庞贝，当时帝国最为繁华的城市在火山爆发后的18个小时内彻底消失。

自然巨大的威力在距此遥远的青海东部高原制造了人间悲剧。考古专家认定，距今3500—4000年的民和喇家遗址，保留了地震、黄河大洪水以及山洪袭击的多重灾难遗迹，被誉为"东方的庞贝古城"——实际上，黄河岸边撼动人心的天灾发生至少2300年后，庞贝古城才在地球上出现。

决计要到喇家遗址去看一看。正好青海高原落下第一场薄雪，我从青海南部草原小城同仁出发，转道循化，而后向黄河边的小镇民和官亭。这里仍然是黄土高原，沟壑纵横，山峦连绵，虽然黄河奔流而过，但在突兀的山峁和荒僻的山洼，很多人的日子还没有摆脱焦渴。下午的时候到达了官亭镇喇家村。这个黄河边的小村，和西北其他村庄没有什么两样，用黄土夯打的庄廓默立在一层白雪之上，杨树遒劲的枝条插向天空，狞厉的样子，好像把无数冬天压在了身上。一条筷子长的主街道，连接着一座座村舍，车辆经过时立刻卷起一股股尘土，飞旋着落在地上，染脏了路边的积雪。三三两两的路人，步履舒缓从容，不知道他们来的地方，也不知道他们要去的地方……恍惚之间，想起了我出生的那个小村庄，也是这般光景，人们悠闲地走在路上，遇见挡道的猪和羊，也不驱赶，绕着走了；碰见左邻右舍，喧几句，抽根烟，或者相约晚上喝一场大酒，又散了，各走各的路，各干各的事。现在，我离故乡越来越远，只能在漂游的路上想想它。

也许来看遗址的人慢慢增多的原因，喇家村路边摆着八九家卖服装、小吃和日用百货的小摊点，有一点小集镇的味道。几千年之后，这个曾经经历过惨烈灾难的地方，依然保留着青海农村憨头憨脑、安然顺从的模样。

走到村子中央，喇家遗址旅游景区指示牌独立在村道旁边，这是村子里标志性的建筑，很扎眼。顺着指向牌标识的地方，来到喇家遗址，发现这里没有其他景点惯有的嘈杂、拥挤，更没有导游和解说员，异乎寻常地安静，偌大的景区，竟然只有我一个游客——任何时候，对于灾难的展露，大约不会有很多人直视。看门的老汉打开遗址大门，一瞬间，整个人就被震撼击中了。被围栏围着的坑体内，是一具具触目惊心的人体骸骨，有的躺着、有的趴着、有的跪着，有的屈肢侧卧，有的匍匐于地，有的上肢牵连，有的跪踞在地……数千年前那一夜的灾难场景定格在眼前，内心被说不清的东西胀满，我有些窒息了。遗址一角，横着一块树根，和今天常用的凳子相仿，简单、原始；凳子前方立着灶台，结构简略，是用土砌上去的，在灶台附近卧着一个隆起的小土堆，土堆上有几根几乎石化了的面条。据考证，这是迄今为止世界上发现的最早的一碗面条，不难想象，灾难突然降临时，这一场温馨的晚宴还没有结束。

喇家遗址总面积40万平方米，随着大量的死者遗骸被发掘，逐渐还原了数千年前的惨烈场面：在遗址西南部集中死在一起的5人，其中有一年长者似用双手护卫着身下的4人，5人或坐或倚或侧或仆，头颅聚拢在一起。中心灶址处一人两手举过头顶，双腿呈弓步，死亡时身体还未完全着地。东墙壁下的一对母子，母亲倚墙跪坐在地上，右手撑地，左手将一婴儿搂抱在怀中，脸颊紧贴在婴儿头顶上，婴儿双手紧搂着母亲的腰部。在相距不过2米的3号房址中，也发现了可能在同一时间因同样原因死去的母子，母亲双膝跪地，臀部落坐在脚跟上，双手紧紧搂抱着幼儿，幼儿依偎怀中，小手抱着母亲的腰身。母亲脸面向上，颌部前伸，似乎在祈求着什么……

看门的老汉一路没有言语，陪着我默默走了一圈；走出门外，他花白的短发在阳光下扎得我眼睛发痛。

"一直住在这里，不害怕吗？"

"怕啥哩，都几千年前的事了。"

"来的人多吗？"

"少得很，谁愿意来看死人呐。人这一辈子，都想着好事呢。"

"你也不愿意看？"

"娃娃要接我到城里去住，我没去。在这里习惯了，不想走了。他们说，你一天给人家看坟，也不知道是谁的先人；趁身子力练（青海话，意为健康），到城里享享福，再甭看了。我思谋现在还干得动，再干一干。刚开始看的时候，难受得很，后面就轻了。"

日头向西越走越远，不久就要落山了，过不了多久，广阔的黄昏即将笼罩喇家村。车在雪尘中向前，黄河边上的这一片雪野，逐渐消失在我的视野中。

秘密隐藏在一个村庄深处

2002年初夏的一个深夜，我正在七楼办公室上夜班，一位同事写完稿子走了进来，他手里拿着两个小彩陶罐，对我说："我在民和马厂塬采访的时候淘的，你留着。"其中一个沿口略有破损，一个品相完整。我俩把它放在桌子上端详，两个十六七厘米高的彩陶罐在灯光下显现古旧的色泽，陶罐颈下两条黑色的线条缠绕，简单而古拙，好像是一个爱涂抹的顽童随意画了两笔。看了一番，看不出所以然，就觉得几千年前的东西突然出现在21世纪初的这个深夜，沉默的历史复活了。同事开玩笑说："我们两个把它们当宝贝看着，说不定这东西那时候就是一个人躺在黄河边无聊，随便捏着改心慌的。"

我说："以前它们是生活，现在成艺术了。艺术就是宽慰人心的东西。"

过了十几天，因为一件突发的事，我离开了这个单位。临走的时候，把这两个陶罐转送给了友人。同事来和我告别，一脸自责："这几天我思想着，把地下的东西送给你，不吉利，总觉得害了你。"那时对自己的处境已有感觉，知道和这两个彩陶罐没有任何关系。不久，他在微博上写了一篇文章，记述我离开那家单位的一些情况，之后就辞职去了更远的地方。临行前，他给我打了个电话："我也走了，故园虽好，不是久留之地。"巧的是，他说这句话的时候，我赋闲在家，刚在一张白纸上写下了一句话：故园空负四年春。曾经在同一个办公室的兄长给我写了四个字：宠辱不惊。墨迹沉厚，字如刀戟。另一位一块儿长期上夜班的兄弟送我一本书——《美人赐我蒙汗药》。现在这本书依旧摆在我的书架上，偶尔翻翻，仿佛有预示一般。

这是我和马厂塬最近距离的一次相见，这两个彩陶罐的故乡就在民和县马厂塬乡边墙村。

不得不说，黄河上源最著名的支流湟水河流经青海民和时，揭开了富有传奇性的一幕，它在下游谷地孕育的、距今4100—4400年的马家窑文化马厂类型遗址，从被发现的

这是青海农区典型的屋舍，在土塬上，它和主人情深义重

那一天起，就成了中国近代考古上史上具有标志性的文化遗址——虽然它属于马家窑文化的分支，但这一处新石器至青铜时代文化并存的古遗址和墓地，在中国考古学史上占有极为重要的地位。史学家尹达先生在《中国新石器时代》一书中说道："中国近代考古学还是由于20年代初河南仰韶和青海民和马厂塬等地的考古发现，而正式步入它的里程。"

马厂塬走进中国考古的圣殿，缘于瑞典学者安特生。1923年，这个外国人在甘青进行考古调查时，湟水河下游南岸的这一片遗址引起了他的格外关注，同年，首次发掘了两个墓葬，共出土4件文物，均为彩陶器。他在这次调查的成果——《甘肃考古记》一书中，第一次命名马厂的考古学文化，并向国内外介绍了马厂塬遗址的重要发现，由此马厂塬遗址以其独特的古文化内涵成为马家窑文化马厂类型的命名地而闻名于世。20世纪70年代后的几次发掘证实，该遗址文化内涵丰富，包含马家窑文化马家窑类型、马厂类型、齐家文化、辛店文化和唐汪式陶器五种不同文化类型，而且其延续时间之长、文化堆积之厚，均居青海地区史前各遗址之首。

考古发现，该遗址既有古代聚落遗址，又有墓地，对研究黄河上游古代先民生产、生活条件、居住方式、自然环境、地理气候、社会形态、经济结构、丧葬习俗等方面极具科研价值，也是研究黄河上游新石器时代和青铜时代各文化内涵之间关系和史前文化序列的重要史实。

彩陶，马厂类型闪耀的又一个亮点。在马厂塬遗址，第一次出现了用土红色作底，上面再绘黑色花纹的彩绘方法，或者以两条黑线合镶一条红线的复合线来表现。到后期，彩陶下腹部标注有大量的黑色符号，如"X""+""O""–"等。对于这些符号专家各持己见，并不一致。有人认为是一些氏族部落的记号或代号，有人认为是中国文字的前身，也有人认为是先民们对性事的记载等。不管专家怎样看待，特殊符号很有规律地出现，是不争的事实。

专家根据出土彩陶的工艺分析，马厂时期已经产生了陶工和专业化彩陶的制作，他们分工明确，一部分人制造日常生活所需的彩陶，一部分人专门制作用于陪葬的彩陶冥器。日常生活用的陶器制作工艺比较精细，器表都经过打磨上光，且所绘色彩与坯胎在同一平面上，用手摸起来感觉很平。而陪葬用的陶器则工艺比较简单粗糙，绘彩后不再进行打磨上光，所以烧制后花纹有明显的凸起感——据说，这是马家窑文化马厂类型彩陶开始走向衰败的信号。

但假如历史真的能够复活，它又是什么样子呢?

一条彩陶流成的河

民和往西40多公里，是青海新石器时代人类文明达到顶峰的地方。我们暂且把目光集中到1974年湟水河下游地区。这一年春天，乐都县高庙镇柳湾村村民在挖水渠时发现了一处古代文化遗址，这就是闻名于世的乐都柳湾原始社会氏族公共墓地。柳湾彩陶的出土，给青海戴上了"彩陶王国"的桂冠，而柳湾则被称作"古彩陶的故乡"、一条"彩陶流成的河"。

现在，乐都县撤县建制，成为海东市乐都区。换了个叫法，仍然是那一片被湟水河滋润的土地。有一年10月在省委党校学习，同学老柳就在柳湾彩陶博物馆任职，说起柳湾彩陶，便沉醉其中。记得学习期间，他给班上的同学做了一次有关彩陶的讲座，我还向他请教过几个问题。据说朋友们每次去柳湾彩陶博物馆，都请他讲解，才进大门就对着他的办公室大喊："小柳子，接客。"他乐颠颠跑下来，领着大家在彩陶艺术的海洋里畅游一番。

出乐都县城往东17公里，就是柳湾村，村周围散布着数目庞大的古墓葬群。据专家考证，柳湾墓地是中国迄今发掘的规模最大的一处原始社会氏族公共墓地，随葬品数量之多、文化内涵之丰富，在世界史前考古发掘中极其少见。其年代距今3600—4600年。目前发掘的墓葬超过1700座，出土的各类彩陶17000多件。柳湾彩陶精妙绝伦，以其造型多样、制作精美、数量众多而扬名中外。现今，坐落于此的柳湾彩陶博物馆是中国第一个以展示彩陶系列文物为主的专题性省级博物馆。馆内展出的裸体人像彩陶壶、蛙纹彩陶壶、方形彩陶器都为彩陶中的精品。

柳湾彩陶艺术集制陶、雕塑、绘画于一体。其中，绘画是柳湾彩陶艺术的灵魂，色彩搭配合理、图案组合相宜、线条粗细得体、画面等分均匀、画工技艺娴熟。彩陶纹样以锯齿纹、涡纹、菱形方格纹、葫芦形纹、圆圈纹、圆点纹、变形蛙纹、垂障连弧纹、网纹、平行线纹、折线纹、三角纹为

窗棂被烟火熏染，背后一面土炕，温暖了多少人

主，有的像流动的水波，有的像撒落的种子，有的像开张的渔网，有的像游弋的鱼蛙。这些简单而原始的线条，描绘着史前人类心目中自然而朴素的美，令人浮想联翩，叹为观止。其中300余种彩陶符号更是为彩陶艺术蒙上了一层神秘的面纱，为探寻中华古老的文字起源提供了无限遐思。发掘初期，考古专家、学者看见这些符号时，非常惊讶，认为它们有可能是先民最早使用的文字；如果是这样，那么，汉文字的出现将比现在认定的时间早1000年。但这些看似随心标出来的符号，至今尚未破解其代表的真正含义，我求教过几个专家，说法不一。假以时日，或许这个谜团会大白于天下，而我却期望永远成谜。所谓的真相不一定就是事实，先民们的一些秘史，让现代人心存挂念就好。

柳湾遗址不仅出土了赫赫有名的彩陶，而且发掘出大量生产、生活用具。根据出土的文物可以推断，彼时，石锛、石斧、石刀是住民主要的农耕用具，彩陶壶内所盛的粟，则为主流的农业生产作物。而骨梗刀、铜镞、石矛的发现，表明狩猎经济在当时占有一定的份额。纺轮、骨锥、骨针等重要生活用具，证明了那时手工业的发达程度。这些真真切切的实用器具，把远古时期柳湾人下河捞鱼，上山狩猎，村落炊烟袅袅，营地篝火团团的生活场面，生动而清晰地呈现在人们面前。

五六年前，我在这个村子里待过一个下午。那是一片茂密的林子，不远处就是彩陶罐状的博物馆。我坐在林子里，阳光穿过繁密的叶片，在地上洒下稀疏的光斑，使柳湾的午后沉湎在宁静和安详之中。我甚至在林地里找到了幼年常吃的野菜辣辣梗，挖了几根，放在嘴里嚼着，一种稍涩且泛着微辣的味道立刻在口腔里绵延开来。这种童年的滋味来自大地和故乡，但在奔波的路上再次相遇，就非常亲切。我觉得，这也是四五千年前，已经化为朽骨的先民们在柳湾大地熟悉的味道。我伸展四肢，仰面躺下，仿佛漂流在这条彩陶流淌的大河上，一时间不知所往。

　　黄昏，走上去柳湾遗址的山间小路。一路不时有从农田归来的村民经过，他们谈论着庄稼的长势，大棚里开始成熟的蔬菜和正在给儿子、姑娘说的一门亲事。其中一个黑脸膛的男人对并行的媳妇说："今儿做乏了，晚上炒两个菜，喝点酒。"

　　女人白了丈夫一眼，嗔怪道："把你美的，快活成神仙了。"

　　这样的生活，大概和几千年前没啥两样吧。

昆仑山腹地的心灵记录

行走在青海大地，苍凉、壮阔和雄浑，是印在漫游者脑海中的第一印象。我无意对长年生活的故乡做夸大的渲饰，然而，镶嵌在中国西部偏西这一方酷似兔子形状的高拔陆地，常常把我带入忘我的意境。我惊诧于大自然在世界第三极的神工鬼斧，也沉湎于先民无处不在的艺术创造。浪漫，人类与世俱来的精神气质，在物质文明极端落后，生存条件恶劣严酷的岁月，爆发出惊人的创造力。散布在青海岩壁石山上的古岩画——这一最古老的人类艺术形式，与其说是古人生活的真实写照，倒不如说，那是他们为战胜困难和超越自我，镂刻在岩石上的心灵之火。

一个夏天的早晨，我从格尔木出发，沿青藏公路向拉萨方向前进。这条被标注为109国道的高原天路，曾在20世纪50年代聚集了世界的目光。一个多小时后，我到达了青藏公路70公里处久负盛名的景点一线天。湍急的格尔木河在这里切开了一条深不见底的沟壑，浩荡的河水从昆仑山奔涌而下，在此突然遇阻，争相挤过幽深窄小的河道——河岸顶端最窄处不足一米，向远方流去。惊天动地的轰鸣声，给寂静的昆仑山区增添了更深的幽静。

　　一线天右侧就是蜚声台湾地区和东南亚地区的道观龙凤宫，这里是昆仑山道教的发源地，每年有不少台湾信徒和东南亚信徒来此朝拜，有的要住一两个月，潜心修身。道观依山而建，三间木质平房，比青海农区常见的民房堂皇和宽敞，但并不高大巍峨，此地地理海拔的高度足够让人们心生敬意了。驻守道观的是一名来自河南的道人，年纪30多岁，清瘦少言，我问贵姓，或许风声太大，没有听清，他未做回答。我问他："一年都住在这里？"

　　道士说："冬天有时候回去。"

　　我说："条件这么苦，受得了吗？"

　　道士一边清扫台地，一边说："习惯了，也不觉得苦。平常听听水声、风声，倒也清静。"

　　第一次去昆仑山口，没有发现这座道观，后来又去了几

黄河源头，一群过河的牦牛永远定格在结冰的河面上

次，才注意到。回格尔木询问旅游局的人，说建起来时间不长，十五六年时间。

龙凤宫右侧，海西另一条有名的河流——野牛沟河袒露在眼前；溯源而上，直至四道梁，便是野牛沟岩画所在。该地属格尔木市郭勒木乡管辖，在昆仑山区下，是一条宁静的峡谷。

四道梁海拔3900米左右，岩画分布在约长100米、宽50米的地带内，30余幅动物岩画200个个体形象默默地提醒我们这里曾经有过繁荣的往昔。岩画内容有野牛、骆驼、马、鹰、狗熊等动物，此外尚有藏传佛教经文以及放牧、出行、狩猎、舞蹈等场景。专家根据微腐蚀方法测定，判定岩画是公元前1000年左右的作品。其中弥足珍贵的一幅岩画——众人手拉手舞蹈的场面，与在宗日发现的彩陶盆上的舞蹈场面非常相似。这两幅形式相同，但在时代的文化传统及内涵上有着根本区别的人类生活画面，只是一种巧合，抑或二者之间维系着一条古老的文化线索？岩画考古专家汤惠生说，在青海，现有的考古研究成果从未发现过新石器时代农业文化和青铜时代游牧文化之间有什么继承或渊源关系，而野牛沟这幅手拉手舞蹈的画面，却使人们对二者之间产生类比和继承上的思考。

牛的形象在岩画中占很大比例。除了少数处于被狩猎状态外，大多为单独的、静态的牛。其创作手法带有浓厚的模式化色彩——这预示着在牛的形象后面，某种思想观念的确定。令人深思的是，现在藏传佛教寺院，几乎所有的护法神都以牛的形象出现，祛灾禳祸的跳神活动中，佩戴牛面具的形象也屡见不鲜。三江源区玉树一带，许多嘛呢石堆和住户大门上方都置放一个绘有六字真言的牛头枯骨。显然，牛在草原游牧部落中，除了经济诸因素外，还带有宗教神祇的意味。考古专家肯定，牛以岩画形式出现，深受吐蕃王朝初期佛教传入的影响。野牛沟岩画系用铁制工具打凿而成，多为垂直通体打击，岩画中犏牛驾车的凸凿平面图形的凿刻方式在其他地区极为罕见。

离开野牛沟时，暮霭沉沉，万籁俱静的昆仑山区刮起了大风，回望四道梁，这座高出地表30多米的小山梁隐没在暮色里。在西部旷原，时光的河流冲刷着它的形体，风雨漫漶了部分岩画，但先民们定格在大地上的期冀与生命记录，深深刻在我的心中，这是永远的。

西部大荒中的盛典

海西是青海岩画分布最密集的地区，青海最著名的岩画卢山岩画就在它的辖地天峻县江河乡。在江河右岸的卢山东坡上，散布着20多组岩画，最大的一组有20平方米左右，上面刻凿着200余个岩画形象。

卢山岩画东南距青海湖80公里，周围水源充足，牧草肥美，草原广阔，景色秀丽壮美。卢山岩画最早的发现者是原青海考古所副所长、岩画研究专家汤惠生教授。1986年6月初，他和同事们在天峻县搞调查时，快尔玛乡的一位牧民告诉他们卢山的岩石上"画"着画，并且有"男女交配的形象"。据此汤惠生教授确定，那是一处岩画地点。

黄昏时分，汤惠生爬上了卢山——一个相对高度40米左右的小山丘，蓦然，一块20米见方的平整石块映入眼帘，石块上面密密麻麻刻凿着各种岩画形象。这些岩画不仅形象准确，造型生动，且每一根线条均经仔细打磨，极为流畅。沉浸在极度喜悦之中的汤惠生教授和同事们难以表达激动的心情，索性躺在岩画上面。而这一躺，汤惠生摸到了解开卢山岩画秘密的钥匙。

他的手触到了一个人的形象。这个人刻凿得跟他躺在岩画上的姿势一样，只不过双腿有些弯曲。"蹲踞式人形？"汤惠生的心中顿时涌过异样的冲动。他深知，这种造型是典型中东地区的人物造型，新石器时代传播到中亚、西伯利亚，在中国北方阴山岩画中发现过。如果卢山岩画中确有"蹲踞式人形"，那么很有可能卢山岩画乃至青海地区岩画都是由匈奴人从北方草原地区带到这里的。汤惠生思绪自由地臆想，双手继续摸索着。手终于停留在一个岩画形象上，他睁眼一看，这是一个车的形象。

汤惠生教授在他的著作《经历原始》中回忆这段往事时说，这个形象对卢山岩画时代及其族属的确定，意义太重大了。众所周知，在青藏公路修筑之前，青海草原地区是没有车的——无论从文献记载或考古资料，抑或从实际生活中来看，都可以证实这一点。卢山岩画上的车，为典型的匈奴人的"穹窿车"，即单辕，二轮，有厢有舆，服马或骖马挽车。车厢上站立一人，正弯弓引箭，射猎车后的野牛。正如青海地区所发现的匈奴铜牌饰一样，卢山岩画证明了汉代青藏高原和北方草原民族间大迁徙和大融合这一史实。

卢山岩画中，尤为引人注目的是交配图案。生殖和交配，是自旧石器时代晚期以来一直到铁器时代，乃至今天，在整个世界范围内都经久不衰的艺术主题。汤惠生教授在他的著述中说："人类之所以对此津津乐道的原因并不是像孟子所云：食、色，性也，而是缘于与人类自身以及世界万物的繁衍密切相关的生殖巫术。20世纪初，西方人类学家弗雷泽、布留尔以及布日耶诸人认为，在原始人的眼中，巫术仪式对于客观世界具有刺激和诱发作用。换言之，在田地里进行交配，将促使庄稼生长；在牧场进行交配，将促使牧草与牛羊繁殖与生长。卢山周围的牧场算是上好的牧场了，然而清流芳草

一堵牛粪墙，蕴含一个温暖的冬天

不一定就意味着水草肥美和牛羊遍野，必须还要生殖巫术的
介入。卢山岩画交媾图中的男女形象已经风蚀不清了，但男
女形象下面交融在一起的代表男性的曲线和代表女性的圆点，
则依然清楚地表明古代人的生殖思想。用曲线和圆点分别代
表男性和女性，固然是一种象征手法，但为什么要用这两种
图形来象征？其良有以也！曲线和圆点除了在形状上可以与
男女生殖器相类譬以外，主要它们还有一种更深层的生殖内
涵象征：曲线与诸多圆点的结合，望之如同蛙、鱼、蝶以及

昆虫产出的卵一样。而蛙、鱼、蝶等则又是繁殖力极强的象征物。"这种图案,其文化功能都与生殖相关。

卢山岩画中狩猎场面的绘制同样出自巫术仪式和目的,专家们谓之"狩猎巫术"。根据专家的研究,那个时候青海草原地区既无车,亦无法用车,那么岩画中的车是干什么用的?岩画画面对车的功用表现得明白无误——用于狩猎。既然日常生活中都无法用车,车怎么又能用于狩猎?这使人更加惑然不解。我们注意到岩画中猎人站在车厢上正在射猎车后狂奔的野牛,作者还刻意将箭矢飞向野牛的轨迹也刻凿出来,以强调射猎和"射中"的意图。事实上,这是一种田猎形式,或狩猎巫术,目的在于在真正的狩猎活动中,获取更多的更大的猎物。

这是古人留在岩石上的心灵秘史,风看见了,太阳看见了,我也看见了。

鲁芒沟深处的人生爝火

中午,我们被困在了青藏铁路关角隧道下面的草原上。

要到德令哈去。开了20多年车的老司机说,我们抄近路,从关角隧道下面走。结果,他在草原上迷路了。远远看着从前面可以开过去,走到跟前,却发现网围栏把路拦死了。只好掉头，折腾了两个多小时，还在草原上绕来绕去。苍穹下，公路就在看得见的地方伸向天边，在绿茵茵的草地上像一条飘扬的哈达，召唤迷途的人，但我们始终被网围栏阻挡在草原，无法驶上公路。

司机终于失去了继续往前走的耐性，骂骂咧咧地按原路返回，末了，恶狠狠地对着空旷的草原骂了一句："狗日的网围栏。"当然，网围栏不是狗的后代，而是自以为聪明的人的发明，它把草原分割得七零八落。苍茫无际的草原看上去一无遮拦，待你跃马驰骋就无限沮丧，那些铁丝做的护栏成了骏马蹄下的脚绊。五六年前看过一部关于草原的纪录片，不少专家说，中国草原的退化和网围栏有很大关系，并列举了若干事例加以佐证。

这片草原原属于天峻县关角乡，2001年关角乡和天棚乡合并，成立了新源镇，如今是这个新镇子的辖地。天峻县县政府就在新源镇。已经过了午饭时间，一车人饥肠辘辘，决定在镇上吃完饭再走。进了一家面馆，点了饭菜抽烟等候，墙上的一幅照片引起了我的注意：蓝天白云下青草葳蕤，两面斜升向天空的陡坡巍然峙立，山麓，一块大石头上刻画着形态各异的动物图案。莫非这是岩画？我问饭馆老板："这是哪里？"老板回答说，是他的儿子去天棚游玩时拍的："那个沟里石头上还有画哩，老人们说，老当年就有。"

他说的这个沟就是鲁芒沟。据说另外一条沟里，悬崖陡立，险峻异常，崖壁上散落着大小不一的山洞，不知是天然形成还是人工开凿。早年藏区上层和活佛们饲养的鹰很多就出自这里，驯鹰的人常年住在山洞里，专门调教幼鹰。现在，驯鹰人的身影早已消失，但那些洞穴尚存，在风雨中讲述那一段逐渐被人遗忘的往事。

心里忽然升起了想去看看岩画的愿望，同行的人纷纷赞同。于是中断行程，驱车往鲁芒沟。鲁芒沟位于天峻县南境原天棚乡西南部，出了新源镇南行不到30公里就到了沟口。山沟南北走向，东西两侧均为高山，山间和沟谷间牧草丛生，是良好的天然牧场。在沟内约4公里处东侧为石山，石山根部有山体溃塌而落下的大石块，岩画就分布在三块大岩石上，全部是动物形象，千姿百态，场面宏大。第一处岩画面积约9平方米，刻有50幅兽类画，主要有野牛、野马、岩羊、野猪、狐狸，还有一只身带纹条的老虎。第二处岩画上刻有两只老虎、两只狗、一头牛、一个马蹄印等。第三处岩画上刻有21幅画，主要有骆驼、马、盘羊、野牛、蛇等，其中一匹马的背上刻有一个藏文"啊"字，字迹工整清楚，准确无误。在第二处岩画上刻有一个藏文"噢"字，旁边还有一些无法认定的模糊画迹，看上去也像藏文。专家判定，这些作品产生于唐代吐蕃时期。

在青海发现的岩画中，绝大部分都有虎的形象。疑惑的是，青海地区历来无虎，那么，虎是哪里来的呢？青海岩画研究的开拓者汤惠生教授说，青海岩画中的虎，是来自北方草原文化的因素之一，在北方草原青铜艺术和岩画中，虎是常见的主题。藏族古典文献偶有虎的记载，大多与巫师或僧侣有关。虎还因其自然属性，理所当然地被视为凶猛和威严的代名词，而且这种观念具有普遍意义。藏族人也不例外。《新唐书·吐蕃传》载，吐蕃战死疆场的人，其墓侧建一红色小屋，屋中绘一白虎，以作为战功的象征。由于青藏高原古人记述和现代动物志都表明该地区（尤其是草原地区）不产虎，所以该地区有关虎的形象和虎的文化隐喻，应视为一种文化传播的结果。

离开鲁芒沟，天色将晚，余晖铺展在草原上，回泛柔和的光泽。我微闭双眼，车内青海"花儿"婉转回旋：

上石崖头的野鸽子，
下石崖头的鹞子。
我这里说话你那里笑，
不知道你把我要的。

看来，不影响人生道路的偶尔迷途，有时候也会给我们带来意外的喜悦和收获。

远向雪域，她一步一朵莲花

2007年7月，我翻过昆仑山口，转而离开青藏公路左行，穿过可可西里边缘，从曲麻莱草原经隆宝滩国家自然保护区，进入了玉树结古。长达一天的荒原旅途，并没有让我感到疲累。和藏羚羊、丹顶鹤的近距离接触，妙不可言。而第二天的期待——去勒巴沟看摩崖石刻，则使我完全忘记劳顿，处于兴奋之中——它的神奇始终诱惑着我。

次日一早，匆匆吃过早饭就出发了。当地的朋友说，转勒巴沟，要按转经筒的方向即顺时针方向。于是，我们穿过新寨——世界上最大的嘛呢城，沿着通天河边山腰间开凿出的仅容一辆越野车通过的砂石路前行，大约行驶了一个半小时，车停了下来，三个藏族小伙子拦住了我们的路。原来，勒巴沟到了，再往里走，就要买门票。

勒巴沟长约7公里，沟内清流潺潺，草木蓊郁。在沟两边的崖壁上，勒有不同时代的经文和佛像。不过许多经文和佛像被掩隐在草木中，有些必须经过刻意地探寻，方能发现。勒有文成公主形象的摩崖位于勒巴沟口，专家取名为《文成公主礼佛图》。整幅画面共有5位人物形象，从左至右依次为：释迦牟尼立像。释迦祖上身，立于仰莲座上，双脚外撇呈一字形，左手置胸前持莲花，右手施与愿印。项饰蚕节纹，大耳垂肩，广额丰颐，头束高发髻，上置宝严，身后有圆形火焰顶光和拱形火焰纹龛门，其上镌以华盖。释迦的右边刻有4个朝佛的形象：第一个为侍童，头顶梳螺髻，作跪状，双手捧一香炉；第二个形象头戴吐蕃时期的塔式缠头，身着对襟小翻领胡服，双手捧钵，身体前倾作献礼状（据专家考证为松赞干布像）；第三个形象为一女性，头梳顶髻前倾的双抱面髻，身披无领大氅，双手持莲花；第四个亦为侍童形象，身披对襟翻领胡服，手执莲花。专家考证后，将这幅岩画命名为《文成公主礼佛图》。

这幅被湮没了千余年的艺术作品至今保存较好。与《文成公主礼佛图》相毗邻的还有一幅《三转法轮图》，亦为吐蕃前期的作品。大概是这两幅石刻激发了此地人们对石刻艺术的偏爱，从此以后，这里便成为藏区规模最大的石刻艺术产地之一。

勒巴沟与紧邻巴塘草原的贝纳沟贯通。贝纳沟其实是勒巴沟的另一端进口，距玉树州结古镇南约20公里。沟内深约3公里处的北麓崖壁上，镌有9尊形制别致的浮雕佛像，并建有被当地人称为文成公主庙的殿宇（也叫大日如来佛堂）。在佛像两旁的崖壁上，勒有兰查本古藏文和汉文佛经，相传是吐蕃大臣吞弥和文成公主的手书。但这些经文由于年深日久，字迹磨损不清，殊难辨认。而9尊浮雕佛像则由于历史上多次修葺，加之有殿堂遮蔽风雨，一如新制。

宗教、自然风光、藏族民风、艺术等汇合在一起的具有浓郁地方色彩的文化特质，在经幡的猎猎声中，激魂荡魄。十几年了，我几乎年年都去玉树，曾经在春夏秋冬不同季节，从结古镇，经新寨玛尼石堆，沿通天河，到勒巴沟游历。之所以走这一条线路，是因为它暗合着朝圣的方向，不但可以饱览藏传佛教石刻艺术的多姿多彩，而且沿途无处不在的宗教氛围，时时在心里掀起飓风，让我的灵魂始终以跪伏的姿势，默读锦绣极地。也许，这正是《文成公主礼佛图》以及贝纳沟石刻的召唤。

记得在《旧约》的"传道书"一节中，传道者一开头就说："虚空的虚空，虚空的虚空。凡事都是虚空。"接着他又说："已有的事，后必再有，已行的事，后必再行。日光之下并无新事。"我知虚空并非真正虚空，千年前，这个柔弱的皇家女子离开故乡，远赴雪域；千年后，留在人们心中的莲花，仍然开得芬芳。

岩石上流淌的自然之歌

记不清多少次去德令哈了。这个蒙语中意为金色世界的西部小城，在柴达木盆地边缘静立风中，世间的繁华和旖旎，都从眼前过了。

"一代过去，一代又来。地却永远长存。"当我翻过黄土高原和青藏高原的交会处日月山，进入高天下满目青翠的青海湖区，继而沿109国道，穿过大片半荒漠和戈壁地带，抵达德令哈，内心就被这片大地牢牢牵引。是的，尘世繁华，人间荒凉，之于海拔2900米之上的莽原，我只是一个后来的闯入者，既不窥探，也不深入，就想在她的怀里听听停留在岩石上久远的风声。

在德令哈从事文物考古的朋友说，海西岩画之多，居青海之冠。目前发现的就有8处。进入海西界域，目睹草原风光，浏览荒漠戈壁景致以及如此众多的人类文明印记，我时常被它们蛊惑得有些迷糊：脚下的这片土地到底埋藏着多少秘史？我们对往昔到底知道多少呢？

放下这些疑问，还是回到现实来吧。考古学成果告诉我，早在3万多年前，人类的足迹就踏进了柴达木。到了2800年前的西周，柴达木盆地经济已经相对繁荣，成为古老的西羌民族驻牧的乐土。此后，在悠长的历史大河中，西羌迁移，吐谷浑入居，吐蕃逐水草而牧，蒙古族走马而治，使柴达木成了多种文化交汇的地方。盆地分布广泛的岩画，即是这些文化和先民生活的生动反映。

海西岩画主要分两大类——动物岩画和宗教岩画。动物岩画的成型年代比宗教岩画早，德令哈怀头他拉岩画当属动物岩画的代表之一。该岩画点位于怀头他拉镇西北约40公里处的哈其切布切沟内。经初步测定，岩画的创作时间是6到7世纪，即北朝后期和隋唐时代。岩画制作技法精致，绘制风格独特，表现内容广泛，包括动物、人物、狩猎、放牧、植物、舞蹈以及性爱等方面的内容。

怀头他拉，蒙语，意思是西南的庄稼地，北接甘肃省肃北蒙古族自治县，南靠海西蒙古族藏族自治州都兰县。2003年5月下旬的一天，德令哈市怀头他拉镇艾力特地区牧民向海西州民族博物馆报告，说当地一座古墓被盗。第二天，州民族博物馆的三名工作人员前往查看，一位蒙古族老人告诉他们，在巴音郭勒地区的石头上画着很多动物。富有考古经验的三人立刻意识到那些石头不平常。次日，赶到实地详细考察，确认那些石头上悠然自得的动物是古老的岩画，由于山大沟深，信息闭塞，此前没有被发现。岩画共有28处，100余幅，主要以骆驼、牛、羊、狩猎和宗教图案为主，与海西其他地区岩画不同的是，这处岩画中出现了男女交媾的场景，图画中女性正面站立，男性侧面站立，两人正欲欢喜。画面上的动物形象神态灵活，生动逼真，有的游弋草原，有的垂首食草，有的母子欢跑逗趣，有的交颈相吻，活脱脱一幅草原百兽图。狩猎图更是栩栩如生，活灵活现地刻画了古代先民的狩猎生活：广阔的草原上，三马驾套，急驰如飞；伟岸的猎人稳稳地伫立车上，引弓如满月，飞矢射向身后的野牛，箭矢飞行的弧线隐约可见，远古先民草原狩猎场景跃然石上。

明明是一片丰美的草原，但在蒙古语中为什么把怀头他拉称为西南的庄稼地呢？我问同行的朋友，他晃晃头发稀疏的大脑袋，狡黠地笑道："沧海都能变成桑田，庄稼地怎么就不能成为草原呢？至于里面的道道嘛，那就深得很呐。"

时间，的确可以改变一切。

回来的路上，转道去看托素湖和克鲁克湖，当地人把这两个湖叫"情人湖"，也叫姊妹湖或褡裢湖。颇为神奇的是，托素湖和克鲁克湖相距不远，中间虽有一条7000米长的水道相连，却是一咸一淡。民间口传，很久以前，一对蒙古族姐妹相依为命，不幸的是，两姐妹的恋人被头人抓去服苦役，两个年轻的小伙子受尽磨难，饿倒在雅沙图山上，托高飞的大雁给心爱的姑娘捎信。姐妹俩得到消息，背着干粮、盐包急匆匆去寻找恋人。当她们找到恋人时，两个小伙子已经死在山上。姐妹俩悲痛欲绝，泪流不止，姐姐的眼泪浸湿了盐包而成了咸水湖，妹妹的眼泪汇成了淡水湖。现在，一面湖中芦苇丛生、鱼类众多，一面湖边寸草不生、鲜有活物，非常奇妙。两汪蒙古族少女的泪水静静地荡漾在怀头他拉草原，千年相思，永无绝期，和那些静卧在风中的岩画一样，仿佛一首岁月的绝唱，日夜回响在西部荒原。

那一晚，我在朋友的频频举杯中，醉倒在德令哈灿烂的夜空下，午夜回到宾馆，在手机上写下了一首名为《在德令哈》的短诗：

我在今夜迎来前世，这个怀抱星星和月亮的魂，

北上西域，或是商人；

西去西藏，独守青灯。家那么远，

仿佛停在天边很久的梦想。如果留在敦煌

就探身洞窟，为等我和我等的人

遮挡三千风沙。

南往江源，纵有一腔热血

也要隐忍。

唯独不忍亲近一亩鲜花的哀伤，上面，

安放父亲和母亲的天堂。

我只在青海，只在德令哈继续等候今世。

天下苍茫，人心难测

我不能只关心一个人。繁华的尘世

未来茫然，心灵流亡；像草尖上安静的小城

曾经送走丝绸

埋葬青春。现在，它平静的外表下

所有悲伤和欢乐

没有一个人真正能懂。

"已过的时代，无人纪念，将来的时代，后来的人也不纪念。"但脚下的大地永远坚实辽远，我坚信，不论在哪一个时代，都有把自己心尖上的脂油剜下来，做成油灯点亮前行的人。

那一线光亮，不叫历史。

一匹骏马在鲁丝沟嘶鸣

一条安静的小山沟，和比草原上一匹光荣的骏马还驰名的都兰古墓（附近的牧民称之为九层妖楼）遥遥相望，它们之间的直线距离超不过半小时马程。这里是当地牧民理想的夏季牧场，花开花落，草荣草枯，寂静，安宁，天上浅翔的大鹰，地上掠过的风声，也不能打破处子般的宁静。

鲁丝沟进入人们的视野，是20世纪80年代，因发现岩画，便罩上了一层神秘的光环。书载："此处有奇峰千仞，石壁如削；云绕山腰，鹰翔峰顶；古柏倒悬崖顶，或环围壁底，常有紫气氤氲。"这些岩画，历经千年风雨而基本保存完好，很大程度上归功于地理位置的荒僻，"养在深闺人未识"不见得是一件坏事。

周作人先生在《伟大的捕风》一文中，引用了法儒巴思加尔的一段话："人只是一根芦苇，世上最脆弱的东西，但他是一根会思想的芦苇。这不必要世间武装起来，才能毁坏他。只需一阵风，一滴水，便足以弄死他了。但即使宇宙害了他，人总比他的加害者还要高贵，因为他知道他是将要死了，知道宇宙的优胜，宇宙却一点不知道这些。"对于鲁丝沟岩画的创作者，也许不曾有这样深刻的认知，但他们的身体在鹰喙下消失之后，灵魂依然飘荡在白水河草原，1500年前的心声至今在坚硬的岩石上跃动。2009年6月，我和向导渡过白水河，几经辗转来到了鲁丝沟。尚未到中午，阳光热烈地洒在草原上，成群的牛羊悠闲地在草地上吃草，连绵不绝的群山，努力着向天边延伸。向导说，看岩画先要爬山。在他的指引下，我们向山顶进发。果然，山间乱石怪异，似人似兽，坊间传说这里曾是格萨尔王和九层妖楼的恶魔征战屯兵的地方。正低头走着，向导突然说："到了！"我抬起头，一匹壮硕的骏马立刻跃入眼帘。这匹马似乎是用浅浮雕的方法雕凿的，全身凸起，像印章的阳文，线条流畅，栩栩如生。旁边，还有一匹马的雕像，只能看清楚前半身，后半身由于时间久远、风雨侵蚀而面目全非，难以辨析。

继续往上爬，拐了一个弯，三尊慈眉善目的佛像赫然出现在前上方，造型古朴，姿态各异，法相庄重。佛像为藏传佛教过去、现在和未来三世佛的雕像。三尊佛像足足有6米多高，4米多宽，其形态立身闭目，束髻圈发，上身袒露，腰间系带，两肩披帛，下身着裙；右手立于胸，左手持钵或做指地印。这种佛像以其立身姿势而言，与当今藏传佛教的坐式佛像之间有很大的差异，据专家考证，鲁丝沟岩画诞生于唐代。石壁最上面，有一处巨大的天然石洞，远远望去，仿佛巨人的眼睛。向导说，里面发现过保存完好的古藏文经卷，可能是修行僧人遗留。洞下方的山坡上，耸立三块巨石，当地藏族牧人叫"却和松"，即三角绊索之意。相传，格萨尔王与盘踞在九层妖楼的妖魔鏖战多日，得胜后，在此绊马小憩。在鲁丝沟，格萨尔王的形象也出现在岩画中，旁边，他的妃子相依相伴，画面颇为温馨，这在青海岩画中第一次发现。

在格萨尔史诗中，格萨尔王共有13个王妃；岩石上的这位，不知道是给他带来尊号的珠姆，还是被北方魔国抢去、在魔国生活了9年的梅萨本姬，抑或另外一个？流传在中国广

很小的时候，
这个安详的女子就被活佛认定为格萨尔王妃转世

大藏区的格萨尔史诗，把藏区的过去、现在、未来缠糅在一起，这个驰骋雪域的大英雄从来没有离开过他们的生活。距鲁丝沟1000多公里的青海南部果洛草原上，格萨尔王的王妃梅萨本姬依然活着，四个孩子的母亲东尼曲珍在很小的时候就被活佛认定为梅萨本姬的转世。东尼曲珍生活的草原，离黄河之源大约200公里，以前称德尔文部落，所在的村子就在部落腹地，被政府命名为格萨尔文化史诗村。村子里的人自认为是格萨尔的后代，有的一字不识，却在睡梦中得到身着战袍、骑马持枪的英雄点拨，醒来后滔滔不绝地说唱格萨尔史诗；活佛或大德作法，确认他是格萨尔手下的一员战将，自此成为格萨尔神授说唱艺人。东尼曲珍没有做过这样的梦，她用手中的笔书写着梅萨本姬，在她的心中，她的前身是一位仙女，辅佐格萨尔王南征北战，立下赫赫战功。后来我在朋友的一篇文章里看到，德尔文系藏语译音，意为来自墓穴的人，暗喻这个部落的人英勇善战，不惧生死。

如果东尼曲珍知道，在遥远的青海西部荒野上，一匹唐朝的战马迎风嘶鸣，英雄格萨尔王和心爱的王妃厮守崖壁，会不会骄傲呢？

也许，她将用一生深情地瞩望。

第七章

矗立在山野间的硝烟

被伤痛抚爱的土地

故乡的泥土蕴含着无法言及的魅力，对我的吸引犹如浪子听见了母亲的呼唤。

有时候，一个人伫立在青海旷原，眼望边草萋萋，斜阳如画，心里塞满了慨然：这一片峻巍的山河，曾经接受过血泪的浇灌，载负了太多的历史兴衰。在史籍和文学作品中随手一翻，累累伤痕触目惊心："君不见，青海头，古来白骨无人收"，"青海阵云匝，黑山兵气冲"……

大地悲壮。

在撰写本书之前，我翻阅了200多万字的历史资料，吃惊地发现，青海历史上战事频繁剧烈，刀光剑影和血雨腥风不

阿尼玛卿雪山，海拔6282米，位于青海省果洛州玛沁县西北部，藏文书中意为活佛座前的最高侍者，也是观世音菩萨的道场，和西藏的冈仁波齐、云南的梅里雪山和玉树的尕朵觉沃并称为藏传佛教四大神山

忍卒读。我第一次简略梳理故乡的过去时，内心那么抑郁。

时至今日，那些记录了"鬼哭黄埃暮，天愁白日昏"沙场景象的古城和战争遗址依然矗立在大地。走近它，不是心有好奇，亦非怀古。安身在云端下面，不能无视内心的驱使，养育我的高大陆，究竟是怎样的一片大地啊。

青海地区古城的出现和汉族进入河湟地区密切关联。最早的古城遗址建筑年代可溯至汉代。有人说，古城是古代文明的重要标志——尽管这是事实，但从心理上我拒绝接受，把文明成果用于战争和屠戮，至少不是文明的本质。

青海现存的古代城址有290余处，主要分布在河湟谷地及交通要道上。海东地区各县、海北、海南、黄南等地分布比较密集，海西州也有少量分布，青南高原的玉树、果洛二州境内则寥寥无几。青海的古城皆为原始模样的遗存，绝非当前国内泛滥的历史古迹复制品。它们是青海历史的重要见证者和亲历者。

青海高原古城邑的诞生，不是物质文明发达的产物，而是军事需要。可以说战争催生了它们——事实就这样无情，却不能更改。

青海历史上第一座古城建于汉代，这座城叫西平亭（城），地址在今青海省首府西宁。它是汉王朝在西边陲宣示威严和王权的结果，也是河湟羌人联合匈奴侵犯汉境的必然结局。

公元前111年（汉武帝元鼎六年），自恃强盛的匈奴与臣服于手下的河湟羌人，联兵向汉王朝发起挑战，不用说，羌人溃败，汉王朝的大军一路开进河湟流域，羌人被迫西迁到青海湖和盐池一带。就在那一年，汉王朝设置护羌校尉统领西羌，并在今西宁设西平亭，这是湟水流域建置最早的古城。这座古城，遗址今日荡然无存，不过，作为青海古城历史上的开山之作它仍然挺立在史籍中。

河湟羌人的血液中仿佛流淌着不甘屈服的秉性，公元前60年（汉宣帝神爵二年），他们公开建立联盟，对天起誓，密谋策划进犯汉境。这次，76岁的汉朝老将赵充国主动请缨，披上了战袍。他平定羌乱后，在青海境内新设了允吾（今民和下川口）、破羌（今乐都老鸦）、安夷（今平安）、临羌（故县、新县分别在今湟源南古城和湟中多巴）和河关（今贵德）五县，并修筑古城，把湟水流域、黄河龙羊峡以东地带正式纳入中原王朝郡县体制之内。至于今日海晏县尕海古城、刚察县北向阳古城、兴海县支冬加拉古城、共和县曾多隆古城，则是西汉末年王莽辅政时期所建。

为了固守边疆，统治"外化之地"而在青海东部大地上夯起的一座座西汉古城，记述着古羌人由于自己或其他原因所承受的哀伤，汉王朝高高插在城头的旌旗，在羌人眼里，无疑是部族飞扬的哀歌。如今，除却个别，这些城池大部分早已毁坏或经不住风雨的侵蚀消失在岁月深处，存留的大多只剩下残垣断壁，孤独地静卧在荒原田畴。若无知情者说起，在它身边生活了一辈子的住民谁也不知道它们的过去。

布道者说："我专心用智慧寻求查究天下所做的一切事，乃知神叫世人所经练的，是极重的劳苦。"确如他言："因为多有智慧，就多有愁烦。加增知识，就加增忧伤。"可是，在人世间，人们总是容易遗忘，好像那些流逝的时光和自己没有一点儿关系。

人间处处繁锦，但心灵孤独无往。

青海湖北岸的守望

一条细长的草地把青海湖和尕海分开了，祭湖仪式结束已过一个月，尕海岸边的祭台仍然桑烟升起，一小堆炒青稞、松柏枝和香料混合在一起，静静燃烧，散发出浓烈的香味。不远的地方，延伸到湖边的木质栈桥被黄色、蓝色、白色的风马旗覆盖，空无一人。我退回草地深处，一张带血的羊皮紧贴着草地，暴露在太阳下，周围的披碱麦芒草低垂头颅，狼毒花却把粉色的脑袋朝向天空。

青海湖北岸，7月的午后只有风声。朋友说，到了晚上，会有两只天鹅飞来，几年了，每当晚霞在尕海燃烧，那两只

天鹅就悠然钻出，落在湖面上嬉戏。我在一首诗歌中记下了
那天的情景：

> 一张羊皮盖着草原，上面曾经停留的时光
> 我在云雀下面遇见过：简单，顺从，对命运没有反
> 抗。

> 时间让灵魂苍老。大湖的骨头被风吹到更远的草原。
> 一只海螺吐盐，
> 两粒青稞开花，
> 三两金子分娩。
> 那么多的祝福沉静在水中。在洱海
> 岸边升起的白云告诉我
> 它们想念我。

> ——心已经很咸了，
> 两只天鹅在我离开后回到了洱海。

洱海十几公里之外，站立着一座古老的城池，它和我遥
遥相望，却彼此沉默。这座古城的出现，体现了一个篡夺了
皇位的帝王"四海归一"的雄心壮志，它和后来发现的矗立于

青海湖畔丛草之中的四座汉代城堡（分别在今刚察、兴海、共和环湖三县），构成了昔日"周海亭燧相望"的壮丽景象。

"帝王的梦想，也是幻象而已。"朋友说，"忙忙碌碌，到头来一切成空。"

"人这一辈子，就是在世间浪了一趟。"

他从小生长在这里，小时候放羊，在古城住过一夜："除了风声，再没有别的声音。就觉得天上的星星最美，一闪一闪，好像能猜透你的心思。"

青海湖畔，金黄的油菜花一望无际，行走其间，欢喜顿生

10多年前的深夏，我在环青海湖长达7天的旅行中，曾在这座名叫三角城的西汉古城做短暂停留。海北州宣传部的一位女士告诉我，它是建于青海省腹地、时代最早的一座郡级建制城，也是省内规模较大、至今保存较好的西汉古城。

离开尕海，和朋友驱车去往三角城。车内，王洛宾先生《在那遥远的地方》悠扬深长——古城建在海晏县境内青海湖东北水草丰盛的金银滩，这片草原弥漫过硝烟，也催生了这首柔情似水的情歌。大概在2000年前（汉元始四年，即4年），当时游牧青海湖一带的羌人对西汉臣服，让出了西海（青海湖）一带的草原，以造反起家的王莽便在今海晏县筑城设立西海郡，终于实现了他"四海一统"的愿望（西汉时已经建立了北海、东海、南海郡）。可惜，他的美梦仅仅过了19年就粉碎了，23年，王莽死在农民起义军的刀下，他所建立的新朝崩溃，西海郡也随之废弃。20世纪40年代初，遗址遭到马步芳下属的盗挖，发现了一些古币和一尊石虎，虎座正面阴刻铭文三行"西海郡始建国工河南"九字；石虎在运往西宁途中因为笨重，被盗挖的官兵遗弃在东大滩。长期以来，"工河南"三字令专家百思不得其解，1987年，海晏县文化馆工作人员清理遗址现场，在一块大石块下面发现刻有"虎符石匮，元年十月癸卯，郭戎造"十三字。大石块与原石虎尺寸大小相同，扣合吻合，始知石虎与大石块为一物，前九字也得到正确读解，刻文应为"西海郡虎符石匮，始建国元年十月癸卯，工河南郭戎造"。据此将石虎正名为"虎符石匮"。

我看到的三角城，全然失去了往日的风采。在一望无边的草原上，四面高约4米，长约600米，宽约8米的残垣，围成了较为规则的长方形，东西南三个城门隐约可见，北城门门洞比以前扩大了整整一倍——原来只有8米；而古城内西北、东南的两处城墙也被挖开了两道阔大的缺口。315国道从城中横穿而过，将古城一劈两半。多年前，315国道改造的时候，这座悠久的古城遭到了毁坏。青海省考古研究所的一名专家看完，良久无言："太痛心了。"

走出三角城，金银滩草原美丽如昔，渐渐消失在天幕之下。那一刻，暮色连天，笼罩四野，旷野好像高贵的王一般威严，在它无言的注视下，风也收敛了浪子的不羁，悄然掠过草尖，向草原深处急速遁去。"日头出来，日头落下，急归所出之地。"现在，这座古城对岁月的宏大叙述遗留在古籍文字中，长久的守望早就失去了原来的意义——

人一旦被欲望所左右，能使他归返正道的，只有自己。

两只野兔巡视的王者之城

清晨，草原沉陷在宁静之中。东边的天际，云层沉厚，边缘镶嵌一抹黑红的亮色。远处，大地深绿，地平线和低垂的云角紧紧连接在一起，腾起无边的苍茫，似乎那里就到了天地尽头。一只云雀，就一只攀缘上高空的云雀，清亮地叫了一声，青海湖草原便鲜活起来。

青海湖水依然幽蓝，不久，随着天光的转换，将逐渐转向浅绿、绿、浅蓝、蓝和深蓝。此刻，中国内陆最大的咸水湖波澜不兴，4500平方公里的水面浩渺无际。青藏之上，这一汪诱人的蔚蓝，唤不醒沉醉的灵魂。

离开三角城第二天，我沿着青海湖继续漫游。环湖370公里，草色连绵不尽，白头的雪山在苍穹下静默。藏历羊年，信徒们要从四面赶来转湖，他们用一个多月时间，磕着等身长头，绕湖一周，一步一步虔诚地丈量心中的圣地。我在《在青海湖，夏日》这首诗里写道：

> 风蹲在沙陀寺的风铃上，牛角下面的星星望着它，一夜老了。年幼的风听不懂心经，就在回去的路上吹凉男人的心。现在和以后，人间多么空旷。

> 最后，只有一只天鹅托着青海湖，为了天空闪出的另一双翅膀，它的飞翔比暮年还沉。

沙陀寺是一座宁玛派寺院，始建于1665年。清顺治十年

（1653年），第五世达赖喇嘛罗桑嘉措进京觐见顺治皇帝，返回西藏时途经青海湖，在这里举行法事，祈祷海神护佑。53年后，他的转世灵童六世达赖喇嘛仓央嘉措，据说就神秘地消失在青海湖边。

史料记载，1682年五世达赖圆寂，他的亲信弟子、当时担任第巴（即藏王）的桑结嘉措为继续利用达赖的权威掌管格鲁派事务、独掌西藏政治权力，"伪言达赖入定，居高阁不见人，凡事传达赖之命以行"，密不发丧达15年之久。1696年，康熙平定准噶尔叛乱，偶然得知五世达赖早已去世，降旨向桑结嘉措问罪，桑结嘉措才将五世达赖去世的实情禀告朝廷，并于次年选定出生于门隅的一位14岁少年为五世达赖转世"灵童"，法名罗桑仁钦·仓央嘉措。

伏俟城就在距沙陀寺不远的切吉河之南、青海湖西约7公里的石乃亥草原上，又称铁卜加古城。黄昏时分，我们来到了这里，早先阴沉的天空，开始淅淅沥沥飘落小雨，周围草原一片雾蒙。"伏俟"在鲜卑语中意为王者，伏俟城亦即王者之城，传为北魏时期吐谷浑王伏连筹所建，540年，伏连筹之子夸吕迁都伏俟城。也有学者认为，这座古城为吐谷浑的夏宫。当地藏族牧人把它叫作"切吉加夸日"，意为在切吉的汉人城——祖祖辈辈追逐草水，安居帐篷的他们，习惯性地以为，宫殿和城池总与汉人有关。

在蒙蒙细雨中远远望去，静静横卧在眼前的伏俟城，就像盖在青海湖环湖草原上的一枚印章，孤零零地袒露在天空下。但当我们走近时，发现这座历史上声名显赫的古城实际规模并不大，城墙残高约有6米，周长约800米，除了茂盛的青草与泥土，城内没有任何建筑遗留。同行的地方史研究者说，古城建于1400年前，至少有120年时间是吐谷浑王朝的都城所在地。

我们的到来惊动了两只肥硕的野兔，它们飞快地越过南面的残墙，瞬间消失在草原深处。显然，野兔们把1400多年前吐谷浑可汗发号施令的地方，当成了自己的安乐窝。

暮色四合，青海湖草原被沉沉暮霭所覆盖，那些整个夏季游荡在草地上的牛羊和青海骢的后代，身影模糊，直至隐没在浓深的夜色。我和伏俟城相望作别。在草原的记忆中，这座王者之城，宛如夜幕上悬挂的星星，不时闪耀在历史的星空。

一座城池装满岁月的浮尘

在祁连山下，阳光亮晃晃的，身披雪衣的岗什卡雪峰安静地站在远处，积雪像蓬勃的白色火焰在天空下燃烧。此刻，唤醒历史记忆的，可能是永安河边一位安静地注视着羊群的老牧人，也可能是旷野中和一座古城的相见。

这是一座寄托了清王朝企望西北边陲永远安宁、太平常驻心愿的边关城邑，在默默流淌的永安河东岸，它已经耸立了280多年。1725年，清朝抚远大将军年羹尧平定罗布藏丹津叛乱后，在青海北部门源境内修建了它。从这里可直达甘肃张掖地区，而翻越巍峨的羯羊岭和大阪雪山，则通青海西宁。占据甘青咽喉要道，永安城长期是清王朝驻守青海的重兵之地，驻军一度达到3000人。

前年秋天，我溯黄河的重要支流大通河而上，绕道仙米林场，来到了门源县城西南50公里处的永安古城。古城坐落在一片开阔的草原上，远远看去，与青海东部地区泥土夯筑的农家庄廓没有两样。荒原的辽阔，把它衬托得更加渺小。但走到城内，立刻感觉到一股凛然之气。环顾四周，城墙足有7米多高，6米多厚，宽超过4米；另建有2座腰楼、8座炮台。门源的旅游局局长说，城下还有将近2米深的壕沟，东西两侧原来的门楼，不知什么时候被拆毁了。他说，曾经有人在雨过天晴时，在这里看到过海市蜃楼——两队军马正在厮杀，不解胜负。

不过，让建造者欣慰的是，永安城建成后，因为局势平静，从1725年到1928年的两百余年间，大批商人云集至此，永安古城由此成为军民杂居的商业重镇。城内陆续修建了城隍庙、关帝庙、文昌庙、学校等附属设施，永安城跃为享誉门源谷地的名城。

然而，1929年农历正月十五，永安城遭受"尕司令"马仲英血腥屠城，它的辉煌走到了终点。

原清朝宁海军营长马宝被国民军刘郁芬所杀后，其子、年仅17岁的马仲英（青海人称尕司令）起兵造反，与国民军对抗。这一天，被国民军一路追杀的马仲英率部占领永安城，并在城中疯狂劫掠，撤退西窜甘肃前将城内建筑付之一炬，一座名城就此败落。20世纪50年代，在古城内挖出了埋藏的金元宝等财物，专家推断，这些财宝为当时城内居民躲避尕司令兵害时所留。

门源县旅游局局长说，永安城是目前青海保存最完好的古城。城内，古城腰楼、炮台和城中屋基的轮廓清晰明了，黄土沙石夯筑的墙体虽然墙皮已经脱落，但仍保持着原来的样子，高大的墙体上布满了密密麻麻的箭孔。夯筑的痕迹层层叠叠犹如历史的年轮，述说着岁月的沧桑。现在，城内还住着几户人家，一打听，原来是附近一家农场的牧工。一个抽烟的瘦高个男人抱怨这里春天风太大，刮起来没完没了；房子也旧了，冬天冷风往里灌，受罪得很。

面对朝夕相处的古城，寄身其中的人很少能说清楚这座古城的历史，他们对我们的询问一脸茫然：

"实话不知道。亲眼见的事都说不清楚，不要说人老几辈子的事了。"

望着他们黝黑的脸庞、局促的神情，我突然想起《旧约》中的一段话："万事令人厌烦。人不能说尽，眼看，看不饱，耳听，听不足。"也许，看着太阳升起，又看着太阳落下，他们在春夏秋冬的轮回更迭中，生活就是日日相伴的牛羊和家人，就是这片草原上现有的景致和拥有，对于无法窥清原貌的过去和不能预知的未来，更愿意为自己保留一份沉默。

秋天的风从草原深处吹过来，带着几分凉意。再过十几天，永安河两岸的牧草就要金黄，牧人们也将从夏窝子转场到冬季牧场，永安古城一如以往，城门敞开，过往的人们走进去，会不会淹没在岁月的浮尘里？

或许，历史会说：不要伤害我的心，那里面住着你。

一群藏羊驻守着寂寞关隘

"失我祁连山，使我六畜不蕃息；失我焉支山，使我嫁妇无颜色。"那一天，我被一场青稞酒宴挽留在祁连山南麓的草原上，醉卧帐外，想起了这首汉乐府民歌。眼前，群山莽莽，逶迤向西；身下的草地伸展向葱郁的森林，被斑驳的阳光和树荫遮满了。大地还像以前那么寂寥广阔，吟唱者悲怆的声

茫茫雪野，被藏獒忠诚守护

音却已飘散在遥远的时空。江山不改，很多往昔早就锈迹斑斑。

朋友摇摇晃晃走出帐篷，躺在我的身边，随手拔了几根青草放在嘴里嚼着。少顷，他说："活了几十年，我一直琢磨不透一件事，人的一切劳碌，有什么益处呢？"

我盯着天空中一只盘旋的鹰，没有吭声。帐篷里的说笑声飘出来，倏忽之间，就在山谷中消散了。一位学者说，昨天是父亲，今天是儿子。可我觉得它们之间并无"血脉"相连。时间就是一条大河，不舍昼夜，越流越远；人们溯源而上，看不清最初的样子，跟着往前走，也不知道未来的结局。

"也许，最后就是茫然吧。"

朋友自言自语，忽然哈哈大笑起来，起身摘了一朵唐古特虎耳草："即使在天境也是这样？"祁连，古匈奴语中意为天。他把他的疑惑就这样撂在了离天最近的地方，又钻进帐篷喝酒去了——怀疑者的独语不在求解，只是心灵的一次游戏。人类就在无数次这样的游戏中让自己快乐或烦恼。

祁连山下的这片大草原，已经司空见惯了。

横亘在青海北部、向甘肃河西走廊延绵的祁连山脉，在它的臂弯里，舒展着中国最美的大草原，它天然地把青海和甘肃分隔开来。我最近一次是从河西走廊中段的民乐县炒面庄经扁都口进入海北草原的。这是一条景色赏心悦目的线路，古丝绸之路南路的一部分，从长安始，经天水、秦安、陇西、临洮、兰州，沿湟水谷地西进，经民和、西宁、大通、俄博、扁都口，到张掖与丝绸之路汇合。张骞出使西域，法显西去取经，《大公报》著名记者范长江都曾穿越过这条大峡谷。俄博古城就在扁都口南端。

驰入扁都口——祁连山最为险要的峡谷和扼守甘青两省的咽喉地带（它在东端把祁连山切断，最宽处不足150米，狭窄处仅15米），但见两侧山势陡峭，奇峰凌空，峭壁突兀，怪石森然。地方志载："峡内盛夏积雪，当春不芳，鸟道环崖，夏秋骑步均艰，严冬堕脂裂肤。"一条河流从谷底由南向北奔腾，右岸，一块光洁的峭壁上清晰地雕刻着一组佛像，神态端庄安详，默默佑护着每一个路人。当地人把佛像尊称为石佛爷，传说如来佛祖携弟子途径峡谷，见往来行人跋涉艰辛，便在石壁上留影庇护。佛像下面，系满了经幡、哈达和丝绸被面。据传，这块岩面脱落一层后石佛爷又显现在新的岩面上，非常神奇。

227国道在峡谷内蜿蜒盘旋，一个又一个急拐弯令人惊悸。大约在峡谷中行驶了一个小时，俄博，祁连草原上繁华的小镇出现了，它让我过于紧张的心情松弛了下来。

这个不太起眼的草原小镇，位于西宁至张掖的交通要道上，是古丝绸之路南路的重要驿站，古时军事要塞，乃兵家必争之地，古城建在这个地方，实属必然。《西宁府志》载："（峨堡古城）在卫治西北、永安城西一百四十里，元时筑，今遗亘尚存。"据说，当年隋炀帝西征时，曾派兵在此把守。

我在暮后的冷风中寻找着遗址。

离开227国道，穿过几间民居，在一片狗吠声中，一道土墙出现在眼前，这座建于元代的古城，如今只剩残垣断墙，墙外，是当地牧民用石头垒砌的矮小羊圈，盛开的油菜花迎风摇摆。钻过当年的古城门，冷风迎面吹透全身。四方城里只有风声，脚下除了碎草就是羊的粪便，戍卒们曾经坚守的地方，千年之后的夜里睡着此刻正在远山吃草的牛羊。走上已经不再高拔的城墙，前方的草原无边无际，暮色开始在远方悄悄落下。

顺着城墙摸索，转遍了半个古城，突然想起一位长者说：修建者苦于当地沙砾不能夯筑城墙，便在砂土中掺和了米汤一类的黏合剂。可惜，我缺乏考古和建筑知识，没有在墙体里找到它们，只有站在墙头，独自享受这片残缺的寂静。

夜幕降临的时候，一群藏羊将接替风声，驻守这座颓败的古老城堡。

风没有停下来，我又上路了。

峭壁上，勇士们退守暮色

去青海湖，每每行至日月山下，我总要临窗遥望药水河对岸的石堡城。石堡城背靠华石山，面临药水河，坐落在一座褐红色的悬崖峭壁上面，老远就能看到虎虎雄姿。石堡城正面崖壁笔直，两侧山峦陡峭多姿，看上去，有的如苍鹰展翅，有的似牦牛雄峙，有的像狂犬吠日，险绝峻极，令人生畏。

登上石堡城，是一个偶然的机会。去年4月，湟源县一位研究地方史的老者给我们当向导，去游览茶马互市遗址。遗址在日月山山麓一座叫哈拉库图的古城，当地人叫哈城，从109国道一侧斜逸出一条水泥村道，走300米左右就到了村子。整个村子背靠一面大约百米高的缓坡，三四十户人家散布在坡地下面的一块台地上，从上面望去，黄土夯实的屋顶，零落在树木之间，田园气息让人心醉。村子里最古老的房子100多年了。做向导的老人说，哈拉库图在鼎盛时期，三四家国外银行在城里设有分号。他把我们领进一户农民家，院子里铺着几块大青石，三间房子看着陈旧，但雕梁画檐，窗棂雕刻花鸟，掩饰不住昔日的阔气。老者说，以前这是一家外国银行的代办处。古城当初的布局按村里老百姓的说法，是"东城营房西城庙，兵睡营神守庙"，城内并不住人，但建有城隍庙、禹王庙等，后因故被毁。下午，我们爬上哈拉库图古城，盛极一时的古城荒草丛生，破败不堪，里面没有任何建筑，只有从颓废的三面土墙可推断往日茶马互市的繁华。唏嘘中，这个老人指着对面一面红色的悬壁说："哎，那就是石堡城。"声音如同哈拉库图一样苍老。细看，两城遥相呼应，地势果然险要。

老人说，石堡城是唐时吐蕃人建造的军事城堡，距城不远处就是赤岭（日月山）唐蕃分界地。可以想见，吐蕃当年依三面断崖、一条窄径而筑石堡城，目的之一在于巩控屏障，以求渐进中原。但历史嘲弄了自以为有雄才大略的帝王，石堡城终究成了大唐王朝和吐蕃帝国心口上相互撕裂的一块伤疤。

据史书记载，为了石堡城，唐蕃之间仅80多年时间发生过四次大规模的争夺战，共死伤10万余人，以至有了杜甫"新鬼烦厌旧鬼哭"的悲叹。四次争斗，双方两败两胜。大唐最为荣耀的第二次胜利，即为哥舒翰之战。是役，大唐举兵6万，而吐蕃凭借天险以400戍兵拒御。双方僵持数日后，哥舒翰发起夜袭，终以死伤数万的代价，攻破石堡城。

今日居住此地的老百姓大多不知道这场战斗的细节，却在代代相传的野史中，牢牢记住了刀刃和肉搏的惨烈，他们把石堡城称为"万人台"或"万人坑"。不过，诗人李白对哥舒翰夜袭石堡、大肆屠杀、换取紫袍的行为很不以为然。他在一首诗中写道"君不能学哥舒横行青海夜带刀，西屠石堡取紫袍"，以示对哥舒翰的轻蔑。

爬上石堡城，崖顶原来是一个三角形方台，正面长百余米，两侧宽不足百米，据说堡内可容纳上千人驻守。城堡沿三面断崖依形就势垒建，城墙由长条形巨石堆砌而成，非常坚固。离大方台不远的地方，还有一个小方台，中间一条山脊小径延伸，我们就是从这里爬上来的，据说，这是唯一的通道。可是，深夜突袭的唐朝士兵是从哪里上去的呢？现场的人没有一个说得清。只听见寒风猎猎，吹在脸上刀割一般；西南方向，残阳如血，黄昏已在日月山上降临，过不了一会儿，这座被鲜血浸透的古城将完全隐进浓酽的暮色，一如1200多年前的那场血战，消逝在我们的视野。

唐朝士兵是从哪里上去的呢？现在，这不是个问题。

丁香花下的歌谣

长期以来，我试图和故乡拉开距离，以免乡思枯萎，不能保持对它的饱满思念。但这是很困难的。一个人在一个地方久了，不知不觉会把自己融进其中，进而慢慢丧失对周围变化的好奇和考究。我已经尝到了苦涩——谈及西宁古城时，我竟然一时失语，对这个生活了20多年的城市，不知从何说起。

青海历史上的第一座城市——西汉西平亭就建在西宁，这是这座高原现代城市的雏形，可是细想起来，西宁并没有一座古城留存至今，它们早就在岁月无情的车轮下被碾为泥土了。现今保留的最早古城遗迹，勉强算在城西虎台中学对面高隆的虎台了。它是南凉第三个皇帝傉檀迁都西宁时，以儿子的名字命名修建的阅兵台，距今1600多年。如今被辟为公园，中央一座矮小的孤丘，上面荒草丛生，在高楼大厦的怀抱里，见不到一丝当年列兵十万，耀武扬威的阵势。

真正意义上的古城遗址，横在城南绕城快速路中间——1032年唃厮啰迁都西宁修建的青唐城，仅存一段城墙，也被圈起来扩为公园，名字就叫青唐公园。关于这座古城的繁华，我在前面的章节中提及。需要补充的是，它比明朝修筑的西宁古城要大得多，今天的西宁主城区是在明古城的基础上扩张而建的。

明代建造的西宁古城（西宁卫城）同样不是原创，1386年在元代西宁州城基础上改建，"割元西宁故城之半建西宁卫城"。西宁卫城城周4.5公里，城墙基宽17米、高17米，设有19座敌楼，四面开门；嘉靖二十一年（1542年）添建月城及东稍门；万历三年（1575年）砌砖为砖包城。现在由于城市扩建，城墙大部被拆除，余北城墙一段，这段城墙也是西宁仅存的一处砖包城墙。

所以，我在这里说的西宁古城，并非城建概念上的古城，还包括了它的前世和今生。

西宁取"西陲安宁"之意，在青藏高原"右通海藏，左引甘凉"，即可扼控边陲，又能卫屏中原。这块素有"西海锁钥"之称的湟水河河谷，历来被兵家抢来抢去。羌人、鲜卑、吐谷浑、吐蕃……轮番和中原王朝打得不可开交，杀声震野，可怜了无数生灵。1104年（崇宁三年），北宋军队攻掠河湟，消灭了唃厮啰政权，以青唐城为中心设西宁州。这是"西宁"一词出现之始，距今890多年了。

一位从青海走出去的女作家说，西宁是一座古老而年轻的城市。说她古老是缘于悠久的历史和厚重的文化底蕴；说她年轻是过去"养在深闺人未识"，近年来才声名鹊起。她的这段描述，我以为符合实际。

每到5月，西宁城便开满了丁香。

无数米粒般细碎的花朵，把西宁装点得妖娆迷离，风姿绰约。丁香的味道醇厚、清幽，虽处边地，却在百花园中开得大气，惬意。

如同满城的醇香一样，西宁的前世深厚而伟丽。她是青藏高原出现的第一座城市。尽管当年的古城已被岁月吞噬，但在《史记》中仍有城池巍峨的记载。心怀爱民之心的邓训，恩泽河湟，深受古羌人爱戴，后被尊为西宁城隍爷，至今默默佑护着湟水之滨。那一轮高悬的明月，曾经映照过羌、吐谷浑、吐蕃、蒙古和中原诸王朝的军士们挥刀策马、叱咤风云的身影。

接纳和融合，浇铸了西宁厚重的历史。

作为东西方文化与物资交流的主要口岸和中间站，游牧文明和农耕文明交接的紧密地带，西宁在漫长的岁月里，传统与现代结合，本土与外来交融汇合，脉承土著民族与外来民族的精血，被西方文化、草原文化、宗教文化、汉文化滋养得卓尔不群，瑰丽多姿，充满了神性和灵性。

心灵和神灵的对话在西宁从未停止。

走在街头，七彩长袖与绿色盖头迎风飘扬，诵经声和转经筒遥相呼应，标有宗教印记的建筑，穿着袈裟的僧侣……构成了西宁迥异于其他城市的鲜明标识。以市区为中心，在方圆百公里的范围内，塔尔寺、佑宁寺、广惠寺、瞿昙寺等古刹名寺和200多处宗教场所，每天为35个民族的信众传递着神谕。

的确，这座中国幽静的夏都，能让人的心安静下来，生活洋溢着舒心。

每到盛夏天，湟水两岸青葱翠郁，丁香和郁金香的芬芳弥漫全城；当内地酷热难耐时，西宁却一片清凉，大街上悠然穿行的人们，毛孔中都冒着舒服。在都市民居和农家小院，鲜花争相斗艳，日子悠然自得。而在绿荫下，茶园中，跌宕起伏的划拳声和一首首火辣辣的"花儿"，把人们引领到了生活的天堂，以至于初来乍到的外地人惊呼："太美了，简直是一座云端上的城市。"可能在他们之前的想象中，西宁偏远荒蛮，周围只有草原荒野，人们骑着骆驼和马上班下班。实际上，这座在地理的粗犷中显现着幽静和浪漫的边城，城市很小，但胸怀博大，她欢迎和尊重每一个到来的人。

奇迹在这里诞生了。

世界上海拔最高的铁路——青藏铁路从这里启程，穿越草原和雪山，一直开到太阳城拉萨，把百分之九十以上的进藏物资源源不断地送向雪域；而对于神往天域的人，西宁就是青藏高原最佳的中转码头，它把神话和现实美妙地结合在一起，好奇的目光自此进入了一个过去与现在、梦想与真实、荣华与本真交织的世界……

这是安放灵魂的地方。这是让忙碌的生活慢下来，享受惬意的地方。这是走得再远，也要回来的地方。

时光，把一首首丁香花下的歌谣演绎得曼妙非凡。

遗留在河湟大地的千古之策

阅读青海史，兵荒马乱是我对青海高原困厄多难的往日最直接的感觉。从羌人时代到大清王朝，数千年漫长的日子，战争似乎从来没有离开过这里。嘶鸣的战马，腾起的狼烟，流离失所的百姓，形成了青海古代历史的主要画面。

而今，先人们征战的刀剑早已"折戟沉沙"，渗透鲜血的呐喊消失在大地上。唯有江山不老，依旧雄浑壮观，荣辱不惊。行走在青海，我痴迷于瑰丽奇伟的地理山川，但不能忘却脚下和黄土融为一体的无数生命。

历史上，中原王朝有关青海地区的重大决定，无不与战争有关。以流血的方式，把一段风云留给后世，实在惨不忍

黄土塬，那些庄廓静默着，它们等待的春天还在路上

睹。可是，有什么办法呢？征服和反征服，统治和反统治，长久以来是一个国家和另一个国家、一个民族和另一个民族，在生存道路上回避不了的交锋——这是双方永远的哀痛。

但也有例外，西汉军事家赵充国，在青海地区采取寓兵于农的屯田治羌政策，曾使河湟地区呈现出"郡中乐业"的升平景象，在青海历史上产生了极为深远的影响。

史书说，汉宣帝初年（约公元前73年），游牧在河湟地区的先零羌人暗通匈奴起兵，威胁汉王朝。汉宣帝派兵西征，但屠杀政策激怒了其他羌族部落，羌族部落联合进攻湟中，西汉军队败退，损失甚重。

8年后，谙熟边情、通晓羌事的甘肃天水人赵充国奉命统兵进占湟水谷地，采取分化瓦解与军事打击相结合的策略，不过5个月，彻底平息了羌乱。

为保证西部边疆长治久安，赵充国即向朝廷提出"顺天时，因地利""罢兵屯田"的著名的"千古之策"，即《屯田策》。大致内容是：吏士万人分屯各要害处垦田，一方面可防御羌人的进攻，另一方面可生产粮秣以备战，屯田兵士且耕且战，威德并行，方能治羌。屯田兵农闲时就地伐木，以修复沿途驿站，整治道桥，以期控制西域，声威千里。同时，屯田减少军费开支，减轻百姓负担，"内有亡费之利，外有守御之备"。

　　短短3年，赵充国率兵耕种了西起今湟中多巴，东至民和享堂的2000余顷土地，此外，还开垦了大量的荒地；同时，修水渠，缮驿亭，并从湟峡（今西宁市小峡）以西到鲜水（今青海湖）一线，修建桥梁70座，交通称便。史书载，赵充国在河湟的奏章和皇帝在长安的复诏，往返只用七八天时间。

　　由于赵充国屯田治羌政策的全面实施，青海烽火暂时熄灭。逃亡诸羌，皆来归降，屯田戍边，成为汉朝的属民。在此后相当长的时间里，他们与当地汉人和平相处，共同开发和繁荣了河湟地区。

　　至今，赵充国曾经屯垦的河湟流域，仍是青海主要的农业区和粮食主产区，房舍俨然，田陌交错，沟渠纵横。到了4月，春意荡漾，一片花红柳绿，田园风光丝毫不逊于江南。及至播种时节，漠野一夜之间就苏醒了，男人们扶犁呵牛，妇幼紧随其后，撒播种子。他们的汗水洒在大地上，也把一年的希望埋进土地里。休憩间隙，不忘漫一首青海"花儿"：

> 上地里种给的麦穗儿，
> 下地里种给的豆儿。
> 眼前的尕妹们一溜儿，
> 阿一个是我的肉儿？

唱"花儿"的男人们眼睛往女人身上睃，满含挑衅。如此一来，往往会激起女人们的围攻，她们一拥而上，把男人掀翻在地，拽胳膊抻腿，抬起来就往地上蹾。男人如若反抗，会受到更大的报复，胆大的小媳妇们强行把他的裤带解开，拽下裤子，让男人丢丑；或者在他的裤裆里塞一把干冰草，看着男人狼狈不堪，站在一旁哈哈大笑。男人们也不恼，手忙脚乱穿好裤子，跑到安全地带，又吼起来：

　　上去个高山射一箭，

　　箭落到庄子里了。

　　把我的尕妹见一面，

　　心放到腔子里了。

女人们更不恼，嘻嘻哈哈，或拾起一块土坷垃向男人撂去。他们的身后，田野广漠，生机萌动，生活惬意。

在这片土地上，留下过赵充国和他的将士们坚实的步履，也留下过他们披星戴月播种和收获的身影。时光过隙，这位青海历史上屈指可数的开拓者、西汉杰出的具有人文情怀的军事家，在青海历史画卷中依然是一轮皎洁的明月，沁人心脾的月辉，千年不散。

我记住了他，并在他曾经率领将士耕耘过的土地上，向老英雄表达由衷的敬意。

一个帝王西巡青海的野心

　　从青海方向出祁连山东脉扁都口，在甘肃民乐县炒面庄距离谷口2公里的地方，有一条小山沟，当地人称娘娘坟沟，里面有一座大墓，附近百姓叫"娘娘坟"。1995年"娘娘坟"被盗，事发后民乐县文化馆曾派人到现场查看，偌大的墓室里只有散乱的枯骨，再无任何陪葬物品。《周书·皇后传》记载：炀帝西巡，随行乐平公主殁于河西。专家综合史料和民间传说推断，这是隋炀帝的姐姐、北周宣帝天元皇后杨丽华的坟墓。

　　前年秋天，我经扁都口去河西走廊，在这条沟里停留了半个小时。沟内青草萋萋，一片静默，山沟两侧的山坡上，迎风摇曳的狼尾巴草掀起一波一波的草浪。沟外，大片油菜花张着金黄色的嘴唇，向天空诉说着心事。一个帝王把亲人留在祁连山区寂寥的荒野，一晃，不觉1400多年过去了。

　　也许，他们早已在地下相聚。

　　隋炀帝举兵数十万西巡青海，和两个人一本书有关。当然，最根本的，是隋炀帝心向四海的帝王欲望驱使——他是个热衷于开疆拓土的皇帝。

第一个人，时居高位，主管隋朝和西域贸易，名叫裴矩。裴矩殚精竭虑，经略西域10多年，几乎遍历西域，期间笼络、分化突厥，使其陷入内讧，势力大减，消除了对隋王朝的最大威胁，为以后隋朝开展通商贸易和文化交流，使西域四十国臣服朝贡奠定了基础，史书中评价裴矩"功比张骞"。裴矩深谙隋炀帝的心思——那时，占据隋朝北部广大草原的北方突厥分裂，影响力式微，隋炀帝心里扒拉着打通西域、"混一戎夏"的算盘。

一本书，就是裴矩搜集西域商人的见闻和讲述而著的《西域图记》。这本书详细介绍了西域各国的物产、山川地貌、民俗风情等。远方的奇宝异货吸引了隋炀帝，最主要的，书中提出的消灭吐谷浑和突厥以畅通中西陆路交通的主张，说到了他的心坎上。于是召开商议会，立意征服吐谷浑和突厥。

这时候，让隋炀帝借口出兵巡狩的第二个人出现了。这个倒霉蛋也是个皇帝，不过，在他的手里，祖先拼打的江山倾覆了。他就是吐谷浑王朝倒数第三位皇帝伏允。

609年，还没有从前一年溃败在隋军手下的耻辱中缓过神来，不知亡国危险逼近的伏允，又遣兵骚掠隋朝西境。隋炀帝大怒，在这年4月，开始了以征服吐谷浑打通西域通道为目的的巡行。

隋炀帝率文武百官、嫔妃侍从从长安浩浩荡荡出发，经关中扶风、甘肃临洮，出积石山大河家，渡过黄河到达青海乐都。在此隋炀帝陈兵讲武，做出征吐谷浑的准备。炫兵结束，他在化隆北部设200里围场，猎取珍禽异兽。然后经西宁，越过达坂山，长驱直入，直达浩门河谷地，在门源县永安河谷一带展开了围攻吐谷浑的战斗。此役，吐谷浑大败，伏允化装率数十骑逃出重围，窜往青海湖一带，隋军乘胜追击，大破吐谷浑的国都伏俟城，伏允逃亡果洛投奔党项，一个草原王国就此走向了末路。

隋炀帝实现了他的愿望，他在吐谷浑故地设置西海、河源、鄯善、且末四郡，发配轻罪囚徒到此屯田，以实边陲。

当伏允在青海南部草原躲在别人的屋檐下独自吞食苦果时，隋炀帝穿过祁连山大峡谷——扁都口，前往张掖，登上胭脂山（今甘肃山丹县境内），接见了西域的27个王。

但是，在他原路返回的时候，老天爷在扁都口给了他一点颜色；突然而至的暴风雪袭击了凯旋的军队，士卒冻死大半，骡马十之八九冻毙；后宫妃子饥寒交迫，散落各处，不得已与士兵杂宿山谷，隋炀帝的姐姐杨丽华在狂风大雪中香消玉殒。

9月下旬，长安沐浴在秋日的暖阳中，胜利归来的隋炀帝又坐在蛟龙攀附的龙椅上，西巡至此尘埃落定。那一刻，不知道这位拓疆千里但永远失去姐姐的皇帝，心中盛满的是得意还是哀伤。

大非川的落日笼罩着他

670年秋天，唐蕃古道兵气压野。

大非川（今兴海县大河坝一带）草原还没有枯黄，落日的车轮碾过青草，轧轧驶向天边。余晖把草原染红了——大地上洒满了勇士们的鲜血。一代英雄在这里结束传奇，开启了落寞的后半生。

这一场战争，是唐朝名将薛仁贵唯一的败绩，却改变了他一生的命运。

这一场战争，是唐朝开国后最大的军事失败，直接导致了安西四镇与吐谷浑故地大片国土的丢失，属国吐谷浑并入吐蕃，成为其部。

一个看似简单的由头，成了这场战争的导火索，但背后隐藏着复杂的政治原因。

战火为大唐的女婿、吐谷浑王国的末代皇帝诺曷钵而燃起。说来好笑，被隋炀帝赶到果洛的伏允，在隋军撤走后重回故地复国，十年休养生息渐具势力后，又按捺不住了，屡屡派兵抢掠建国不久的唐朝边境。结局正如我在前面的章节所言，他为此付出了生命的代价——635年5月，唐朝发兵消

223

灭了吐谷浑，伏允自戕。

灭掉吐谷浑对唐朝来说也不是一件好事，强悍的吐蕃以后如何抵挡呢？唐高宗决定继续用吐谷浑当盾牌，便下令让吐谷浑复国，伏允降唐的儿子做皇帝，不过10天，这个短命的君王被属下刺死，其子，弘化公主的丈夫诺曷钵继位。但是，吐谷浑仍旧没有逃脱毁灭的命运。663年吐蕃突袭，诺曷钵携妻流亡凉州，吐谷浑名存实亡。

女婿失去了王国，岂能坐视不管。7年后，唐高宗决定，以薛仁贵为统帅，郭待封和另一个人为副帅，领兵五万西征吐蕃。

这是大非川之战的前奏。表面看来，似乎只是唐高宗不能容忍吐蕃袭击附属国、驱逐唐朝公主的行为，实际上，这是唐朝和吐蕃在西北边境争夺战的爆发。

事情坏在郭待封身上。他和薛仁贵官职一样大，但"耻在仁贵之下，多违节度"，一己之私，竟使五万大唐男儿葬身大非川。

670年8月，薛仁贵率军长途跋涉，到达大非川，计划突袭乌海（今花石峡一带）。那时，大非川沼泽密布，重重水洼让唐军一筹莫展。薛仁贵认为乌海险远，大军辎重不便前行，命令郭待封在大非岭屯兵两万，树栅栏保护辎重。自己则带领轻骑奔袭乌海，一袭大捷，并收获万余头牛羊。

距离大非川不远，黄河源头扎陵湖。黄河发源于青海省巴颜喀拉山脉北麓约古宗列盆地，流经9省区，最后流入渤海。全长约5464公里，世界第六大长河，中国第二长河吐蕃复仇的机会很快就来了。

这时候，郭待封在干什么呢？原来，郭待封把薛仁贵的军令当成了耳边风，擅自率领后勤部队在茫茫草原上缓慢行进，不想半路遭遇吐蕃20万大军拦截。郭待封大败，率随从夺路而逃，军需尽失。

薛仁贵接报，只好退军大非川，谁知途中被40万吐蕃大军（一说为20万）伏击，全军覆灭，自己也成了俘虏。吐蕃考虑到和唐朝今后的关系，在薛仁贵答应了唐军不得进入吐谷浑领地的条件后将他释放。一代名将一生中唯一的一次败仗，给他留下了终生遗憾。回到长安，薛仁贵旋即被贬为庶民，生活的痛苦多过了往日的功勋。

但个人命运在国家利益面前无足轻重。大非川一败，大唐帝国从此失去了西北边境防御的战略有利位置。每当秋高马肥时，吐蕃兵团由关中到剑南，甚至进袭长安，"防秋"成了那时候防御吐蕃军队的专用军事用语。

两年前我经过大非川，这一片草原鼠害猖獗，沙化触目惊心，除了窜行的老鼠和稀稀拉拉的牛羊，已经没有了1300多年前的丰美。至于震撼唐王朝的杀伐声早已消失。同行的人说，今天的兴海县大米滩住着数十户薛姓人家，自称是薛仁贵的后代，真假无从考证。我说，如果他们是当年幸存的薛军后裔，大约是这场屠宰式的战斗留在青海的唯一踪迹。

同伴含糊应了一声。望着大非川，我想起了小时候在农村昏暗的土屋里看过的薛仁贵征西的皮影戏，怎么也没法把这一片荒野和那个英武的战将联系起来。

唯有暮野苍茫。

帝王打谱的乱世棋局

宋朝开边，是字画造诣深厚但不懂如何管理国家的皇帝宋徽宗的主意，他创造了中国书法史上占有一席地位的瘦金体，故宫和荣宝斋至今还保存着他的几幅画。专家们评价说，艺术价值很高。可惜，他的境遇凄惨，国亡被俘后，54岁那年受尽凌辱死在了异国他乡。

事情从1102年说起，鉴于湟中人民的强烈反对和后勤补给困难，宋军才从青海河湟地区撤出两年，宋徽宗便任命老谋深算的蔡京为相，效法祖先，谋划着在西北边地再次开疆扩土。不要小看了蔡京，他曾经追随王安石搞过改革，在政治上自有心得。

1103年6月，宋徽宗一纸命令，宋军兵分两路，杀向河湟。其中一路大军的主帅是熟悉河湟事务的将门之后王厚，而代表皇帝出征的，就是在史上唯一当过最高军事首长的太监童贯——他在围剿梁山好汉的时候，吃过败仗，情形不是一般的狼狈。出征河湟那会儿，尚未坐上军队的头把交椅。

王厚、童贯率领先锋部队在甘肃永靖巴金岭和唃厮啰的士兵相遇，双方大战，唃厮啰不敌，败走青唐城（今西宁）；宋军乘势直扑湟州（即邈川城，今乐都南），将湟州城围得水泄不通。城内唃厮啰将士顽强抵御，拒不投降。但是两天后，他们没有挡住宋军的猛烈进攻，湟州城失守，吐蕃首领仅带数十骑逃亡西宁。

宋军就此停止西进，在民和莲花台修筑绥远关据守，并接受了前来救援唃厮啰的青唐主的议和，绕过青唐城开赴黄河南部一带，攻取其他吐蕃部落的军事重地。10月，宋军班师回朝。

第二年3月，宋军再度进军河湟，这次，他们的目的是青唐城，依然由王厚和童贯带兵。从后来的历史记载看，宋军几乎不费一兵一卒，就占据了青唐城——城内的吐蕃部落投降了。因为在这之前，宋朝的军队在平安击溃了青唐主的主力——半年前的议和成了一张废纸和宋军巩固已占区的最佳保障，这就是政治。

宋军经过近一年的战斗，"开拓疆境3000余里，招降首领2700人，户口70万，前后6战，斩首1万多级"。彻底打垮了河湟地区的吐蕃军队，控制了青海东南部的黄河以北地区，完全恢复了神宗时的疆土。

雪野，宋朝开边时的古战场

战后，鄯州改名西宁，正式隶属于北宋。

几次征战下来，深受宋徽宗喜爱的童贯因功升任西北边区最高军政长官；其后又率军收复了西北重镇积石军和洮州，如愿以偿当上了宋军的总司令（即枢密使，宋朝时掌控军事大权的最高官员）。也许是宦官出身和行为骄纵，他在历史上的名声毁大于誉，为国安边保境、战衣染尘的身影不仅被人们忘得一干二净，而且还被扣上了卖国贼的大帽子，成了误国皇帝宋徽宗的替罪羊——主次不辨，功过不分，掺杂了很多个人喜恶的所谓历史评价，造就了童贯生前身后的悲剧。1126年，徽宗禅位，钦宗登基，童贯在执掌了15年军权大印后，三次被贬，死在钦宗派去的杀手刀下。

虽是后话，个中滋味却难以说清。还原乱世中的一盘棋局，历史毕竟力不从心。

青藏高原上的大运河

多年前的一个深夜，我躺在玉树巴塘草原，享受难得的清静。一串串星星悬挂在头顶，晶莹明亮，仿佛剔透玲珑的葡萄，伸手可摘。周围，青草的清香弥漫。巴塘草原的保护神黑大夫山威严庄重，肃立在夜色中。夜静极了，若非耳畔传来扎曲河哗哗不绝的流水声，我真以为这里是人间天堂，而不是唐蕃古道的一段坦途。

唐蕃古道是中国古代通往境外的三大通道之一，青海古道中的奇迹。在青藏高原惊涛骇浪般的茫茫群山，开辟一条连接中原与西南亚诸国的通衢，其艰辛程度，远非今人能够想见。是谁开创了这条延绵几千里的天路？我请教过好几个

在山海峰涛中，黄河隐藏其间，只有走近，才能看得见

专家，没有得到确切的答复。我不免有些失望。后来在一篇文章中找到了一点线索，说它的历史可以追溯到汉朝之前，因为早在那时，中原通往青海、西藏的大道已基本形成。

据此，我固执地认为，开辟了唐蕃古道的第一个人，不是个体，而是一代代以生命探寻未知世界的高地民族的英雄集体。在汉王朝以前，驰名华夏的通天大道就被他们蹚开了。

我多次走过这一条跨越世界屋脊、在中国历史上声名显赫的交通要道，深为青海先民的智慧和坚强所折服。至今，不用借助地图，也能准确无误地说出唐蕃古道在青海境内的每一个站点。而在每一个站点，我都留下过足迹。

唐蕃古道是唐代以来中原内地去往青海、西藏地区乃至尼泊尔、印度等国的必经之路，一半以上路程在青海境内。大致走向为：从陕西西安出发，过咸阳，沿丝绸之路东段西行，越陇山，经甘肃天水、陇西、临洮至临夏，在炳灵寺或大河家渡黄河，进入青海民和官亭，经古鄯、乐都、西宁、湟源，登日月山，涉倒淌河，到恰卜恰，然后经切吉草原、大河坝、温泉、花石峡、黄河沿，绕扎陵湖、鄂陵湖，翻巴颜喀拉山，过玉树清水河，西渡通天河，到结古巴塘，溯子曲河上至杂多，沿入藏大道，过当曲，越唐古拉山口，至西藏聂荣、那曲，最后到达拉萨。全长3000余公里。横贯中国西部，亦有丝绸南路之称。今天的214国道大部分在唐蕃古道的基础上修建。至今在古道经过的许多地方，仍然矗立着因为它而产生的城镇、村舍以及驿站和古寺庙遗迹。

大道逶迤向西，像一条延伸在世界第三极的大运河，承载着中原王朝和草原王国及其西南邻国之间的贸易、文化和政治交流。唐朝的两个公主——文成公主和金城公主，就是沿着这条古道，身负和亲的大任，远走雪域。一路不仅播下了汉藏友好的种子，也揭开了唐蕃古道历史上重要而又影响深远的一页。尤其文成公主，入藏时带了大批工匠、艺人和大量绸缎、典籍、医书、粮食，使吐蕃社会、经济、文化、科学发生了划时代的巨变。今天巴塘草原的贝纳沟口，有一座据专家推测建于吐蕃时期的文成公主庙（当地住民称大日如来佛堂），以示对这位汉族卓越女性的纪念。贝纳沟，是她远赴西藏时短暂休憩的地方。和这片草原连通的勒巴沟内，雕有文成公主礼佛图和众多的玛尼石。有的玛尼石静静躺在潺潺流动的河水中，有的被随意放在路边，有的则刻在高高的崖壁上；大的如石盘，小的只有巴掌大，数量众多，气势壮观，令人惊叹。

在离天最近的地方，因了一条彩虹般绚烂的大道，历史增添了许多传奇和波澜。它在青海甚至中国古代史上书写的煌煌大书，至今意义非凡。那一夜，我在扎曲河畔仰望着星空，思绪却随这条飘逸在世界第三极的大道，跋涉在雪域。次日清晨起来，帐篷不远的草坡上，格桑花开得鲜艳生动，草原上牛羊游荡。架在帐篷前的烧烤炉升起青烟，羊肉在火焰上面嘶嘶作响，玉树歌舞团的小伙子、姑娘们早早起来准备早餐。正在操弄烤羊肉串的朋友见我走过来，指着脚下的一箱青稞酒和几扎啤酒，对我说：

"今天，我们把它干了。"

那一刻，我已经醉在唐蕃古道，青海南部的天空那么空阔、深远。

寂寞关山苍茫路

古丝绸之路穿过嘉峪关，继续往西，就是关外了。36年前，父亲举家迁往河西走廊西端的一个小镇，村里早年在外闯荡过的一个老人说，那个地方远啊。

小时候，每到春节，村子里照例要唱皮影戏。唱皮影戏的男子天生一副哑嗓子，唱出来就苍凉得很。他最爱唱两部戏，一部叫《薛仁贵征西》，一部叫《孟姜女哭长城》。寒夜里，一盏煤油灯晃动着昏暗的光，照不亮村小学的教室，唱把式微醺，在板胡、二胡、笛子的伴奏下，唱起来。戏文我记不清了，只记得"花儿"《孟姜女哭长城》的唱词：

> 正月里到了说孟姜，
> 孟姜女十五上招范郎；
> 范郎招上三年整，
> 秦始皇招兵打长城。
>
> 二月里到了龙门开，
> 千里的路儿上书信来。
> 书信没说别的事，
> 单说我范郎的寒苦来。

一直唱到12月，说尽孟姜女的相思苦，唱到最后，大意是孟姜女哭倒了长城，在坍塌的废墟中看见了亲人的白骨。后来我到了嘉峪关外，想起在老家听皮影戏的往事，总把孟姜女哭倒的长城和嘉峪关联系起来。

长城到了嘉峪关，就停止了。但丝绸之路继续往前。我生活了十年的塞外小镇，是这条漫长古道上的一处古驿站，四周戈壁无垠，常年大风。我经常站在古老的丝绸之路上，看东来西往的汽车从眼前驰过，直至消失在视野。那时，年纪不过20岁，以为陆地上的丝绸之路只有这一条，连绵的驼队，就沿着这条寂寞古道，一路驼铃叮咚，远向西域，而后到更远的地方。回到青海接触地方史，才知道还有一条丝绸之路——羌中道在祁连山麓穿行。

如果说，丝绸之路是一棵参天大树，那么，鲜为人知的羌中道便是它的一个大枝丫。可是，任何比喻都是蹩脚的，无法准确描述它的本质。就其作用而言，羌中道无疑是丝绸之路南路的粗壮根系，它在丝绸之路河西走廊段被阻隔不能通行时，所肩负起的使命，远远大于主道。

羌中道出现的时间，只有一个含混的时代，具体年份无从说起。可以判定的是，在青铜器时代，这条路渐显雏形。自然，生活在青海高大陆上的先民，印上了最早的脚印。彼时，它还没有纳入东西方交往的交通网络体系。

青海湖之南的大峡谷。沿着悬崖边的一条公路，可以到达兴海草原

到了先秦时期，这种状况改变了，三条陆路交通线直通西方，其中一条，就是羌中道。这条路从甘肃进入青海，经祁连山南麓茂密的森林和重重叠叠的山峦，沿湟水河到青海湖，再穿越柴达木盆地直抵西域。第二条是从关中或黄河南北上，翻越阴山山脉，过居延海，跨过天山，到达西域的草原路；第三条为从关中出发，逾陇山，经过河西走廊而至西域的河西路。

中国著名的考古学家裴文中先生——北京猿人第一个头盖骨的发现者，20世纪40年代末考察了甘青丝绸之路后，大胆推断，汉以前的东西方经济文化交流的主要道路，不在河西走廊，而是湟水流域。虽然现在没有充分证据证明这一点，但至少说明，先秦时期青海的道路交通具备一定规模和水平，羌中道已经成为东西方经济文化交流的主道之一。

这是一条耐得住寂寞的道路。在丝绸之路的东段干线河西走廊政治稳定、畅通无阻时，羌中道长时间被人们遗忘和冷落，商旅寥落，古道苍凉。但是，河西道狼烟四起，群雄割据，交通梗阻的日子，它就架起了东西方交流的桥梁，东西商队络绎不绝，各国使臣往来于途，求法高僧跋涉其间，一片繁忙。

具体而言，从它开通至魏晋时期的上千年中，默默无闻，少为人知。南北朝到隋朝初期约160年时间，境况大为改观，在吐谷浑王国的治理下，羌中道走向了兴盛，作为丝绸之路上非常重要的一段，发挥着积极作用。吐谷浑被隋朝打败后，河西走廊的交通被隋朝打通，羌中道逐渐沉寂；直至西夏占据河西走廊，河西路中断，羌中道再次兴旺起来。从明代开始，海上丝绸之路兴起，往日游动在青海西部的繁华大道时断时续，渐渐退出了丝路贸易的大舞台。

历史时期不同，这条道路名称不一，青海道、吐谷浑道、青唐道说的都是它。另外，从西宁翻越大阪山，穿扁都口，经张掖汇入丝绸之路河西段的湟中道，也是丝绸南路的一条分支。

横亘在大地上的羌中道依旧静静伸向远方，昔日的篝火和商旅们的身影消逝在时光之中，它的兴衰，无关乎本身，更无关乎岁月。

历史沉浮，那是人间的事。

岁月中凋谢的白兰古道

打开中国地图，一块形似卧兔的大陆居于西部中心位置。从这里开始，三条蜿蜒过大半个中国，分别代表长江、黄河、澜沧江的曲线引人注目，略为粉红的色块告诉人们，这是一块高海拔的陆地。

地图上的青海，名字富有诗意，内涵沉厚而丰富。人们说，那里是江河源头，中国乃至亚洲的水塔。

环境意义不能掩盖青海无可替代的地理、军事及商贸价值。它的四面与甘肃、新疆、西藏、四川接壤，像一个伟男子，耸立青藏高原东北，厄控西陲，卫屏中原。单从古籍对青海东部"天河锁钥"、"海藏咽喉"、"金城屏障"、"西域之冲"和"玉塞咽喉"等的称谓，不难想象其战略位置的险要。正因如此，金戈铁马的铿锵之声，是回响在青海古代历史天空的主旋律，出于帝王意志、国家利益和民族生存的原因，每一位占领者都不想把它拱手相让——战争成为唯一的解决手段。

战争带来的不仅仅是创伤。在青海历史上担当了进行物质和文化交流重任的古道，就是伴随着硝烟，一次次把中国文明输送到了西亚、南亚及其他国家，又把他国的文明带回了东方。飘带一样舞动在青海大野间的古道，具有英雄般的传奇。

它与丝绸之路相媲美，却有着比丝绸之路坎坷的命运，它本可以成为草原古道最耀眼的明星，却过早地陨落。

这条古道就是青海古道中历史最悠久的白兰道，沟通漠北与江南，在青海北与羌中道、唐蕃古道相接，向南纵贯现青海省海南藏族自治州东部贵德、贵南、同德三县，经黄南藏族自治州泽库、河南二县直抵四川松潘，南北延伸近2000

公里。人们借用长期管辖这条古道、驰骋高原的白兰羌人部落（青海高原腹地最重要的西羌部落之一）的名字，将其取名白兰道。

白兰道，一个花一样的名字，在历史上，很长一段时间内和青藏高原上雄踞一时的草原帝国吐谷浑联系在一起，在历次国难时，吐谷浑无一例外，遵循祖训"退保白兰"以求保国。但至今，人们对白兰到底在什么地方，各有说辞。顾颉刚先生的弟子青海民族大学李文实教授认为，白兰古地在今青海省果洛藏族自治州所属六县。也有学者研究，白兰在青海湖西南柴达木盆地。青海地方史专家朱世奎先生、吐谷浑史研究专家程起骏先生多年前进行田野考察，推断白兰古地即今以青海省海西州柴达木盆地、都兰县香日德镇为中心的广大地域。"白兰成为吐谷浑生死存亡之地，至少要有三个要素，首先要地处险远，易守难攻。其次，生活资料要充足。第三，要有较好的地缘政治环境，左右无强敌，没有被前后夹击之势，无后顾之忧。这里正好有这样的条件。"朱世奎说。史书又载，白兰"西北有流沙数百里，夏日有热风，为行旅之患。风云所至，唯老驼预知之，即鸣而聚，立埋其口鼻于沙中，若不防者，必致危毙。"此为典型的柴达木西部景观。

朱世奎介绍说，吐谷浑人在建国350多年来，以白兰为中心，放射状地开辟了多条道路。白兰道从白兰出发，经茶卡，过日月山，越西宁、兰州、西安，最后到达洛阳。第二条以白兰为起点，经格尔木、唐古拉山口，到温泉、那曲，抵达拉萨。第三条从白兰向西，直达西域各国。

而白兰道的诞生，据专家研究，最早可追溯到"三苗迁到三危"的尧舜时代，这是民族大迁徙的重要时期，比丝绸之路的出现还要早数千年。它的繁荣大概是在吐谷浑时期。《晋书》《北史》记载，吐谷浑在西晋永嘉之乱后，迁到洮水流域，继而向西发展。树洛干"率所部数千家奔归莫何川"，专家说，正是白兰古道把吐谷浑引领向了重生之地。

北魏统一北方以后，丝绸之路的主要通道河西走廊受隔阻，白兰道充当着中原王朝和西域各国物质文化交流的通道，并日益繁华。但强盛的吐蕃帝国的出现，改变了它的前程。吞并了白兰部落的吐蕃在与唐王朝争夺中发现，他们可以从白兰道掠夺梦寐以求的财宝，战火一次次燃起，武士们的身影奔驰在古道上。沿着这条道路，他们获取了期望得到的财富，也最大限度地满足了不断滋生的野心。终究，弥天欲望埋葬了原本一条光明的大道，在连绵不绝的战火中，洒满鲜血的白兰道败落了，最后被羌中道所取代。

有时候，历史就是几个野心家的闹剧，被凌辱的是想要安生的绝大多数。譬如在这条古道上，那么多渴望回家的灵魂，再也没有见到故乡的炊烟。

开辟在惊涛浪尖的大道

"黄河之水天上来"，气势磅礴。它从青海奔流而下，越过青、甘两省的崇山峻岭，横跨宁夏、内蒙古的河套平原，奔腾于晋、陕之间的高山深谷之中，破"龙门"而出，在西岳华山脚下掉头东去，横穿华北平原，急奔渤海之滨，经九个省区归流渤海。

从积石关、刘家峡，到俗称"九曲黄河"的河段，是古代丝绸之路的必经之地。沿岸有凤林关、临津关、积石关等古关隘，有莲花渡、哈脑渡、大河家渡等古渡头，有银川驿、长宁驿、官亭等古驿站。从汉唐以来，多少边将使节、中外商贾从这里渡过黄河，征戍边疆，出使西域。那时没有桥梁，没有现代船只，这里的人们便发挥聪明才智，创造了许多奇妙而科学的渡河工具，其中最著名的就是羊皮筏子了。

据史载可查，自汉唐以来，上自青海，下自山东，黄河沿岸使用皮筏经久不衰，算来至少有2000年的历史。

> 黄河的边上扎筏子，
>
> 鞭麻绳拧下的腰子。
>
> 尕兄弟们是人里头的尖子，
>
> 我就是云里头的鹞子。

在江河出发的地方，牧人的巡视有王的风范

黄河上游的筏子客多为撒拉族和回族汉子。他们在惊涛浪尖上搏命开拓的大道，始于青海，止于内蒙古包头，途经青海、甘肃、宁夏、内蒙古，航程2000多公里。最简单的羊皮筏子，由单个囫囵羊皮制成，渡河时人一手抱住皮胎，一手击水遏浪，双足蛙蹬，顺着水势，借狂涛巨浪推拥之力，像离弦的箭一般，很快渡到对岸。至今，在循化、尖扎等地仍可偶见这样惊险的风景。

为了增加载量，人们将单个皮筏一个个连接起来，组排成了羊皮筏子。小的有四五个羊皮袋，大的则由数十个羊皮袋拼接在一起，渡人载客两便。一个大的皮筏子，运载量多达30吨，一般的，也能装15000公斤货物。每年在黄河无冰期，青海的筏子客装上羊毛、皮张、药材等土特产品，组成"水上船队"，顺水急下，直奔兰州、银川或包头。黄河的浪尖上，闪动着筏子客们剽悍的身影。据说每年仅从这条水道运往包头的羊毛有150多万公斤。

> 黄河的筏子下来了，
> 山根里的花儿笑了；
> 出门的阿哥回来了，
> 尕妹的心病儿散了。

筏子客的生活虽然富有传奇和浪漫色彩，但过的是脑袋绾在裤腰带上的日子。黄河任情恣性、自由奔放，若至夏秋汛期，更是桀骜不驯，无拘无束。而这时恰恰是筏子客撑筏闹河、大显身手的红火时节。这样的时刻，这样的季节，一年不过只有稀稀罕罕的两次。对于筏子客来说是绝不能错过的。第一次，从春寒料峭的3月开始，他们从渡口放筏起运，顺流而下，出刘家峡东行至兰州。在兰州进行一次全面检修，并添置沿途所需的面、油、盐、醋、茶等生活必需品。然后继续前行，最后到达包绥，其间若平安无事，五六月份就可以返回。第二次从9月开始，秋季出行，回来已是寒月深冬。

飞旋在惊涛骇浪之间，凶险无处不在。只要听听水道上那些令人惊恐的地名，航程之险恶便可知一二，"煮人锅""棺材石""狼舌头""仙人止步"等，几乎都是鬼门关、生死口，每一次出航，犹如生离死别。若遇上排险，更是九死一生——运载着货物的阔大羊皮筏子如在滩险流急的逼窄河道被紧紧卡住，面临筏毁人亡的危急关头，把头选熟识水性、艺高胆大的筏子客下河排险；若躲闪不及或处置不当，轻则满身伤痕，重则粉身碎骨，生命顷刻间消失在滔滔大河。

黄河，天地之美，民族之血。汹涌翻滚的波涛，并没有让血管中流淌飙性的汉子们低头，相反，他们和这条中国的第二大河相依为命，终生厮守，仿佛一对拆不开的冤家。想想看，每到夕阳西下，晚霞铺落浩荡的大河，他们走下羊皮筏子，在岸边架起锅灶，不一会儿，袅袅炊烟升向洁净的天空。筏子客们一边往水开成牡丹花的铁锅里揪着尕面片，一边扯开嗓子吼起"花儿"：

> 黄河上度过一辈子，
>
> 浪尖上耍花子哩。
>
> 双手摇起个浆杆子，
>
> 好像是虚空的鹞子。

瞧，他们美的。这是一幅多么诗情画意的生活场景啊！

20世纪50年代，羊皮筏子退出了水运交通的历史。而今，羊皮筏子依然漂浮在黄河上，但已经成了游客们的探险体验项目。那些为了生活和黄河搏命的筏子客的后代，在平静的河面，象征性地演示着祖辈们的光荣日子。

湟水河上的隐秘春秋

自以为对湟水河很熟悉——从海晏到民和及甘肃兰州，这一大片流域是我时常游走的地区之一。很多时候，就是在湟水河的陪伴下往来于它哺育的谷地。然而，一件事情促使我重新认识它——像对一个老朋友的理解加深了一层。

在和一位研究地方史的老先生聊天中得知，在20世纪二三十年代，湟水河是通航的，一个外国牧师曾乘皮筏子走过这条不为世人熟知的航线。这让我十分惊奇。在我的脑海中，根本没有那个时代湟水河通航的文字印象和记忆。

循着这条线索，我求教过研究青海交通史的几个专家，但答复含糊或语焉不详。就在我失去信心的时候，兰州的朋友给我发来了西北师范大学敦煌研究所刘再聪教授的一篇文章《甘、宁、青地区的水运航道》，居然从中发现了踪迹。

先来了解一下湟水河。按照通俗的说法，这是青海东部高原的母亲河。依地理学的概念，它是黄河上游知名的支流，发源于海晏县包呼图山，流经西宁等九个县市，在甘肃兰州西面的达家川注入黄河。全长349公里，其中青海境内长273公里。西宁古八景之一"湟流春涨"，即指湟水春天波涛滚滚的壮观景象。北宋李远在《青唐录》中描述当时湟水流域："宗河（湟水）行其中，夹岸皆羌人居，间以松篁（篁指竹），宛如荆楚（江汉流域）。……羌人多筑物而居，激流而碨（像石磨一样研磨）。"由此看来，至少在宋代以前，湟水河汤汤，河湟谷地草木葳蕤，绿树成荫。

据刘再聪教授研究，1946年元月，西北王马步芳成立湟中实业公司专设皮筏运输组，专职水上运输工作。自西宁毛名驰遐迩后，省内外及英、美毛商，均在西宁、湟源等地设行收购，用车曳马驮运至西宁城北、湟水南岸，即赖皮筏东流，经兰州、宁夏抵包头后，再转平绥铁路至天津出口。西宁及东部农业区所产粮、油、药材、生猪等，亦多靠皮筏运至兰州经销。就是说，至少在1946年前，湟水河上航运畅通，西北王马步芳利用这条水道，从事对外贸易。这段话证实了那位老先生所说的湟水河通航的说法。而关于那个西方的牧师，今靖远黄河段有一处险滩，叫洋人摆手，不知道是不是和他有关。这个地名，在人类学家、民俗学家顾颉刚先生早年考察甘肃靖远的文章中提及，并记录了与此有关的民间传说。当地老百姓说，一个国外传教士乘羊皮筏子经过此处，眼看要与一块大礁石相撞，便慌忙跳筏，不幸落水身亡。

这条在今天显得很神秘的水道源于何时？刘再聪教授说，湟水水运，早在《汉书·赵充国传》即有流放木料、漕运粮食的记载。据说清末陕甘总督长庚曾命兰州府张炳华试办船政，以疏通由兰州上溯湟水至西宁府、下循黄河达包头镇的水上交通。宣统二年底，张在今甘肃皋兰设船政局，并造船9只，试航上游自皋兰、平番（今永登县境）、碾伯（今民和县、乐都区境）至西宁，计程620里，沿河经修浚后，通船无阻。后辛亥革命爆发，此项船政亦即罢废。

由此看来，湟水流域至兰州段是黄河上游最早得到开发的航道。赵充国放木行动是黄河上游最早的长途水运事件。惋惜的是，时光只流过了60多年，穿过西宁城、东流归入黄河的湟水河，日渐消瘦，上游的小型水电站强行将它拦截在峡谷。我多次溯源而上，看见往日河水激荡的河道，丰盈全无，流淌的河水一步就可跨过去，河床上曾经被河水滋润的鹅卵石，大量暴露，至于皮筏子忙碌的身影，早已不复存在，连同航道上幽远的隐秘岁月，消失在大部分人的记忆里。虽然史书中的一行行文字记住了它，但无法使它复活。

时间，抹去了人间太多生动的风景。

重温草原上光荣的岁月

夜未央。

蒙古包里，酒气氤氲，男人和女人们的脸上，染上了梦一般的酡红色。那仁端起斟满青稞酒的尕银碗，亮出了好嗓子：

　　啊哈哈嘿

　　哈斯鲁河的好姑娘，

　　美丽就像百合花一样

　　骑着她的黄骠马，

　　就像天上的流星奔驰在草原上。

这是高原上常见的景致，多少年了，不增不减

　　《黄骠马的传说》就在夜色中漫开了。几个蒙古族汉子随着那仁的歌声，晃动着上身，也唱起来。歌声不停，酒海不干，呼德那木哈草原在歌声和酒香中广阔深远。那仁双手把银碗举过头，依次向客人敬酒。按照蒙古族敬天敬地敬人的礼仪，我用无名指在银碗中蘸酒，弹向空中，又蘸酒弹向大地，然后再蘸酒轻轻地涂到他的额头，喝下满满一杯，瞬间，仿佛一股火焰从喉咙蹿到了胃里。

　　酒又斟满，歌声再起。

　　我踉踉跄跄走出蒙古包，在无边的夜里，草原深沉空阔，仰望夜空，星熹繁密，银河无声。几个小时前，在骑手们激昂的欢叫声中，海西藏族蒙古族自治州在都兰县巴隆乡科尔村举行的那达慕谢幕，那仁家的马夺得了第三名，亲友们献的哈达把马头都盖住了，这使他无比兴奋。比赛刚一结束，甘肃省肃北蒙古族自治县的马贩子就相中了他的黄骠马，但那仁拒绝了。他说，这匹马不仅给他的家族带来了荣耀，还是他长年厮守的伙伴，给多少钱也不卖。

　　在青海，黄南藏族自治州河南蒙古族自治县和海西藏族蒙古族自治州是蒙古族较为集中的居住地。2008年6月，海西那达慕被国务院公布为第二批国家级非物质文化遗产。蒙语中，那达慕意为娱乐或游戏，每年在牛羊肥壮的七八月举行。惊险刺激的赛马、紧张激烈的摔跤、赞叹不绝的射箭、争强斗胜的棋艺、引人入胜的歌舞，使草原上的每一朵鲜花、每一株青草都亢奋起来。

那达慕的前身，与战争有关。

在那仁小时候，爷爷常常向他讲述那达慕的种种轶事：多克杰大叔的小黄马跑起来快得像一阵风，茶卡那边的小伙子用会说话的马头琴带走了草原上最美的姑娘……那仁说，在口传中，这个在草原上有着800多年历史的节日，原是成吉思汗检阅部队的阅兵式。想想看，挥舞月牙弯刀，从鲜血中蹚出一条生路的勇士们，接受了统帅的检阅后，在一碗碗美酒里享受着王的封赏，那可是高过天空的骄傲啊。如此庄重的仪式，如此阔大的空间，展示着一个帝王的雄心和抱负，也唯有胸怀天下、目空一切的君王，才有气魄将整个大草原视为阅兵场。那仁的爷爷早年是附近草原上有名的猎人，后来不慎打死了一只怀孕的大头羊，悔恨之下，用石头砸碎了枪杆，再没有摸过枪。

那达慕的前身，与收获有关。

每年农历七八月间，那达慕就像草原上的一朵奇瑰之花，在蓝天白云下徐徐绽开，草地上一顶顶怒放的蒙古包，将它点缀得分外妖娆。正是秋高气爽、牛羊肥美的时节，牧人们望着膘肥体壮的牛羊，内心注满畅快。这也暗合了那达慕的本意：娱乐以及丰收的喜悦。为了这次那达慕，那仁从自家的羊群中，挑选了最肥壮的两只大羯羊、买了五箱青稞酒用来款待亲友。而在半年前，他就为参加赛马做准备了。比赛前一个星期，他找到呼德那木哈草原上最好的铁匠，为黄骠马打上了铁掌；比赛前两天，他花了整整一下午时间，精心修剪马鬃；比赛当天清晨，他早早来到附近的鄂博，煨桑祈福。在他看来，这些都是神圣的事，不能有一丁点儿马虎。他说："就盼着这一天啦。"

青海的那达慕，还与祭海有关。

青海湖史称西海，数亿年的地质运动，在青藏高原缔造了这个奇迹。在环湖民族的心中，青海湖是神圣所在，从唐朝开始，不但民间祭祀，朝廷也派员参加。这项活动后来在清朝成了官方的仪式，非常隆重。祭祀时，桑烟燃起，螺号声声，两三米长的铜喇叭低沉齐鸣，高僧们在湖边举行法事，信徒把装有青稞等祭物的宝瓶、金银首饰、珊瑚玛瑙纷纷抛向湖中，祈祷神灵保佑。祭海之后，草原的子民们便赛马、摔跤、射箭，纵情欢乐。那仁的家离青海湖还有400多公里，在他的母语中，把这片广阔美丽的水域叫库库淖尔，翻译成汉语就是绿色的湖。如今，祭湖逐渐成为当地政府开发旅游、招商引资的一项活动，但与那达慕分开举行，那仁参加过一次，因为路途遥远，已经好几年没来了。他在都兰上中学的儿子没有经历过，吵吵着要父亲带他体验一下，那仁拗不过，答应明年成行。

那达慕的历史，逐渐褪去了原来的色彩，今天已成为草原上的狂欢节。它是传递民族记忆的一种方式，赛马、摔跤、射箭，无一不在重温金戈铁马的光荣岁月。至于摔跤手的排名——"巨人""雄狮""雄鹰"，绝非马背民族在和平年代的随意称谓，而是古代浴血疆场的勇士们的荣誉称号。

那达慕追寻的，是草原上的光荣。

现在，当我远离呼德那木哈草原，站在西宁城一座居民楼七楼窗前，回想夜色中那一顶灯火灿烂的蒙古包，那仁憨厚的笑容就浮现在眼前。多么再想听一听他的歌声啊：

> 黄骠马鬃驮来太阳，
>
> 黄骠马尾扫落月亮；
>
> 黄骠马身连着草原，
>
> 黄骠马背映着霞光；
>
> 黄骠马嘶威震世界，
>
> 黄骠马蹄踏破山岗；
>
> 黄骠马呼唤着蒙古勇士，
>
> 黄骠马浑身都是力量。

通向心灵的圣洁之路

人世间最坚固的两样东西，一个是亲情，一个是乡愁，时间最锋利的刀子，把它们也割不断。

我的朋友、土族作家朝阳，酒后说起他的故乡，迷离的双眼就精光闪闪，灵魂似乎也在那一刻回到了僻远的村子。有一次喝完酒，他乘兴写了一首诗《别拦我，我要到祁连去》。祁连并不是他的家乡，从军校毕业的儿子，在那里服役。

去年秋天，他让守着老屋的弟弟宰了一只羊，招呼几个朋友前往。朝阳的老家叫寺滩村，在互助县五十乡，出西宁北上六七十公里。村子在两条山沟的交接处，分散着三四十户人家，安静得很。村子小，名声大，是藏传佛教格鲁派的一处圣地，被誉为"湟北诸寺之母"的佑宁寺就在离村子很近的一条山沟沟口，此地旧称郭隆地区，故藏语中把佑宁寺也称作"郭隆寺"。所谓"湟北"，意即湟水河北岸，那是一片被森林、草原和沃野装点的广袤大地。清末，曾有两位德国人在离佑宁寺100多公里的千年古寺，研读佛学。

寺滩村的住民，都是世居的土族，也是佑宁寺虔诚的信徒，除却婚丧嫁娶或重要节日，日常穿着已经汉化。喝完熬茶，时间尚早，朝阳说，我们到佑宁寺转转吧。出了家门，前行两三百米，左拐进一条两面高山被松柏遮掩的山沟，就看见了金光闪闪的寺院。佑宁寺建于明朝万历三十二年（1604年），距今有400多年，是格鲁派在青海地区的五大寺院之一。佑宁寺名僧辈出，加之章嘉等五大活佛的宗教地位甚高，它在历史上的规模和影响，曾一度超过塔尔寺。寺内现藏有印度造释迦牟尼佛像、三位一体铜佛像和佑宁寺护法神、天王神各一尊，均为稀世之宝。

朝阳自小就生活在寺院旁边，对这里十分熟悉。他说，佑宁寺东北方向两公里处，爬上一面陡坡，穿过一道石洞门，一个叫天门寺的古寺就掩映在一片石峰和松柏中，脱俗超拔的美景，令人惊诧。一个没有得到证实的说法是，天门寺为佑宁寺寺主嘉色活佛初建郭隆寺时僧人讲修佛法的地方。这里石灰岩造型地貌千奇百怪，流传众多有关佛教神话传说故事，如寺前面矗立的18座小山峰，据说是嘉色活佛从西藏带来的十八罗汉。前几年，我看过朝阳写的一篇散文，记述他在夜宿天门寺时静听松涛的经历。天门寺的一个喇嘛是他的发小，我曾想去那里住一段时间，但至今没有遂愿。

"可惜啊，你们看不到观经了。"从佑宁寺出来，朝阳不无遗憾地对我们说。此前，我曾在史料中得知，每年正月，佑宁寺就要举办盛大的观经活动。

"那可是振奋人心的时刻。"朝阳边走边说，"四面八方的人都来了，阵势大得很。"

史载，1409年正月，为供奉诸佛、菩萨，祈祷来年风调雨顺，宗喀巴大师在拉萨大昭寺创办了"祈愿大法会"，即观经表演，从此成为格鲁派寺院所共有的法会。

朝阳说，土族民众把观经活动称为"跳欠"或"跳神"，寺院僧人则称之为"金刚舞"。这是一种在寺院中由戴面具的僧人以"哑剧"形式表演、表达宗教奥义的神舞，也是土族地区藏传佛教祈愿法会的重要内容之一。土族地区各大寺院都有这一活动，但以佑宁寺的观经规模最大，而佑宁寺一年两次观经，又以正月十四的观经最为隆重。观经表演由一系列舞蹈组成，比如"南次仁舞""岗日哇舞""巴尔加舞""夏舞""唐乾巴舞"等。舞蹈中的每一个角色都象征着某一位护法神，他们令人畏惧的形象，正是佛教对邪魔战无不胜的外在表现形式。佑宁寺的观经表演，既是一种大型的集体宗教活动，也是一种群众性的文化娱乐活动。观经期间，虔心的人们，尤其是老年人，不仅坚持始终，而且在观经表演的整个过程中，不时地跪拜礼佛，念诵真言。

在这一宗教节日里，世俗大众可以通过喇嘛们的表演和自己的想象，与自己虔信的神佛进行现实中的交往，感受他们的威猛与慈爱——那些动作幅度大但速度缓慢的护法神，既给人威慑之力，又给人心灵抚慰；那些动作急促、张牙舞爪、灵活多变的"岗日哇"，让人莫名心生恐惧，又时时处在欢喜之中；而时缓时急、悠长浑厚的鼓号声，从大地上遽然腾起，令观者无不心惊。彼时，震撼灵魂的宗教氛围铺展在天地，无处不在。

"若无亲身经历，你就无法感受到那种心魄窒息的气势。"离开佑宁寺，朝阳还沉醉在过去的记忆中。我们被他的感叹搞得有些沮丧，穿过茂密的松柏林时，看到那些娇小的野草莓果子就在眼前，也无动于衷。

"留点缺憾吧。"同伴自我安慰，"凡事不能圆满。"

我们就笑起来，都说他的话很有哲理，如果留在寺里，日后说不定会成为高僧。说笑间走进了朝阳家，院子中央，一锅热腾腾的羊肉正在沸腾，青稞酒的清香袅袅升起，愉悦的日子就在这个安逸的村庄留下了怀念的影子。

世界上最长的狂欢节

在离天最近的地方，人神互为温暖，时而独立，时而交融，但形影不离。这是一种惬意而神奇的生活，令人血脉偾张，激情澎湃。高大陆上的栖居者因此获得了别样的生命精彩，那些高峻的大陆，广阔的山川，仿佛就是为他们搭建的狂欢舞台。

黄河在青海高原穿行，一路汪洋恣肆，气势雄浑，流经东部山区民和时，却忽然温婉起来。水的温润和土的厚重，孕育出一方神奇的土地，世界上最长的狂欢节就在这里诞生了。在黄河岸边安身立命的土族群众，把这个规模盛大的节日称为"纳顿"，意思是"玩"。

如此命名一个庆祝丰收、感谢神灵的节日，多少令人惊讶。然而，纳顿节看似随意轻巧，实则隐含着土族人对生活的严肃、虔诚以及对生命的达观与超脱。

农历七月十二日，民和南部的三川地区夏粮归仓，欢快的鼓点在下川鄂家、怀塔村敲响了，随后的63天，铿锵的锣鼓声将从东向西，一个村接着一个村，落满数十里川道。人们穿着华美的民族服装，追随鼓点，探亲访友，密晤心爱。一杯酒，一句话，无不流露出对丰收的喜悦，对神灵的敬戴，和对好日子的祝愿。

在这个盛大的节日里，神与人同为主角。田野上，大白布帐篷巍然伫立，内部正上方供奉着地方神位，供桌上摆满了各种供品，香烟缭绕，油灯闪闪；下方堆放着庄户人敬献给神的硕大的白面馍馍，每个足有10斤重。而帐篷四周经杆耸立，幡带飘动，把人们带入了神的世界。

场面惊人的"会手舞"把纳顿节推向了高潮。这种集体舞蹈，少则几十人，多则数百人。领舞的是村里辈分最高、德高望重的老者，他们身着白绸缎长衫，外套黑色坎肩，头戴礼帽，手持鲜花、柳枝或扇子，翩然而舞，一招一式，庄重而典雅。青壮年组成的锣鼓队紧随其后，汉子们腰系红绸带，扎着裤腿，舞姿热烈奔放。最后面是儿童，模仿着大人的舞姿，憨态可掬。两村"会手"们碰面时，鞭炮齐鸣，锣鼓喧天，现场气氛陡然升温，舞蹈的汉子们捧起大碗青稞酒，一饮而尽，在酒香中互祝平安吉祥。

"会手舞"在祝福声中退场。歌颂庄稼人的舞蹈《庄稼其》（"其"为土族语言，意思是人）和再现土族祖先顽强生存的《杀虎将》陆续上演。至于"上刀山"和"穿口钎"表演，则为纳顿节增添了惊心动魄的神秘色彩。

农历九月十五，最后一声鼓点在赵本川村落下，全世界狂欢时间最长的节日，在黄河岸边告一段落，丰沃的三川大地重归祥和安宁。

追忆与感恩

大地静卧在白雪之下，寒风卷起雪粒扑向沟峁。

散布在山峦峰丛中的村庄，被打碾场上响起的阵阵锣鼓声打破了寂静。男女老少在铿锵的鼓点中，扭动身躯，温习着传承了悠久岁月的社火。

这里是黄河上游支流湟水河流域。进入腊月，宁静的山

桑烟袅袅升起，大地上的人神狂欢开始了

村便热闹起来，人们从收获的喜悦中转过身来，满怀谦卑，筹划着以喜庆和热烈的方式，祭祀神灵，慰劳自己。古老的传统中虽然陆续增添了时代元素，但对土地和火的崇拜丝毫未变。

据考，河湟社火的起源在中原和南方，它随着徙居青海高原的汉民族传到这里。从河湟社火中，可以看到南方的社戏、中原的舞龙以及内陆其他地区春节祭祀时的礼乐。某些在内地社火中已经失传或不完整的部分，在河湟社火中原汁原味地传承至今。譬如，河湟社火中胖婆娘的形象，据说是从南方社戏中的春神婆演化而来，现在在社戏中已失去了踪迹，但在河湟社火中依然是渴望生儿育女的人们喜爱的角色，每至社火上街，都期望得到她的垂青。

小时候，大人们说，我们的先人原先住在南京珠玑巷，后来因元宵节观灯言语不慎，得罪朱元璋的皇后，被发配到青海。口传的历史往往和真相存在差距，后来专家考证，历史上各个朝代向青海移民出现过三次高峰，分别为汉代、隋唐和明代。尤其明代，江南屯民军户和全国各地的商客迁徙到青海的有30余万人，这是历次移民规模最大的一次，现在青海本籍汉人的祖先大都就是那时候扎根青海的。

踏上青海高原后，他们再也没有回到日思夜想的故乡，身体留了下来，但内心没有停止对家乡的思念。乡愁，一条没有尽头的大道，世世代代走着，永不疲倦。在忍受思乡之苦的漫长日子里，原乡大地上曾经上演的游戏，就成了最好的心灵慰藉。现在，河湟谷地一年一度的人神狂欢，使来自内地的汉族后裔，借助欢腾的社火完成了一次对故土的追忆和精神探亲。

河湟社火场面宏大，节目繁多，包罗万象。仅舞蹈而言，就有道具舞、情绪舞、哑剧舞、鼓舞、面具舞、杂剧舞等，它们以夸张的形态和激情的节奏，表达着人们内心的狂喜和对神灵的崇敬。社火举行的日子，河湟大地就像一座乐园。

那一刻，人是神，神也是人。人通过特殊的装扮具有了神的威力，而神被人们谦恭地请下神坛，来到了自己身边。骑着高头大马、面目涂得黝黑的"老爷"在马背上晃晃悠悠，似醉非醉，行至各家门前，满饮青稞酒，送上吉祥语。得到祝福的人满心喜欢，千恩万谢，即使平日里对装扮者有一肚子的怨恨和不满，也全都抛之脑后。在他心里，那个平素普普通通甚至曾与自己对骂的人，此刻就是神的化身。

河湟地区闹社火的日日夜夜，被请到凡间的神数不胜数，他们与人同乐，接纳崇敬，送出祝福。你听，被神灵佑护的生命在喜滋滋地高唱：

> 正月里到了正月正，我和我的尕妹子浪花灯，
> 花灯实在好，妹子散了你的心。
>
> 二月里到了二月二，我和我的尕妹子到郊外，
> 杏花儿满川开，妹子喜爱不喜爱。
>
> 三月里到了三月三，我和我的尕妹子下江南，
> 江南路途远，妹子风光真好看。
> ……

遗落人间的天上银河

那些灯，在黄河上游湟水河流域熠熠生辉，光耀了600多年，把老百姓的心照得亮堂堂的。有了它，七里店的春节就有了日月的秘密和与众不同的内容，村庄的日子仿佛一碗用腌白菜红萝卜调和的拉面，色泽鲜艳，滋味敦实。

每年正月初八骤响的锣鼓声，发出了河湟大地狂欢的号令。乐都七里店及邻近的四个村子握惯了铁锨和镰刀的庄稼汉，聚众上庙，商议灯事。这时候，他们就是出众的艺术家、不凡的军事家、威严地联系着阴阳和过去的大巫师。

他们的舞台是一片广达十五六亩的原野。从正月十二开始，这里成了偌大的灯场——一座用红黄色灯笼"建筑"的壮观之城。这天，灯把式们破土祭神，然后画出路线，当路线画到中央紫禁城位置时，鸣炮、焚香，总管们给灯把式敬酒。十三日早上，依路线两侧栽灯杆。栽灯杆的地区，各家固定，家与家的分界处，以松枝为界。十四日上午，这座由3600多盏灯组成的繁华城邑，在湟水河畔巍然矗立。

夜晚降临，灯场成了灯的海洋，万点金星，光明一片，人流如织，何似在人间。灯会期间，大摆"九曲黄河灯阵"，还诵经献戏。遇有瑞雪降落，天空飘拂着薄薄的雪花，灯场里点燃着盏盏灯火，更富诗情画意：近看，竖成列，横成行，

在大河之畔，尘世的欢乐隐藏在一道道山褶中

似朵朵荷花含苞待放；远观，繁星点点，光明灿烂，宛若五彩缤纷的银河落地。

七里店九曲黄河灯，闪耀着中原文化的光芒。在唐代，山西等黄河下游流域，这种祈福和敬神的民俗已经从黄河滩涂逸伸出来，繁茂在人间。显然，在随后的日子里，它还和道教有关。你看，九曲黄河灯的排列，就是一个太极图，其中隐含着众生的生活态度和对命运的理解。

实际上，七里店九曲黄河灯也是古代军事的遗泽。七里店本身是一座明朝时期的古堡，西连水磨湾，东接李家庄，南靠南山回龙坡，北对北岭红崖。湟水绕其北，丘岗障其南。地理险峻，为兵家要镇。灯阵的布置，根据八卦图演化而来，即按"太极生两仪，两仪生四象，四象生八卦，八卦成九宫"的阵法摆布。

但在和平年代，九曲黄河灯承载着人们的心愿和祝福。灯阵东进西出，东进门上悬一副对联："入此灯城，满眼光明世界。来斯花市，万物化雨春风。"横额为"东进解厄"。西出门的对联抬头便入眼帘："月到天心，月灯交辉人玩赏。风和日丽，风调雨顺谷丰登。"横额是"西出延生"。

对九曲黄河灯会的诸多解释，正是不同历史时期的社会生活、民众心理的积淀，它们共同赋予这一悠久的民俗活动以更丰富的文化内涵。"串串黄河腿不疼，看看天灯双眼明；转转黄河圈，能活一百年；转转天灯杆，全家保平安。"

你瞧，行走红尘，人们的期冀多么朴实和实际。

第十一章 | 风从鹰翅下 轻轻吹过

夏天宁静的草原码头

风突然大了起来，苦海滩一双潮湿的眼睛就有了一层厚厚的眷恋。这一天，夏天正悄悄从草原腹地离去。大清早，一匹追着露水的小马驹在山冈上看见了自己单薄的影子，疾射着金箭的太阳正轧轧滚过天边的地平线，而夏天把茂密的绿头发拂向了身后，只给玛多留下格桑花期盼一个男子的过去。

花石峡的风依然吹过低矮的天。寂静一路逶迤，在玛查里的边上短暂消逝了。我站在天路西缘，向更西的地方张望，梦幻中的白帐篷早已了无痕迹，矮草接连天际，天地之间，一个男人的背影悠长，仿佛巴颜喀拉山大马狼的翻版。玛多，夏天宁静的草原码头，格桑花惦念的男子迟至七月中旬在风向迷乱的正午掀开你的闺门，好像骑着风的浪子又回到了大眼睛的怀里：白马上骑的是薛仁贵，黑马上骑的是敬德。尕妹好比是红玫瑰，阿哥是绿叶配给。

曾经在深夜走过这个梦里踟蹰又踟蹰的地方，那时，一片积雪覆盖着它，车灯照亮的地域，一只流浪的藏狗突然横穿公路，瞬间，消失在雪夜。街道没有人迹，大风呼啸远去，偶尔两旁黑乎乎的水泥平房亮起一盏灯，似有母亲的梦呓和婴儿轻柔的呼吸。是的，那个冬夜，我是玛多的一个过客，在草根的血液里，甚至不及黑种马的一次鼻息。在大雪飘扬的子夜，独自乘车前往草原深处的男人，当然有不同一般的心思：2003年12月30日/走过玛多的男子/是青海最后一个归乡者。

现在，玛查里被深夏的风吹着，太阳把黄金涂在他的身上，时刻守望着藏地的唐时草原驿站，俨然边地的黑汉子。这和我三年前再次遇见他的模样迥异。那一年9月，我从黑夜里走出来，红太阳像一颗巨大的头颅滚在玛多草原边上，两个身裹红衣的年轻喇嘛悠然踱过200米长的街道，早晨的风挟裹秋天的寒意，宛如恣肆的洪水，冲起了他们宽大的衣角。唵嘛呢叭咪哞，六字真言的诵念声在秋天轻覆的大地上訇然而起，顷刻旋起飓风，草原铁箍般的粗臂把我勒得生痛。这是一个内在有宏大击打力的边关古渡口，我牢牢记住了：在阿尼玛卿以西的黄河谷地，寂然站着的男子，一百个湖泊水汪汪的蓝眼睛白天黑夜看着他，他的甩袖和扭胯颇有大地扩散的苍茫和女子傍晚倚帐远望的柔情。之后，一头高大的黑种牛气闲神定，一个草原的黑绅士旁若无人，缓慢走过天路，它晃荡的睾丸，遮挡了我能看见的地方。

2008年7月的正午，我从格桑花的呢喃中转身，和大风大雪中等我多年的玛多撞在一起，一条街道的阳光，一条街道的清风，一条街道的静寂，已然梦中的样子。远处的雪山闪耀银光，远处的白帐篷掀开门帘，我揉揉双眼，就看见一个红衣喇嘛飘然转过街角，向草原深处走去，一转眼不见了踪影。那一刻，玛多不吭一声，天地忽然高远了很多，在我望不到的一角，唵嘛呢叭咪吽，六字真言的诵读声如无边的雨滴，疾速打在地上。

星星海边缘的男子

走过玛查里窄狭的街道，一个在正午步履微醉的青海男子像草原没有刮完的最后一场风，打开九朵美多赛琼的心帘后，就越过古渡口，吹向更高的陆地。在海拔4000多米的高山草地，他的气息四处弥散，影子却远在太阳之侧。七月远了，万里长云悬在他的头顶，男子没有回头，似乎未察觉天空的重压，在路上，男子的目光一直向前。

美多赛琼，玛查里不能忽略的美女子，像午夜的星星开在草原上。再过十几天后，这个鲜花部族中艳丽情重的可人，在暮色铺展的黄昏，悄悄脱下青春的袍子，独自走上生命里落寞的秋日。现在，我在星星海边听见了她微微的叹息，花的容颜隐不去将来的憔悴。这是玛查里柔风飘动的中午，太阳把七月照得空阔遥远，草原深处点点马蹄声在风中若有若无。很多年前，有人骑马路过我注视的地方，青海南部顿时高远起来，以至于只有心才能到达。我看看脚边美多赛琼的脸，青海的一轮圆月，生命的一段开篇，心中是那个人的自语：

第一最好不相见，如此便可不相恋。

第二最好不相知，如此便可不相思。

第三最好不相伴，如此便可不相欠。

第四最好不相惜，如此便可不相忆。

第五最好不相爱，如此便可不相弃。

第六最好不相对，如此便可不相会。

第七最好不相误，如此便可不相负。

第八最好不相许，如此便可不相续。

第九最好不相依，如此便可不相偎。

第十最好不相遇，如此便可不相聚。

但曾相见便相知，相见何如不见时。

安得与君相决绝，免教生死作相思。

　　星星海就在前面，稀疏的青草仿佛是美多赛琼的内心。湖面上，几只水鸟弋游，细辨，似乎有鸳鸯，一前一后，在世界最高的陆地，演绎着动天感地的情爱。在世间，情爱已经被生活的风尘蒙垢了。

　　缓缓升起的绿色岭坡下，一汪大海留下的眷恋，把草原湿润，远行的人突然像被人推了一把，心里一个趔趄。就这样，星星海闯进了一个男人即将结束的夏天，他毫无防备。尽管，在不远的几年，他多次经过玛查里身边这一池平静的水，但在2008年7月的相遇，依然让这个男子心跳。是的，在荒原，那湖，那鸟，那阳光，那长路足以熨平心里的皱褶。美多赛琼，这一汪清凉的水是你另一个草原上走远的背影吗？

　　这样想着，多年前独行男子的声音又在阳光恣肆的玛查里响起：东山崔嵬不可登，绝顶高天明月生，红颜又惹相思苦，此心独忆是卿卿。

　　我向前走，玛查里不久便远远地落在了身后。

江河源头，濯足的地方，就是故乡

巴颜喀拉山口的风

一匹马，在黑夜里扬起长鬃，深潭似的眼睛探向青藏腹地；那一夜，青海南部草原被这匹马的背影占据。在夜色汹涌的高陆，它的影子格外清晰和高大。时间，抹不去那一帧铁一般的剪影。

黎明，生活继续，太阳骤然跳出，一匹马在巴颜喀拉山的长嘶和一个大喇嘛沉厚的诵经声撕开了玉树草原的白天。

一匹马，是一场穿越春天和冬天的大风，是一个男子在去玉树的路上，丢失在那里的灵魂。心向着巴颜喀拉叩拜，路在脚下高远和苍茫。美多赛琼迟迟不肯收回追随在七月的目光。大眼睛，大眼睛，玛查里有你的家，而驭风向高处的男子，仅仅是生活的一个情节，他站在巴颜喀拉山口，风像波涛滚滚的海，像那匹岁月中倏然闪跃的马，你的心拉不住他的帆，你的牵念只是把他的七月再一次空荡。

"飞短流长断人肠，情怀恻恻每神伤。惆怅玉人独归去，芳草萋萋满斜阳。"上师的身影闪过脑际，风大了。

山口的鄂博经幡飘动，千万个念想中的男子和女子向着天空高诵；草地上，一片片风马被阵阵劲风吹起，贴着地皮集结，转瞬又散开。唵嘛呢叭咪吽，大地上，众生翻开经卷，诵读声浩荡不息。巴颜喀拉的阳光把男子的身影拖得很长，风一浪一浪涌来，绵延无边。男子抬起耽延在山麓北坡一顶白帐篷的视线，觅寻那一年冬季蹀躞在荒坡上的大麻狼。2006年冬天，大雪覆盖了巴颜喀拉山，我在结古寺下面的一间砖房静默六日后，在嘉纳嘛呢城的寺里虔心供了三盏酥油灯，为一桩心结，祈求佛的启谕。次日，玉树草原突然大雪飘落，原定行程推迟。那天，我在青南心意跋涉，望着室外大片大片的雪花，默想记忆中走向库库淖尔的上师。哪一天，他手中的木碗如何战栗？哪一晚，他摩挲的念珠为谁轻动？哪一夜，

巴颜喀拉山区腹地，突兀的树根独向天空絮语

上空的明月照量一个人孤寂的心？"美人如酒思量多，一时抛闪奈若何。如此苦心如此愿，何愁现世不成佛。"上师的背影被大雪朦胧，我好像听到他的心跳疾如春雷，滚过青藏。

第三天上午10点，告别结古草原返回西宁。翻越巴颜喀拉山口时，我从昏睡中清醒，远望身穿白色大袍的群山，目光被午后的白雪刺痛。蓦然，不远处的一面低岭中央，一只大麻狼闯入视野，它像巴颜喀拉山的王，爬上雪岭，仪态威严地蹲着，俯视白雪茫茫的领地，不吭一声。这时候，大风从草原幽深的四方横扫过来，卷起团团雪雾。待雪雾散尽，雪坡上一片空寂，大麻狼杳无痕迹。从来处来，到去处去，莫非这是我六天来苦苦寻找的答案？

而今，山口只有无边的风声。以远，大山起伏，宛如波涛。当年大麻狼走过的地方，一匹马高昂头颅，对着空山甩了甩曳地的马尾。我站了一会儿，默默翻过了巴颜喀拉山。以后，只有草原的风骑着它。

巴塘月夜

子夜，玉树非常缥缈，沿着通天河激荡的水流声，男子在狭长的峡谷向前。两旁的山坡陡峭着斜升向天空，头顶，一条窄细的夜空闪耀星光，汇成神秘的天河，似有喜鹊的凄啼。远处，飘来马嘶；男人的心跳了一下，寂寥的夜里，被风驾驭的黑马好像是另一个自己。男人收回目光，一股强悍的风从打开的车窗钻进来，把他吹了个愣怔。

出了山谷，一片略为开阔的台地展现在眼前。远远地看见山顶上几点灯光，男人不用细辨就已经听见山脊梁上飘荡的经幡，浑厚的诵经声立刻在青海南部响起，霎时遮盖了夜幕下的草原。山尖的寺院一闪而过，巴塘的月亮静静照亮了心在长路上朝圣的男子。

扎曲河的水花在夜色中仿佛白色的牡丹盛开，但男人看不见。七月的深夜，巴塘是一幅美极的中国山水图，长草在风中摇摆，五六个康巴汉子围坐烧烤炉，醉意阑珊；少顷，一个汉子举起酒杯，对着草原扯开嗓子。男子坐在水边，美美地喝了一口酒，胸中顿时腾起一团火。巴塘的月亮斜挂在天上，和他遥遥相对。

汉子仍在高歌，宽厚的声音跑出来，一会儿就被清冷的月光吸到了天上，巴塘依然静悄悄的，只有一个男人的呼吸在周围轻轻波散。虽然语言不通，但他从康巴汉子忘情歌唱的侧影，听懂了歌词：在那东山顶上，升起了皎洁的月亮；美丽姑娘的脸庞，浮现在我的心上。长发汉子停顿了一下，仰脖灌了一口酒，又对空空的夜唱：要是不相见，我们不会相恋；要是不相恋啊，也不要忍受相思的熬煎（这是上师的两首诗歌，被后人合二为一，谱曲，在藏区广为唱诵）。

夜色茫茫的巴塘，扎曲河哗哗流淌，男人的眼前，上师孤单的背影在大草原上越来越小，而他的声音经久不息：初三的月亮白得仿佛不能再白，像一个坦白人的心迹；请你对我发一个誓约，可要白得像十五的月亮。那时，山南被月光洗过的草原只有一个俏丽的身影默立山冈，她的心掏空了，泪汇聚成高地上的一湾幽怨，银子一样倒映在星星闪烁的上空。我看见山南的经幡飘向夜空，十万个声音为她祈祷：为祝檀郎结经幡，竖向陌上春柳畔。过路君子切勿动，此幡安即檀郎安。

远远涌来花香，美多赛琼半掩的闺门前，风轻轻走过。吹过上师的风，今夜也吹过男子，对面的黑大夫山（据说是巴塘的守护神之一），俯瞰尘世，没有说话。我和扎西多杰默坐，偶尔喝杯他专为我准备的法国白兰地。康巴汉子停止了歌唱，我的心里却开始回旋《妈妈的羊皮袄》（扎西多杰作曲）略带苍凉的调子。扎西多杰说，他正在收集整理上师的诗歌，以此创作一部音乐。我明白《妈妈的羊皮袄》的分量，也知晓上师撕扯灵魂的独语（实际上，上师写下的文字是一部人类的情爱史，一部有关心灵和命运的经典），对他的宏愿满怀期待。

在巴塘空寂的子夜，我能听见这个男人的心跳，从头顶倾泻下来的月光在地上波浪涌动，很快淹没了两个青海的男人。我探出头，在月波之上吸了一口清冽的空气，胸膛里一下子塞满了巴塘的夜。

环视四周，整个草原空了。而在草原中央，两个男人默默对坐。

大鹰知道人间和天堂的距离

倾泻下来的阳光席卷了巴塘，紫色花微微张开的嫩唇吸着太阳的味道，而美多赛琼在一面缓坡上寂寞妖娆。离天很近的地方，空旷通灵，每一棵青草每一块石头每一朵水花都在向上天传达着愿望。男子甚至听见那些逍遥在空中的灵魂轻松的对话。他们的飞行有着尘世绝迹的飘逸和洁净。

太阳在男人心中升高。正午，巴塘偎在神的身边，和男子融为一体，仿佛天地之间扩散的一片旷寥。风吹着，穿过男人的衣衫，拂乱了山坡上一只大鹰的翎羽。现在，它一动不动，站在半山腰看着眼前的扎曲河流过草原，像一段不能回头的时光消失在天边。

巴塘的太阳照着扎西多杰的脸，在他黑黑的墨镜里，我看见自己深陷在草原中央，身后是铺开的青草，是一匹马走远的背影。但我看不见他的眼睛，这个骨头里散发着忧悒的康巴人，内心如我一样的旷远。而在美多赛琼寂然寻春的午后，他围着白塔行走的步子有些缓慢。

风在吹。据说风是山的骏马，而山的马只有风骑着才动人心魄。从草原上出走的人回到巴塘，在早晨或黄昏来到白塔下，一个人躺在那里，把灵魂交给了上天。此后，继续漂流天涯，但已身无牵挂。是的，心留在了故乡，即使死后在异乡的黄土之下也只是一具承载过魂魄的躯体。扎西多杰说，这是他的族人在生命鲜活的时候，对自己的一个交代，也是心灵意义上的死后重生。我又在他的黑墨镜里见到了幽深的草原和飘浮的白云；远处，风把草吹得很像奔涌不息的水浪，一波一波淹没了马蹄，那匹马，宛如行走在海上。

那匹马，也许是上师的信使，我记得他说：草色如金山如染，平林叶落纷纷然。杜鹃不似堂前燕，一年一度归故园。他还说：西山绝顶每相望，见得白云时飞扬。多谢卿卿惜怜意，为我烧得一坛香。

那时，巴塘在夜里沉睡。那时，那匹马尚在世间飞驰。那时，那只大鹰早就知道人间和天堂的距离。那时，那匹马只有风骑着才能抵达自由的远方。

男子的身躯扑向大地

为着玉树幽深的宁静，在巴塘草原盘桓了两日。夜里做梦，见一男子独向高秋，融入一天朝霞。那男子背身，面目已然不能清晰，好像是自己，又仿佛是熟悉的另一个。醒来，巴塘的太阳正悬在黑大夫山（巴塘草原的守护神之一）上方，几缕阳光从帐篷的缝隙射下来，细小的光柱，染起雾状的尘埃。帐篷内有些幽暗，照亮的几棵马齿草却鲜亮无比。

清晨，人间的烟火在巴塘升腾，太阳把我的心打开了。

就去了嘉纳嘛呢城。那一刻，太阳直直地照着玉树，数十亿块规则不一的嘛呢石在新寨一角隆起，高过平原地区的山丘。在藏地，它其实是一处人们心中巍峨耸天的心灵栖地，一片掩藏在深长河谷的弥漫神性的高陆。嘛呢堆顶部，五颜六色的经幡猎猎飘动，向着藏地的四个方向，日夜不停地传诵祝福和平安。头顶，天高而蓝，没有一丝杂质，隐约听见空中飞行的灵魂嬉闹和呢喃。在人头攒动的嘛呢城，玉树之上的魂魄有着回到故乡的安静和踏实。

远远地看见了那个年轻男子。长发盘在头上，脸膛褐红，落满尘土；额头，一枚铜钱大的老茧，在阳光下发着灰白的光。他在涌动的人流中，好像是一面拔地而起的风墙，远望孤单而渺小，走近却波散逼人后退的力量，以至于我看他的时候，眼里只有一片大风刮过的旷野。男子双手高举过头，合一，然后停在胸前为十字状，片刻，猛然向前一跃，整个身躯就直挺挺得和大地粘在了一起。围着嘛呢堆转动的人群像没有尽头的流水，静静地从他的两侧穿过。男子趴在地上，心和地只说了一句密语，就又站起来，再次开始叩等身长头。

在寺院门口，年轻男子终于停了下来，陪同我的藏族朋友上前和他攀谈。大约一支烟的时间，男子的身躯又扑向大地。朋友说，这个康巴汉子来自青海南部的香达草原，不久前失去了3岁的女儿，和家人来这里叩等身长头已经3天了。朋友抬起手，指了指不远的人群，说："喏，那个就是他的媳妇，等他着哩。"我顺手指的方向望去，一个身穿黑袍、中等个子的女子，牵着儿子的手，慢慢消失在转动的人流中。

一个青海的男人紧跟在一个康巴男子的后面，心随他起立和伏地。这是玉树七月极其清远的早晨，天空高远晶莹，夏风淡而悠长。新寨两旁的山坡，斜升向天空，山头，乳白的云雾时有时无。桑烟缭绕的绿谷，经轮转动的声音坚致持久，继而在我的心头紧紧缠绕。而在这个早晨，我目睹了男子心中一座山的沉降和隆升，目睹了他的内心一座雄性高原的诞生。

现在，巴颜喀拉山北麓的广阔山地和高山草原地区长风绵延，六字真言的诵读声庄严响起，瞬间把我和七月淹没在尘世。

和上天通话的地方

　　穿过巴塘草原向东南的路消失在长草不尽的秋天。男子放眼望去，天上的云超拔雄莽，一只鹰静静盘旋；而地上，一匹马流连在朝露汇集的草尖，雕花的鞍子，在一顶白帐篷宽大的阴影里，留下昨夜的缠绵。他要去的地方，远在低矮的云层下，远在心里；男子有些疲乏，他微微闭上双眼，一堵风就在前方升起。

　　人每天都在向前，心每天都在路上。男子几乎没有停止过游走。不久前的正午，他在巴塘迷途和清醒——在一只白鹰守护的白塔下，色彩斑斓的经幡飘向天空，一块石头上，一颗尘世的灵魂蹲着，然后骑上亲人点燃的桑烟，袅袅升向空中，那里，是他一生终要到达的故乡。男子在想象中看见了他洁白的牙齿和纯净的微笑，离开了痛苦，他现在绝对自由了。男子的迷途和清醒也从另一个生命轮回的秋天开始。

　　五色经幡仿佛多味人生，褪不去盼望和热爱。祝福时刻不息，最后归于天地。路，没有尽头，在青海南部，心向哪里，路就在哪里。男子向更高的青海走去，升起的大风已经退到了身后，隆升的大地和走在高处的男子宛如一体，因此，他的心跳在草原上便有了滚雷的情状。而在整个春天，巴塘和东南缘的高地没有他的身影，只在天空中听见男子遥远的动静。那时，他在湟水谷地独立七楼，遥望南山，眼里无限寂寞，内心保留了一片澄明。

路边的青草高而细密，忽然眼前出现了大片毛茸茸的白花，一直延伸向草原尽头。一面缓坡上，鄂博高耸，经幡猎猎。朋友说，这个地方叫拉则，意思就是和上天通话的地方，每年的某一天，在马背上生活的男子女人都要在这里举行盛大的祭祀仪式。

男子突然惊了一下，茫然不知所措。白花依然铺展，风又从身后吹来，远处的山脉绵延如起起伏伏的日子。原先阴沉的天不知不觉被阳光撕开了，斜斜地照在山顶。他看见的远方不在远方，他看见的远方几乎就是自己。

和上天通话的地方，男子沉默半晌，没有说一句话。

大地上长生的灵魂

黎明跳出巴塘，被黑大夫山遮挡的地平线就苍茫着远了。男子站在玉树（意为遗址），心里空阔起来。现在，天上的云朵或舒或卷，好像翻滚的扎曲河，牵着他的念想消逝在头顶深处。太阳刚刚照上额际，只有在莽原才有的沉寂，从太阳耸立的山尖倾泻下来，不久便弥漫了整个草原，他分明听到太阳之侧鹰翅上面无数灵魂自由的腾跃。神性的留恋当然来自大地，沉睡的心灵在此复生，男子定然接受了太阳的启谕。他说：在思念的遗址，我只看一眼。

走了很远的路，果然就为只看一眼。沿通天河右岸，一条从岩壁上开凿出来的砂石路狭窄绵长，宛如一条细线，透迤着伸进勒巴沟腹地。左侧，河水奔腾，收敛了宽阔地带的舒缓。心却不能安静，思潮跌宕起伏，一头被生活围困的豹子，嗅到了大野的气息。

七月，勒巴沟口景致寂寞，银色小河翻着细小的浪花注入大河。据说此前这里有座水磨，此刻不见影迹，在阳光细密的山谷，吱吱呀呀的转磨声，多年后化为寂静的正午。跨过一座极小的土木桥，摩崖立时横在眼前。之上，文成公主礼佛图已经模糊，细辨，依然可见这个女子身上的风尘。男子默视良久，转身离开。岁月的风烟眨眼散了，但唐朝皇家女子一直向西，最后在大雪横飞的高地静静熄灭。那个黄昏，来路上没有来者，甚至遗失了期盼的消息；那个黄昏必然是空旷的，和他的心一样。

那就把割舍不了的日子刻在大地上。一个人，走过尘世，总会留下痕迹，生命中的至痛以自己情愿的方式转化为欢愉或另一种寄托。男子还在路上，听得见内心激流的奔涌。水中的石头，峡谷两旁的峭壁，镂刻的六字真言和经文入眼惊心。男子停下脚步，七月于是在身边静滞；玉树之上，无边

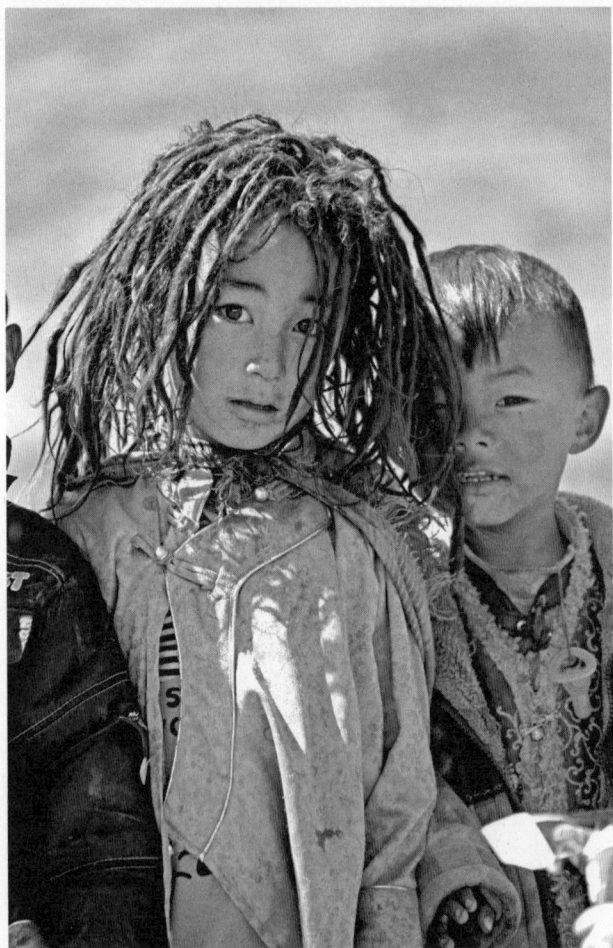

从马背上下来，草原上的小男子汉难掩好奇

的诵经声霎时覆盖了天空，天越来越高，地越来越空。男子气息急促，眼前的峡谷逐渐宽阔，这些和大地融为一体的心灵之语，仿佛一枚枚子弹，突然弹起，将他击中。但男子努力抬起头，把目光投向峡谷上面窄长的天空，上面，起伏的云仿佛他的另一种人生，蔚蓝而宁静。上师说：入山投谒得道僧，求教上师说因明；争奈相思无拘检，意马心猿到卿卿。此刻，男子听见了他的心跳。

生活没有拐弯，径直向前。一路，男子被一谷的嘛呢石挤得磕磕绊绊，他的前生好像在这里有过短暂的屐痕，跪拜的身影至今留在荒野的岩壁，刻在心尖的六字真言在今生猛然散发出清香。一瞬间，男子被难以言喻的温暖挟裹。

是的，在思念的遗址，他只看一眼。

隐匿在黄昏的红袈裟

风突然袭过巴塘，空旷的玉树更加高远了，似乎没有边际。男子独立的草原被一层夕光染得金黄；他的身影投在大地上，横过了草原左端的一条小河。

黄昏在巴塘的草尖上停留了下来，所以男子能看见草茎下端慢慢升高的暮色，起先淡而稀薄，一会儿便裹住了整个根部，自下而上的阴影越来越重，把贝纳沟的上空映照得清亮。

此刻，半弯月亮挂上天空，公主庙草原的天色增加了初秋的清净；灵魂开始飞舞，在高而遥远的玉树一隅，有风的姿态和黄金的分量。一个女子静静停留在岩壁，尽管奇巍的建筑挡住了横扫过来的风，男子还是察觉她的心底静伏或翻卷的牵念，生动了千年红尘。男子心头浮出另一个男人，他曾经在多年前的月夜徘徊，独对荒月，心回山南：以手写出的黑黑小字，已被雨水冲消；刻在心头的图画，想擦也擦不掉。

后院一面峭壁，黄昏倾泻，但不能湮灭上面的六字真言和经文。一些字符过于细小，男子近身才见在青藏天地间经久不息的生命祈福，飞落在岩壁上化为心灵之声。"中央的须弥山王啊，请你坚定地站立，日月的运转，就不会迷失。"他甚至想见高原的每一块石头旁，一个、两个、三个落寞的背影，他们正对东方，沉厚抑或羸弱的胸腔中喷薄出这样的火。男子被字符后面的日月炙烤，他热。

身旁的红衣小男子默不作声，他沉默着带领男子穿过经堂，来到岩壁下，并不解释。在他看来，能够穿越巴塘的风，在夜晚到来的高处漂游的男人，本身就是一部内容。而大风凸起的浅夜，红衣小男子有谜一样的神色，只有两只眼睛清澈澄明。

男子身后的巴塘陷入寂静，一匹马的呼吸透过夜色翻过了山岗，一只公狼蹲在山脊，望着月晕低沉地吼了一声，声

独守草原，生活有说不出的美好

音坚硬而锐利，泼刺刺穿过草原撞在男子心上。男子从想象中转过身来，快快走出，身后的红衣小男子突然用汉语说：石壁上的六字真言，有的是天然的。

男子不禁回头，看见公主草原夜色幽深，红衣小男子瞬间隐没在玉树。

可可西里边缘的低语

太阳悬在玉树正空，没有完全散开的桑烟半空中若有若无。之上，是神灵开始的中午，这个人间，面目纯洁，从容淡定。他们不迫地行走，从绻缱的流亡刚刚抵达高地。

弥散松柏清香的大地，天蓝风低，男子背向结古，把细碎的眷念慢慢糅进七月。玉树越来越高了，此刻男子的牵挂远在湟水谷地，在昨夜绵绵的长风中，有关记忆和遗忘在彼方没有一丝信息。心有千结，纵然狂风席卷，也不会掀起点滴涟漪。至于子夜，荒甸明月清照，孤狼嗥叫如散开的格桑，一人徘徊，旷野空寂的梦境，在早晨醒来之后就模糊不清了。

他走向一只黑颈鹤的舞蹈。前两天，男子驱车前往让娘，在隆宝滩矮草密实的草甸，把一天绵延不绝的风挡在了心的左侧：他仰天躺下，右侧一只黑颈鹤悠然独步；周遭，散布的牛羊，三两个旅人，吆喝着摩托消失在天路尽头的康巴骑手，在它的视域皆为空物。黑颈鹤的舞蹈卓然，犹如舞台上的王，有大地物换星移的跌宕，有对天翻地覆的坦然不惊，有在隆升的台地生命绝美的冷寂和热烈。现在，男子四肢摊开的姿势是舞台上的另一个表现主题，但完全不能掩盖男子忘却一条大河的汹涌而彳亍内心高陆的心境。

大风起时，黑颈鹤展翅飞过让娘。它的翅膀扫过玉树的天空，黄昏从张开的双翅像天河飞瀑下来。男子隐没在沉沉暮色。

前面是荒原，前面仍然是荒原。男子记得，在旷野腹地，一顶白帐篷开放，18岁的卓玛（这是一个真实的情节）对注视的男子粲然一笑，仿佛相遇经年。两天之后的正午，卓玛了无踪迹，那一片旷原依旧在让娘的怀里静静展开。男子重重抽了一口烟，一股青烟袅袅飘向窗外，倏然无踪。玉树空了，男子被风挟裹着远去，甚至没有留下一点声息。身后的荒原依然青草葳蕤，阳光纯净，只有草原深处骤然响起的马蹄声让一个女子心跳一夜。

缓坡上觅食的几只藏羚羊抽回男子的视线，大雪藏在天空后面，青草已见金黄，翻过低岭伸向更远的地方。藏羚羊奔跑的姿态是高地生命激越的彰显，速度见证了男子的生活，他在藏羚羊驭风的日暮，看见了自己原来的模样。一个月后的深夜，男子在南山脚下独居七楼，再次揣摩它荒野中远了

守望澜沧江

的影子，双眼蒙眬。

　　大马力越野车在可可西里边缘有风的样子，只是越来越重的暮霭含混了前行的身影。在激流和崎岖的便道，它把男子送往星星密布的深夜。透过晃动的车窗，两道光柱将男子的莽原向前面扩展。极远处，尚未消逝的一缕夕光撕开了天际，苍远而神秘。可可西里愈加苍茫沉厚，天空低压，星光通彻，此起彼伏。星系激起巨大旋涡，男子恍惚，有些闪烁的星星大约是不可忘却也无法纪念的日月。心灵和身体的故乡总在身心交瘁的时候打开。

这如何是好？"天上洁白仙鹤，请把双翅借我，不到远处高飞，只到理塘就回。"凌晨，车驰上天路，一个拐弯，直向心中的地方驰去。

男子，又在期待中上路。

夜风呼啸昆仑山

夜色遥远，没有边际，被车灯撕开的寂夜，转眼又合上了。可可西里边缘逐渐泛黄的草场此时一片黑，男子望着窗外，视线十分吃力。

18岁的卓玛远在让娘，孤单的白帐篷被秋夜淹没，温柔的波涛撞击着半开的房门，青葱一样的声音刚落到草尖上，就被大野吸进了地下。让娘又陷入了绵柔和呢喃。以西之远，斯人独醒，烟火一明一暗。

这个夜晚，男子依然在路上，岁月在他的身后写下美妙和珍贵。前方，黑夜高悬，阒寂苍茫。男子想起不久前，他在西宁的一条街道和另一条街道之间，目睹谎言溃烂，微微笑了；那一刻，他静如秋日，心无波澜。上师说："春水迢迢向故园，日日思亲不见亲。寄语杜鹃莫悲啼，如此愁绝不堪听。"生命中如此景色在尘世渐渐绝迹。

男子收回心思，看看手表，时间正指向子夜。夜色在可可西里翻滚着，涌向昆仑山区，最后凝固成一座座连绵不绝的山体。这是大寂寞。男子呼了口气，微闭双眼，一丝从未有过的疲惫袭上心头。最近几年，他几乎年年游历在江河源头，当拉山口的黄昏还记得男子缥缈的背影，星星海边缘的美多赛琼收留有他寂然走向草原深处的脚印，而在巴颜喀拉山低缓的坡地上，男子的歌声依然回荡。他在唱：油菜花开（哈）的黄死了，风吹着河那边过了；这两天没见着想死了，我的憨墩墩啊，你到哪里打铁去了。就在三月的一天夜晚，他把早已清楚的谜底撒在轻柔的风里，然后向着昆仑山口，走进了八百里瀚海。

车子停在昆仑山口，一个在可可西里永恒的男人石碑立在天路一侧，一波一波的狂风吹过他棱角分明的脸。男子下车，立刻被一股强悍的风撞了个趔趄。车灯照亮的地方，尘土飞起，打着旋儿消失在黑暗。前方，是一面缓坡，男子记得那里有一条宽约一米绵伸到西藏境内的裂口。大地的伤口必然是火热的自伤，前几次来时，他看了一眼，就把头扭向了更远的地方。大地和男子一样，有些伤痕不能长久目睹和揣摩。

同行的江南女子执意要在前面留影。在大荒之夜，几块对垒的石头下面，一个女子的身影当然是一道风景，而在风景背后，男子的沉默和大风呼啸着刮过昆仑山地，一如沉沉

雪山之下，生命的凛冽往往和牧歌连在一起

的夜色，遮盖了山口。几天前，他在湟水谷底的一个黎明翻看那些照片，内心灼热。他知道，在大雪飘飞的昆仑山，他的身影仍然漂游，他的痛，他的笑弥散在夜里，只有向前走的样子，不被外人所见。

现在，大风吹过昆仑山，男子的黑马站在风尖，向他深情长嘶。

清晨听佛乐

傍山的地方，多生清静。每天大清早起来，耳边只有一丝一丝的风声和脚步擦地的音响。此时，南山浸在灰黑色的天光中，太阳还在很远的路上。走在晨雾里，心里就升起与世界同时进行着的感觉，灵魂也走在高处，好像一切刚刚开始。

拐出大院，是一条不知名的小巷道。泛白的路面上隐约看见昨夜烤羊肉摊边残存的菜叶和炉灰。两边的楼房高而陡，仿佛经一夜觅食疲累了的野兽。这样的情景多少给早晨的幽静添了些紧张。好在小巷不长，六七十步就到了北口。小巷的北段和南山路连接，四五分钟不到，便有公交车驰过。

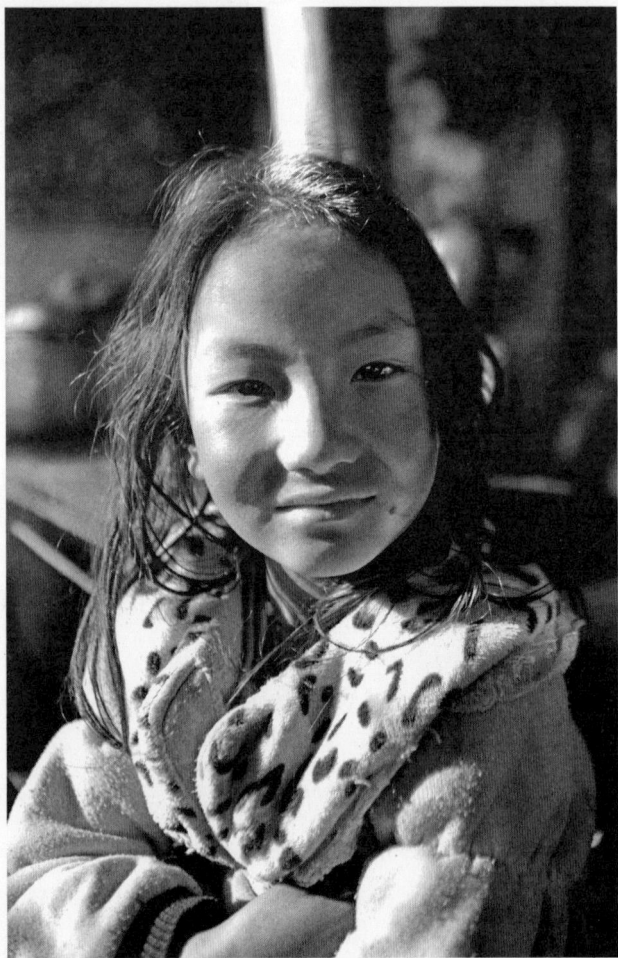

这个藏族小女孩拍完照后说，长大了，我要到很远的地方去

西宁的南山，在青海"花儿"里好像叫凤凰山。我求教过好几个人，有的说是，有的说不是。"花儿"里唱：山里头高不过凤凰山，川里头平不过四川；花儿里俊不过臧金莲，人里头好不过少年。在西宁，南山不是最高的，在人里，少年却是最好的。早年在南山，有一个凤凰亭，虽然已经消失在风尘中，但这个亭子静静地把南山和凤凰牵在了一起。在我的心里，它们已然是一个了。

在这样的心思中走在路上，诗意的生活不断扑面而来。先是看见公交车站六七个等车的男女，在晨霭里影影绰绰，远远望去，一个影子就是一片禅意。我喜欢在远处看他们，面容模糊但生命清晰，不久，从一个起点各自往东南西北，开始新的一天。"怎样使一滴水不至于干涸？"佛语说："让它流入大海。"看着被公交车载着远去的早行者，我恍惚是一条一直向前的鱼，身在生活的大海，很觉舒坦。

我往前走，有时顺风，有时逆雨，去的地方就在前面。前面，是任何地方，没有特定，适合我的心态。"心不贪恋，意不颠倒"，佛这样说，我求心安。南山，过去曾经僧舍梵幢，青灯黄卷，木鱼敲得幽远。青海"花儿"里有一句：南山根里的寺多。以前的记忆现在碎裂了，但南禅寺依在。倚山而上，在夏天漫散着丁香的清雅和迷醉。寺的高处，耀眼的黄色经布像在空中。离寺尚远，隐约听见佛号连绵，佛乐似天籁罩着头顶。我就站在原地，痴痴听。那些音律不挑云，直直钻进心里，像是在酷夏，一股清凉的水自头上浇下来；像是在看不见边的海上，一颗耀人的星星照见了陆地；像是在寒冬，一团大火把透骨的寒风挡在陋室之外；像是在很多年后，归来的浪子站在门口，一句乡音就把空荡的心填满了。这样听着，就想起佛说的几句话："色不异空，空不异色。色即是空，空即是色。"

好啊，"愿以净光照我，慈誓摄我"。

南山夜雨

一滴雨打到地上，没有任何声响。但我的心依然跳了一下，透过窗外，我看见雨扑闪着耀眼的亮光，在远处扑向山头。然后天又黑了，我坐在南山的静处，远远察觉到了雨的方向。"七里寺峡的雾拉了，毛毛雨下不罢了；难分难舍地走开了，心酸者落了个泪了。"雨，向着男人牵念的地方落下。

关了灯，就站在窗前，望着更黑的山腰。地气有些湿热，腾上七楼，不减白天的燥劲。我不动，任它袭面。早些年，在一个村庄，好像是今夜，黄泥土房里的灶火通红，"半圆的锅锅里烙馍馍，蓝烟儿把庄子罩了；搓着个面手送哥哥，清眼泪把腔子泡了"。现在，哥哥走在远路上，夜雨紧跟在脚后，那个大眼睛的好身材不知在打泥炕上是不是怨着他：你那里扯心我这里热，热身子挨不着肉上。走远的人硬着心肠走，想着的人腔子里冻成了冰。

雨在地上敲出声来，很急迫，像炸开的马群。头顶似有大群鸟儿扑刺刺腾起。黑夜越黑了，我已经看不见远山的模样，在心里只是一团模糊的墨迹。这一幅山水，在青海高地包裹着过去的分散聚合，蠕动在山尖极小的人影定格在雨夜。是很久的事吗？我恍惚，可记忆分明。身后书房的白墙退在夜色里，悠远的盼念箭一般穿过夜雨，直愣愣插在我的心上。啊，憨墩墩，憨墩墩，我没有翅膀飞不上来，那就今晚夕梦里看一场你来。

雨下在心里，那年的少年几近中年。花儿说，能叫个想死了甭带话。而今夜"天上的云彩黑下了，地上的雨点儿大了；想起尕妹的话儿了，心抖着再不能罢了"。

雨在下，我向前走。

凤凰山下的夜晚

凉风是从凤凰山上滑下来的。看过南禅寺寺门外的几棵丁香树，沾着一身残留在记忆里的暗香，我就钻进了南山的夜里。

青藏的夜来得迟，却很快。刚眨了一下眼睛，那些浓重的夜色海一样把行走的人冲得七零八落，在昏暗的路灯下，像一个个奇形怪状的孤岛。此时，寂寞滔天，念想滚滚，不由加快了脚步往前。走着走着走远了，一个人也远远的泪水盈眶。在这样的夜晚，腔子里青海湖忧伤盖天，心思如低低飞过湖面的天鹅不愿落下，一步一步地走，一阵一阵地想。

凤凰山下的主干道是南山路，躯干粗壮，枝枝丫丫的小巷道向南北斜出。每年五月，巷子里丁香花香气袭人，绊着行人的脚步。现在，是夜幕厚重的时候，我没看见有丁香一样的女子从深巷袅娜而出，雨只是在日落前下了一会儿，这阵儿湿漉漉的地气向上冒。在这些小巷道里，藏着人世间最美的古典景色，男人们喝着青稞酒，往事在酒里忽隐忽现，多是"阿哥们去了还来哩，你哭着当成个啥哩"。女子们多半双腮胭红，黑溜溜的眼，一湾清清的水，把小巷淋出了江南的味道。高原的风致在夜晚不是旷远和草潮，不是刀子风和只有一个男人的牧场，也不是一场穿透冬天的大雪，更不是一架蠕动在山梁上的高木轮马车，一盏照着后半生的油灯。

丁香花的香气在夜色旷阔的青海是一段宿命，"尕妹的眼泪淌干了，小阿哥走着远了"仅仅是淡释的一声叹息。在南山路星星点点的烤羊肉摊上，火炉上架着一捆一捆的羊肉串，前生的缘定拉在一起的人儿，嘴里吃着肉，眼睛里说着话：

有你我的胆子大，天不怕来地不怕，棒棒打着散不下。

年少的好日子回来了，虽然人不是以前的那两个，结局却是青海上空的满月。我快步走向丁香花开正繁的大院，心已经在家里坐下了。

夜深下去，这样美的夜晚，整个人也美。

藏族村落，安置着无数灵魂

骑马过南山

　　风从青海湖吹过来，几百里的路，仍然在南山脚下踏出了一团尘土，其势悍烈而不乏灵性。青海湖是青海骢（据说是龙和马相欢的结果）的繁衍故地，在四面大山，一片青草，几许明月清照的大地上，日行千里的马儿，穿越青海不用过夜。我是说，自丹噶尔旋起的风，实际上就是一匹匹烟尘中穿凿而过的青海湖神驹，多少个夜里，我面对南山，心思早就驰骋在边朔的大道上，那是一幅何等飞扬的夜行图啊：男子耸身宽阔的马背，大雪在头顶密密飘下，背上的大刀发出声声铁鸣，一道闪电划过高冈，然后消失在黑夜。

　　我是生活中东奔西走的人，在夜里走路从不迷途，因为风会把我带到要去的地方。暮春，南山已具美人的羞涩之态，闺中的杨柳叶迟迟不愿开门露面，而月季花红唇未启，只待心上人远远呼唤。丁香却欢欢喜喜走过了她的青春，被风吹落的花瓣一夜之间不知去向，之后的好多天，西宁城里暗香飘浮，大街小巷丁香一样的女子，袅袅娜娜，把春天闹得一派生气。黄昏，从青海湖边驰来的风突然蹿上街头，软酥酥的，直往骨头里钻，将边城的女子吹成了丁香的模样。我恍然如酒醉：这些野性的马儿为何如此温顺？它们果真收敛了脚下横扫草原的翅膀？没有男人驾驭的风，乖觉似猫儿，难

英雄格萨尔驰骋草原，骏马的蹄声不曾停息

道风的暴烈，是被男人的气息点燃的？

在南山的丁香园，风一直是闪亮的，有刀子的精气。我在夜色不重的时候，置身其中，不再是四处寻找生活的人。一个不忘行走边朔的男人，看见的丁香已经褪净了花季，她的白马骑手倏忽闪出，追寻往日的芳迹，孑孑在月亮宝地。探寻当然不是徒劳的，一丛丛丁香树说不清在一天夜里，一把撕开暮春的老皮，对男子说："我就是你前世的孖心疼。断不了的念想，把你等给了十八年。"她说，我知道你认不得好坏了，早想到你的心思有假哩，我把你还想着咋哩。一张花的脸沾满了水珠，一声幽怨：我的心苦着，把你想死了你不知道。

我打了一个愣怔，半天说不出话来，我的头顶是青天，脚下是黄土，眼前说不出的空荡。一群青海湖湖面上腾身的马当啷啷地奔来，身边的风一阵阵紧了，迷迷瞪瞪翻身上马，我被它们拨喇喇地带过了南山，心里忽然一惊：这里有我的扯心哩，别处有我的啥哩？

子夜的空地

在黄昏的余晖中悄悄钻进了南山的树林中。一山的寂静这时候被漫来的凉气推向了幽深，我踩着一两声鸟叫，向高处爬，未曾察觉厚重的夕光覆盖了身后的脚印。

南山在青海花儿中多次出现。我记得一个花儿唱把式，10年前在这座山上把我的心唱得摇摇摆摆："九月里到了九月九，黄菊花儿开在个路口；人没个少年（哈）没活头，阳世上没有个闹头。"落日把忘情漫唱的歌手在山崖头孤单的背影拉得悠长，歌声入云，我的眼前是一片消失在前方的高大陆；地平线上，两个隔山隔海的影子眼睛里望出了血。一场旷世的苦恋，一个南山如何能载得动？

现在，我走在南山，响在心里的花儿没有看见它的主人，崖头上长满了青草，夕阳一如十年前那样浑圆，草尖上一层融化的金色洗光了他年留下的歌痕。日子继续着人间的悲欢离合，长在血管里的花儿依然在山野树林间日夜回旋，心中的春天不会因为季节的更迭减了颜色。

南山渐渐浸在暮色里。树梢有风，马一样飞过，落在地上的声音，跳了几下就不见了。鸟儿的啼鸣被夜色吸得干干净净。穿行在树木之间的青草气味儿，厚厚的，像化不开的愁苦，涌散在一首首花儿里；那些被泪水打湿了前胸的女子，晃荡着长辫子闪进了长夜，这一夜，天不知啥时候亮，我只觉得夜色重了。这样重的夜色中，远行的人走得很累，失眠的人想得很苦。多少花儿谢了，多少春天走了，又有多少离人把春天的夜晚唱的凄惶空荡。

这是内心的旷寥，怨愁中渗透往日的甜蜜，惆怅里隐含没有尽头的企盼，在幸福中痛哭，在哀怨里大笑，黑夜把心在夜里翻山涉水的人照得更亮了。他甚至听不见一场大风刮过了他以前生活的地方，涌动的流沙覆盖了他年的履痕；甚至听不见下了一夜的秋雨，阻隔了从青海湖上空凸起的天鹅低语；他自然忘记了出生地，一次又一次把自己放在他乡的屋檐下，看春花秋月，风去雨来。

而今夜，下弦月挂在林梢，大眼睛们迟迟不肯睡去。她们莫非知道此刻只有我一个人听见了南山的叹息？

梦境中的火光

11月，西宁城里铺上了一层落叶。惊慌的叶片好像迷途的孩子，被风挟裹着不知所往。天色将晚，风更大了一些，街上，路人竖着衣领，一闪而过；离开树的叶子，不时旋向天空。在老城的正北，几只鸽子斜飞过来，把天空掀开了一角。不久，冬天就要从那里钻出来了。

念想心逝，起了萧瑟，一个人上了南山。

此刻，落日沉在南山以南，余晖依陡立的山崖，腾向空中，着火了一样。此前的好几个深夜，我在梦中被这样的大火烧醒，听见自己的心跳在偌大的夜里咚咚如擂鼓。这个梦境，大约是心逝的暗示，几天后我独自走向玉树，在嘉纳嘛呢城的寺院里虔心供了三盏酥油灯，期望得到神的启谕。

那几天，巴塘草原的秋风洪水般卷过结古，早晨的山尖霜迹煞白，我住在结古寺对面山脚下的一间砖房里。有时在夜里，有时在正午，有时在傍晚，那个梦随时袭来，睡意顿无，就在空荡荡的大院里漫无目的地转悠。五天后，我离开那间不足10平方米的砖房子回西宁，翻过巴颜喀拉山垭口小憩时，突然发现不远的低岭缓坡上，一只大马狼竖着前肢，仪态威严，双目直直地盯着我。我打了个冷战，心忽地向下沉，下意识地狂吼了一声。那只大马狼丝毫不为所动，以原

转经墙尽头，一扇门豁然洞开

有的姿态站在巴颜喀拉山上，许久，才迈着小碎步消失在群山。

我从惶恐中回过神来，巴颜喀拉山依然一片寂静，枯草连天，没有改变千年以前的样子。心头蓦然记起一句佛语：只有得到了，才知道舍弃！

那只大马狼莫非是神的使者？

午夜进了西宁城，就是心逝。

现在，我在南山的黄昏又看见了梦境中的火光，浓烈的颜色在记忆里渐渐消了，除了疼痛，心底斑斑点点。走在长路上的心没有故乡，生活中不断远行的人没有难心，他一直往前走。在后面，在一个秋天，在今夜，一个人在故乡失眠，一个人在千里的路上。

而在青海，男人的心事，是一段生命无奈的忧伤，是清醒的青春被梦魇埋葬的宿命，是无边的孤独中一幅空山的山水墨迹。从此，在他的南山，怀想中的唱把式只有心窝里拔出的一句话：山丹花儿一点血，血滴着你身上了；两个身子一根脉，脉连着你心上了。啊，月光，月光，请你夜夜把我照亮，我的牵念已经在那个秋天紧随巴颜喀拉山的大马狼漫过了高地，像今夜的风，呼啸着远去了。

月亮把南山照亮

深秋日暮，边地突起高风，一转眼把青海吹得又高又远。

是看得见的那种高。我站在南山上，手一伸，仿佛就可以抓住天边翻来覆去的火烧云。虽然落日离地平线还有几尺，可月亮已经挂在头顶了，清冷的光辉洒下来，身上立刻有了一份凉意。抬头一望，淋了一脸银子的冷光，月亮却是越来越圆越来越近了。

旷远也近在眼前。从南山顶上望去，暮霭里的大地苍苍阔阔；眼尽头，一抹黑线割开了天和地，白天看着高大的绿树，眼下已模糊不清，黑黝黝地和群山连在了一起。旷野里，几声鸟叫拔地突起，很快零散在寂夜，无影无踪。

那年的南山夜里，也是这样空旷，我的乡亲，一个在青海的乡间用心里的火照亮后半夜的花儿唱家，瘦小的身子立在月光下，望着夜色沉沉的前方。他就是花儿里的那个少年，曾经揣着一肚子的情歌走过大半个青海的农区，在山山沟沟的庄子里留下了尕妹妹的想头。"走里走里走远了，眼泪花儿飘满了，指甲连肉的分开了，刀剜了心上的肉了。"他把几个乡村姑娘的心唱空了，自己也泪涟涟地背着褡裢，消失在山道道里："不走是由不得个家。那年甚不像现在，心里的坎坎多得很。"

十几年后又回到老家的汉子眨眼已成老汉，折磨他的往事却不会因为光阴的流失淡褪："把她们惹啥哩，白牡丹也好，黑牡丹也好，到不了我的手里。明明知道个家的成分不好，两个人好了让人家受罪哩。"有一年，他在一个叫扎麻隆的地方干活，憋不住凄惶，野地里悄悄唱了一阵儿："熬茶甭喝奶茶喝，渴死了凉水甭喝；你有亏枉了给我说，冤死了给旁人甭说。"第二天正在山上背灰，村里的一个小媳妇上来，说："你唱着好啊，把我心里的话唱出来了，听者又难心，又受活。"这个家境不好的女子说得泪眼汪汪，他转过身子，背着背斗下山了。

那个冬天的山坡上，两个孽障人心里的话给谁都没说，他们留在了心里。

花儿里的少年在一个黄昏回到了故乡。故乡的风把他发白的鬓发吹乱了。在父母遗留的三间黄泥土房里，他放下了流浪和漂游的心。那时，我在西边塞下的一座村庄教书，他的消息仍然穿过河西走廊被我所知，说他在一些夜晚醉酒后踉跄上山梁，把一村人的心唱湿了：小渠好过河难过，筏子们坐上者过了；白天好过夜难过，一晚夕眼睁着亮了。他唱：猪八戒过了通天河，走过了三道的黑河；一晚夕想你没睡着，门槛上坐，把天上的星星数过。他还在唱：城头上擂鼓的张翼德，城根里斩蔡阳哩，想你者眼睛里哭出血，黑云里盼太阳哩。他唱得苦啊：八仙桌子上献花瓶，有水是好，没水是花儿活不成；尕妹是哥哥的护心镜，有你是好，没你是活不成。

老了的少年把半辈子的相思化作了云端上的歌声，半夜的灯下，他的过去忽明忽暗，羊肚子手巾拧出的惆怅和无奈，在第二天的太阳下晒不干了。前两年，我重回西宁，就在黄昏的南山遇见他。他说："听了个花儿会，把人难心了。"我说："十几年都过来了，还没忘掉吗？"

"憨娃，心能忘掉吗？埋到土里都忘不掉。"

我俩坐在月光下的南山上，好久没有说话。快到子夜，他叹了一声，突然敞开嗓子：巴郎鼓摇了个三点水，脊背里背的是柜柜；年轻的时节草上飞，老了是再不会后悔。他拍了拍我的头说：尕娃，记牢。我抬头，看见他的眼里闪着亮光。

今夜，月光白茫茫的，只有我一个人站在南山。花儿里的少年结束了人世的期盼，在天堂和他的憨墩墩们相会了。他该不会又在唱这首歌吧：黑疙瘩云彩大点子雨，白云彩山尖上过了；没盘个光阴只为你，性命在刀尖上过了。

心走南山夜已空

夜深了，南山突然滑进了寂静的深渊。隔窗只看见黑魆魆的山体卧着。一天的喧哗过后，我看见生活里的落寞扶着几缕月光，像一个被乡思醉透的出门人，踉跄下山来。

今夜，南山空无一人。

花儿里的少年已经走远了，他留给我的最后声音在南山上枯夭。一山青草之上，再也找不见念想在腔子里冻成冰的人，活在别处的尕憨人白日里牵念黑夜里想，睡梦里哭成了哑巴。

今夜，一个男人悄悄离别相思之地，他的大眼睛在西宁城里一夜梦醒，两眼汪汪。男人向前走，秋风不知啥时候把前面的路吹得空空落落，干净得不见一个人影。

照在南山上的下弦月，也照着失眠的男人。屋顶的风呼啦啦跑过，想要把过去的细节串联起来。那些生活的碎片，活生生钉在心上，没有血，没有疼，男人只是命运的影子，他晃荡着春秋，从异地到异地，早就成了风景。

生活永远没有主角。男人心走南山，抓了一把过去，一把往事的风。亮了一夜的灯盏，照不亮房檐；喝了一半的酒，浮不起离恨情仇；憨墩墩们流下的眼泪，几个水桶担不完。一路是前生的缘定，走不尽太多的黄昏。

在南山，要是许多东西千思万想丢不下，男子，男子，你就硬个心肠走吧。

心在高原 | 跋

这神性闪闪的高原，

两步三步便是天堂；

却仍有那么多的人，

因心事过重而走不动。

行走青海，于我却是莫大的乐趣。大地这本书，内容深奥，含义悠长，隐含着历史的启谕和人类观照自我的终极意义。我从现实走向历史，又从历史回到现在，这一段时而沉重时而快乐的旅行，注定将成为一生阅读故乡和亲近故乡的精神驱动。

大地，原本就是人类的老师和母亲。

历史，用青铜浇铸的记忆，坚硬长久。

我在历史中听见了先人们的心跳，和我有一样的节奏；复原的史实，也许不是原貌，但完全有力量把焦躁的情绪平复下来，从容而理智地审视内心世界，并使之踏实。当人们在生活的道路上走得太远，有必要暂时停下来看看自己和世界，从而歧途归正。

人类走在前面的辙印，校正着未来的方向。让幸福持续，悲剧不再开幕，这是每个人深读大地之书应该坚持的出发点；启程不一定在一处，但归宿一定在美好。

承蒙未曾谋面的黄恩鹏兄和李松璋兄抬爱，没有他们的关心，这本书不可能出现在大家面前，我心存感激并牢记在心。感谢赵宗福、吕霞、汤惠生、崔永红、胡芳等专家，他们的学术观点和资料，使我获益良多。感谢葛建中、芦荻、李明、施建华提供精美照片，他们是我多年的友人，对我的支持真切至深。感谢青海指示了我，启迪了我。它像一瓶纯青稞酿造的高度烈酒，入口辛辣，但余味延绵，后劲纯粹，腹中火焰腾腾，而内心澄明清朗。

那么，就慢慢品尝吧。